COLLECTION FOLIO

Antoine Bello

L'homme qui s'envola

Gallimard

Né à Boston en 1970, Antoine Bello vit à New York. Il a déjà publié aux Éditions Gallimard un recueil de nouvelles, *Les funambules*, récompensé par le prix littéraire de la Vocation Marcel Bleustein-Blanchet 1996, une trilogie : *Les falsificateurs, Les éclaireurs*, prix France Culture-*Télérama* 2009, et *Les producteurs*, ainsi que plusieurs romans : *Éloge de la pièce manquante*, *Enquête sur la disparition d'Émilie Brunet*, *Mateo*, *Roman américain*, *Ada*, *L'homme qui s'envola*, et *Scherbius (et moi)*.

À ceux que je ne quitterai jamais

Première partie

CHAPITRE PREMIER

Walker inclina en douceur le manche vers la droite. Le turboprop décrivit une large courbe au-dessus du désert pour se caler docilement dans l'axe de la piste. On apercevait au loin les quartiers nord de la ville et, par-delà les faubourgs, les flancs tapissés de conifères du massif des Sandia. Un troupeau d'antilopes longeait paresseusement la route de l'aéroport, indifférent au maigre trafic.

Walker réduisit manuellement les gaz. Il n'était pas un grand adepte du pilotage automatique. Savoir qu'il pouvait l'enclencher à tout moment le rassurait, mais il n'y recourait qu'en cas de nécessité, pour somnoler quelques instants ou rejoindre un passager dans la cabine.

La radio grésilla.

— DC 142, la piste est à vous.

— Merci, Derek, répondit Walker.

C'était l'avantage des petits aérodromes, on y connaissait tout le monde et tout le monde vous connaissait. Les redevances étaient dérisoires, les formalités réduites au minimum. On garait sa voiture et cinq minutes après, on était dans les airs.

Il poussa le manche pour descendre à cinquante pieds. La piste était dégagée. Deux mécanos s'affairaient autour du Learjet de Todd Atkinson, que Walker avait entendu se plaindre du train d'atterrissage. Encore un argument en faveur du turboprop dont il avait fait l'acquisition un an plus tôt : le TBM 900 consommait moins qu'un jet, volait à plus basse altitude et requérait moins d'entretien. Alors bien sûr, il plafonnait à trois cent trente nœuds, contre quatre cent soixante pour le joujou d'Atkinson, mais sur les courts trajets qui constituaient l'ordinaire du patron de Wills, la différence excédait rarement quelques minutes.

Passer sa licence de pilote avait transformé la vie de Walker. Fini les tournées harassantes avec ses chefs des ventes, les étapes dans des motels aux couvre-lits à fleurs, les petits-déjeuners dans des cafétérias empestant le graillon. Il pouvait désormais rendre visite à quatre ou cinq clients dans la journée et être rentré pour le dîner. L'avion se justifiait aussi sur le plan économique. Il raccourcissait le cycle de vente et flattait les prospects, qui remerciaient Walker « d'avoir fait l'effort de se déplacer », au seul motif qu'il avait dédaigné les compagnies régulières. Pas plus tard que cet après-midi, il avait engrangé un important contrat ; l'acheteur, un cybermarchand de Phoenix, avait justifié sa décision par « la disponibilité exemplaire des équipes de Wills ».

L'avion ne servait pas qu'à gagner des clients, il

aidait parfois aussi à les retenir. Quand l'un d'eux menaçait de claquer la porte, Walker prononçait la formule magique : « Ne bougez pas, j'arrive ! » Il raccrochait sans laisser à son interlocuteur le temps de répondre, sautait dans le turboprop et mettait le cap sur Denver ou Oklahoma City. En voyant Walker débarquer, le client, mal à l'aise, bredouillait que ses mots avaient dépassé sa pensée et se sentait obligé d'inviter à déjeuner le prestataire qu'il était prêt à congédier une heure plus tôt.

Derek avait dirigé le TBM 900 sur la piste la plus courte, sachant qu'il n'avait besoin que de sept cents mètres pour atterrir. « Encore un avantage sur les jets », nota avec satisfaction Walker en se posant devant la tour de contrôle, sous les yeux de l'aiguilleur.

— Très propre, commenta celui-ci.

— On fait ce qu'on peut. Je rentre à la niche.

— Au fond à gauche…

— Attention à la marche, je sais, compléta Walker.

En temps normal, la blague éculée de Derek l'aurait agacé, mais l'appel d'offres remporté au nez et à la barbe de FedEx l'avait mis d'humeur guillerette. Il gara le turboprop dans le hangar où Wills louait une place à l'année et monta dans sa spacieuse berline. Dans douze minutes, un quart d'heure si les feux se liguaient contre lui, il serait à la maison. Il avait promis à Sarah de faire un barbecue. Il salua le garde-barrière et lança, conquérant, sa Tesla sur la route d'Albuquerque.

Encore un mégacontrat, pensa-t-il, le troisième ce mois-ci. Où s'arrêteraient-ils?

La société avait été fondée par son beau-père, Raymond Wills, dans les années 70. Elle proposait des services de transport express aux clients soucieux de réduire leur dépendance à l'égard de la poste américaine, notoirement peu fiable. Raymond le bien nommé – son patronyme se prononçait quasiment comme *wheels* («roues», en anglais) – avait démarré avec trois camionnettes et une seule route commerciale. Quand Walker avait rejoint l'entreprise au milieu des années 90, Wills comptait cent cinquante fourgonnettes qui sillonnaient le Nouveau-Mexique, l'Arizona et le sud du Colorado.

Malgré ses diplômes, Walker avait insisté pour commencer au bas de l'échelle afin d'apprendre les ficelles du métier. Il distribuait le courrier le matin, le ramassait l'après-midi et chargeait les camions à la nuit tombée. Des opérations, il était passé à la vente où sa souplesse et son intelligence pratique firent merveille. Un geste, une phrase lui suffisaient pour cerner les attentes de son interlocuteur et adapter son discours en conséquence. Il amadouait les rapiats en leur lâchant un demi-point de ristourne, assommait les indécis de statistiques et se mettait les autocrates dans la poche en saluant leur stratégie. Il inondait aussi de friandises les secrétaires de direction et les responsables de services généraux qui passaient les commandes. Il savait qui aimait le chocolat blanc Hershey et qui préférait les pistaches, qui suivait un régime et qui se moquait de son cholestérol.

Il s'engagea sur la route 45 qui longeait le Rio Grande. Paradoxalement, il gardait un souvenir mitigé de cette période, où la seule personne à lui résister était celle qu'il essayait d'enrichir. Ayant le doigt sur le pouls du marché, sentant que celui-ci ne demandait qu'à exploser, il pressait son beau-père d'ouvrir de nouvelles routes, arguant qu'une extension jusqu'à Denver et El Paso générerait à elle seule un tiers de colis supplémentaire. Mais Raymond faisait la sourde oreille. D'une nature plus prudente que son gendre, il s'accommodait fort bien des 10 ou 15 % de croissance auxquels était abonnée l'entreprise et qui lui assuraient de copieux dividendes. Plus d'une fois, un Walker excédé avait menacé de démissionner, forçant Sarah à jouer les médiatrices entre son mari et son père.

Qui sait comment aurait évolué la société si Raymond Wills n'avait été foudroyé par une crise cardiaque en 2003 ? Il avait piqué du nez dans son assiette en plein dîner de Thanksgiving. Quand sa femme Edna l'avait relevé en hurlant, des airelles lui collaient au front.

Le lendemain des obsèques, le conseil d'administration éleva Walker au rang de président. Sarah, qui s'était arrêtée de travailler pour s'occuper des enfants, reprit du service. Ensemble, les époux mirent en œuvre le plan de développement auquel s'opposait jadis le défunt. Les résultats ne se firent pas attendre. La desserte de Denver et d'El Paso ayant comme prévu entraîné une hausse sensible du trafic, Wills ouvrit dans la foulée des antennes à San Antonio, Dallas et Houston. FedEx et UPS, qui se disputaient de longue date le contrôle du Texas, virent d'un mauvais œil l'arrivée d'un troisième larron et se liguèrent pour l'évincer du marché. Plutôt que de livrer une bataille perdue d'avance, Walker préféra fissurer l'entente entre les deux géants en proposant à chacun un accord : l'heureux élu aurait le privilège d'acheminer les plis des clients de Wills en dehors de ses cinq États historiques, tandis que Walker s'engageait à distribuer l'excédent de courrier de son partenaire sur le même territoire. FedEx, qui connaissait alors de graves problèmes de personnel dans le Sud-Ouest, sauta sur l'occasion de neutraliser un concurrent tout en fiabilisant son propre service. En tentant de faire capoter l'accord, UPS ne réussit qu'à améliorer la position de négociation de Walker.

Désormais forte d'un réseau global, Wills avait doublé ses équipes de vente et s'était implantée en Californie. Elle était aussi entrée, en acquérant six Cessna 208B d'occasion, dans le club très fermé des entreprises de messagerie dotées d'une flotte aérienne. Depuis, l'activité et les profits progressaient d'environ un tiers chaque année ; le groupe comptait plus de cinq mille salariés, vingt-six appareils et mille cinq cents camions.

Mais Walker n'était pas homme à se reposer sur ses lauriers. Il était convaincu que les plus belles heures de l'entreprise étaient encore devant elle.

Le secteur du transport express croissait deux fois plus vite que le reste de l'économie, porté par l'essor inéluctable du commerce électronique ; les marges étaient également bien orientées, grâce à la baisse des prix du carburant et aux gains de productivité permis par les nouvelles technologies.

Les problèmes ne manquaient cependant pas, à l'image de cet engagement qu'avait pris Walker tout à l'heure et dont il se demandait comment il allait le tenir. Il avait garanti à son client la livraison de ses colis J+1 avant 9 heures, tout en sachant qu'en l'état actuel de la flotte de Wills, un quart des plis n'atteindraient pas leur destination avant midi. Walker avait chargé son responsable des opérations de réfléchir à une solution, sans nourrir trop d'illusions : Jimenez avait à peu près autant d'imagination qu'un robot ménager. Tant pis, il allait devoir s'y coller. Il avait griffonné quelques idées dans le taxi, qu'il se promit d'approfondir quand les enfants seraient couchés.

Il actionna bien à l'avance l'ouverture du portail, de façon à ne pas trépigner devant la grille. Il avait dû faire appel à un électricien pour étendre la portée de sa télécommande, mais le gain de temps en valait la peine. De même, la porte du garage se déclenchait automatiquement grâce à un capteur situé dans l'allée. Sarah avait beau soutenir que le temps passé à concevoir puis installer ce système excédait l'économie qu'on pouvait en attendre dans les dix prochaines années, Walker n'en avait cure. Qu'un gadget promît de lui faire gagner ne serait-ce que quelques secondes par jour et il était prêt à conduire jusqu'à Denver pour se le procurer. C'était l'un de ses vices. Il n'en avait pas beaucoup d'autres.

Il salua de la main le jardinier qui taillait des rosiers et gara la Tesla à côté de la Prius de sa femme. L'entretien de la propriété mobilisait une petite armée de travailleurs mexicains, Sarah semblant se faire un point d'honneur à employer la moitié du comté.

Walker trouva son épouse dans la cuisine, occupée à éplucher des légumes. Il arriva par-derrière et l'attira à lui pour l'embrasser dans le cou. Elle se dégagea d'un air espiègle et lui posa un baiser sur la joue.

— Alors, cet appel d'offres ?

— On a gagné, dit-il en attrapant une bière dans le réfrigérateur.

Sarah leva les yeux de ses concombres.

— Et tu me dis ça comme ça ? Un contrat de combien déjà ?

— Trois millions par an, margés à 40 %.

— FedEx ?

— Dans les choux.

— Et UPS ?

— Ils se sont retirés quand l'acheteur a exigé 100 % de J+1 avant 9 heures en Californie.

— On sait faire ça, nous ?

— Il faudra bien, répondit Walker en tirant une chaise.

Sarah s'essuya les mains et s'assit face à son mari.

— Bravo, Walker, c'est formidable ! Et que vend-il, ton distributeur ?

— Des sex toys.

— Tu ne me l'avais pas dit.

— Tu ne me l'avais pas demandé. D'ailleurs, c'est un produit comme un autre.

— Pas tout à fait quand même, sourit Sarah.

— Non, tu as raison : les menottes requièrent un bordereau spécial et le godemiché King Kong est interdit à la vente en Alabama.

— Tu pourrais peut-être nous rapporter un échantillon ? dit Sarah d'un air gourmand.

— Je suppose que tu veux parler des menottes.

— Naturellement. J'ai déjà tout le reste à la maison.

Ils éclatèrent de rire en même temps.

Ils s'étaient croisés pour la première fois à l'université de Northwestern, sans s'adresser la parole. Walker suivait une formation d'ingénieur, habitait sur le campus et jouait au football ; Sarah étudiait la finance, partageait un appartement à Evanston et était capitaine de l'équipe d'athlétisme. Accessoirement, chacun fréquentait quelqu'un d'autre à l'époque.

Quelques années plus tard, la banque d'affaires new-yorkaise qui employait Walker l'avait envoyé faire la tournée des patrons de PME de l'Arizona pour les convaincre de s'équiper d'un logiciel de gestion de trésorerie révolutionnaire. Quand bien même le seul aspect révolutionnaire du produit était le niveau de commissions qu'il générait pour la banque, Walker ne s'était pas fait prier. Originaire de Pennsylvanie, il n'avait jamais mis les pieds dans le Sud. Trois semaines de voyage aux frais de la princesse ne se refusaient pas.

Raymond Wills avait donné audience à ce jeune banquier, comme il recevait tous les fournisseurs qui en faisaient la demande, afin de s'adonner à son occupation favorite : l'apologie éhontée de son entreprise sans crainte d'être contredit. Il faisait partie de ces gens qui tiennent absolument à vous persuader de leur bonne fortune et continuent d'asséner leurs arguments jusqu'à ce que vous rendiez les armes. Toutes les fées de la création s'étaient, à l'entendre, penchées sur son berceau : il avait eu le flair d'établir son entreprise à Albuquerque, « une ville à la main-d'œuvre inépuisable et au climat béni des dieux » ; l'institut qui mesurait deux fois par an la satisfaction de sa clientèle avait d'abord cru à une erreur de calcul tant ses résultats crevaient les plafonds ; ses collaborateurs « se seraient fait tuer pour lui ». Rien de cela n'eût été possible sans le soutien des deux femmes de sa vie, une épouse « comme rêverait d'en avoir tout capitaine d'industrie » et une fille « qui aurait pu travailler n'importe où », mais avait choisi d'épauler son père dans son grand dessein.

Sur ce, Sarah avait fait son entrée. Bien qu'ayant reconnu Walker, elle ne s'était pas gênée pour lui dire ce qu'elle pensait de son logiciel, « une usine à siphonner les comptes ». La conversation avait pris un tour plus informel et s'était prolongée dans le meilleur restaurant de la ville. Entre la poire et le fromage, Raymond avait offert un poste à Walker. Même s'il ne pouvait s'aligner sur les salaires de

Wall Street, il fit valoir qu'on se logeait royalement à Albuquerque pour le prix d'un cagibi à Manhattan. Pour ne rien gâter, il faisait beau toute l'année, les filles étaient jolies et l'on y mangeait bien.

Walker, qui détestait son job, avait démissionné sur-le-champ. Douze mois plus tard, il épousait Sarah. Aujourd'hui encore, ils formaient, vu de l'extérieur, un couple magnifique. À quarante-trois ans, Walker avait hissé Wills au rang de premier employeur du Nouveau-Mexique. Les chasseurs de têtes qui cherchaient à le débaucher lui susurraient qu'il avait l'envergure pour diriger une compagnie aérienne nationale. Sarah, elle, alliait la fraîcheur du Sud à la sophistication du Nord. Aussi à l'aise sur un vélo tout-terrain qu'en robe du soir dans un gala de charité, elle prenait le même plaisir à discuter base-ball avec le couvreur que taux d'intérêt avec son banquier. Elle n'occupait plus de fonctions exécutives au sein du groupe depuis la naissance de Joey, ce qui ne l'empêchait pas de siéger au conseil d'administration en tant qu'actionnaire majoritaire. Elle continuait à se tenir informée de la marche des affaires et ne manquait pas, à Noël, d'adresser ses vœux aux clients historiques de la maison.

— Bonne journée ? demanda Walker.

— Plutôt, oui. Tennis avec les filles à 8 heures. J'ai dû écourter : j'avais promis à Joey d'accompagner sa classe au planétarium.

— Des choses intéressantes ?

— Ça dépend pour qui. Mme Nelson part s'installer à Houston. Joey est déçu : il espérait la garder l'année prochaine.

— Mme Nelson ?

— Son institutrice. Une blonde un peu boulotte. Tu l'as rencontrée en décembre.

— Ah oui, dit Walker qui n'en avait aucun souvenir.

— À part ça, le district met en place un programme d'échange avec des écoles françaises. Malheureusement, la moitié des parents n'ont pas de quoi financer le voyage. J'ai laissé entendre à Carlos qu'il pouvait compter sur nous.

— Bien sûr, commenta distraitement Walker.

— J'ai aussi pris les billets d'avion pour Labor Day.

— Tu nous fais décoller quand ?

— Le mercredi.

— J'aurais préféré jeudi. Avec la rentrée, c'est toujours une période un peu chargée.

— C'est pour ça que je ne t'ai pas demandé ton avis. Si je t'écoutais, on ne partirait jamais.

— Je m'arrangerai.

— Pour finir, j'ai déjeuné avec Robbie.

Robert Bryant était le juriste de Wills. Il assistait présentement Sarah dans la mise en place d'une fondation caritative dédiée à la mémoire de Raymond. Les principales modalités – structure légale, statuts, etc. – étaient déjà arrêtées. Restait à définir la nature et l'ampleur de la dotation initiale.

— Et ? demanda Walker, soudain plus intéressé.

— Il me conseille d'apporter des titres plutôt que du cash afin…

— D'effacer la plus-value, je te l'avais dit. Tu lui as indiqué un montant ?

— Je voulais d'abord en parler avec toi. Si on estime la société à cinq cents millions…

— Cinq cents ? C'est conservateur. Avec un bon courtier, nous pourrions en tirer sept cents.

Sarah poursuivit.

— Entre tes parts et les miennes, nous détenons 70 % du capital. Je te propose d'apporter 15 % à la fondation. Cela lui assure trois millions de dollars de dividendes par an, tout en nous conservant la majorité.

— On peut en envoyer des gamins en France avec ça.

— Tu oublies les autres programmes.

— Je plaisantais.

— Ça veut dire que tu es d'accord ? demanda Sarah d'un ton où perçait une pointe d'anxiété.

— Oh tu sais, ce sont surtout tes titres…

— Tu es bête. Que penses-tu du montant ?

— 15 % ? Ça me va. Il faudra peut-être étaler les versements sur quelques années pour des raisons fiscales. Ton père se retournerait dans sa tombe si tu payais un dollar de trop à l'IRS !

— Robbie recommande aussi de nommer trois administrateurs.

— Toi…

— Bill Watford…

Dans une vie antérieure, Watford avait dirigé la division logiciels d'IBM. Il se consacrait depuis sa retraite à diverses œuvres de charité. L'excellente réputation dont il jouissait, tant auprès des entreprises que des pouvoirs publics, en faisait l'administrateur indépendant idéal.

— Et ta mère, j'imagine…

Sarah se rembrunit. Walker avait touché un point sensible.

— Tu sais bien qu'elle en est incapable. Elle n'arrive plus à se concentrer et elle a perdu le sens des chiffres.

Si tant est qu'elle l'ait jamais eu, songea Walker.

— Alors qui ? demanda-t-il.

— J'avais pensé à toi.

— Moi ? Je croule sous le boulot !

— Tu pourrais t'organiser. Ça ne te prendrait pas plus d'un jour par mois.

— C'est énorme !

— Transmets des dossiers à Jimenez.

— Il n'arrive déjà pas à traiter les siens.

— Je t'en prie. Si tu ne le fais pas pour moi, fais-le pour Raymond. Pour maman. Pour la boîte.

— Si les fondations étaient bonnes pour les affaires, ça se saurait, répliqua Walker d'un ton sarcastique.

— En plus, nous pourrions travailler côte à côte. Tu te plains toujours que nous ne passons pas assez de temps ensemble.

— Ce n'est pas à ce genre d'occupations que je pensais.

— Je t'en prie, Walker.

— Je vais y réfléchir.

Sarah se leva et embrassa tendrement son mari sur le front.

— On dîne ? demanda-t-elle.

— J'appelle les enfants.

Ces derniers firent leur entrée en ordre dispersé.

Jess, la cadette, avait seize ans. Elle traversait une période gothique depuis qu'elle avait découvert les Cure. Sarah luttait vaillamment pour contenir la progression du mal, pour l'instant limité à un accoutrement d'épouvantail et une coupe de cheveux à la Robert Smith. Jess ne fichait pas grand-chose en cours. Elle avait passé l'été précédent à creuser des puits au Nicaragua. Elle en était revenue bilingue en espagnol et bardée de certitudes sur l'injustice des échanges Nord-Sud.

Andy, l'aîné, avait dix-huit ans. Il ressemblait de façon frappante à son père, dont il partageait la passion pour le cinéma. C'était un garçon éminemment raisonnable : il ne buvait pas, travaillait à l'école, s'apprêtait à postuler à la fac où avaient étudié ses parents et sortait avec la même fille depuis deux ans – autant d'anomalies qui inquiétaient Sarah au plus haut point.

Joey, le petit dernier, était la mascotte de la famille. Andy et Jess avaient beau railler sa grammaire approximative ou sa nullité au basket, ils lui passaient tous ses caprices. Joey coulait la vie sans souci d'un écolier du primaire. L'entrée en sixième, prédisait sombrement sa mère, serait une autre paire de manches.

Ils s'assirent à leurs places attitrées. Sarah raconta son déjeuner avec Robbie et demanda aux enfants ce que devraient être à leur avis les priorités de la fondation. Joey se jeta à l'eau :

— Envoyer à manger aux Africains.

La fameuse Mme Nelson avait projeté à ses élèves un film sur la famine au Darfour. Les ventres gonflés et le regard vide des gamins avaient profondément marqué Joey.

— Pas besoin d'aller si loin pour trouver des gens qui meurent de faim, renifla sa sœur.

— Jess a raison, dit Sarah. L'hiver, la soupe populaire du centre-ville est prise d'assaut.

— Tant qu'à aider les Africains, il faudrait commencer par les vacciner contre la malaria, nota Andy.

— Et contre la maladie du sommeil, dit Joey. Celle qui s'attrape par les mouches.

— La trypanosomiase, dit Walker. Je ne crois pas qu'il existe de vaccin à ce jour.

— Bref, vous vous concentreriez plutôt sur les pays en voie de développement, dit Sarah afin de recentrer le débat.

— Non, répondit Andy. Il faudrait aussi créer des bourses pour les jeunes qui ne peuvent pas aller à l'université.

— Parce que les étrangers n'ont pas le droit d'étudier peut-être ? persifla Jess.

— Bien sûr que si, mais leurs écoles sont souvent gratuites. Tandis qu'ici, une maîtrise dans une bonne fac revient à cent mille dollars minimum.

— Hum, on est plus près du double, rectifia Walker.

— Avec une telle somme, dit Sarah, on peut nourrir un village africain pendant un an.

Andy haussa les épaules.

— Tu me demandes mon avis, je te le donne. Mes copains vont devoir travailler durant leurs études, pendant que moi j'irai au cinéma. Je ne trouve pas ça juste.

— Ha ha, les masques tombent ! Andy nous révèle enfin ce qu'il compte faire à la fac, ironisa Jess.

— Dis donc, la coupa Sarah, si tu nous donnais tes idées au lieu de débiner celles des autres ?

— Moi ? Je suis d'accord avec vous. On vaccine, on distribue des repas, on construit des abris...

— Et des refuges pour les bébés chiens, glissa Joey.

— C'est bien beau tout ça, dit Sarah, mais la fondation n'aura pas un budget illimité.

— Combien ? demanda Jess.

— Elle possédera 15 % du capital de Wills. Ça devrait lui permettre de dépenser quelques millions par an.

— Seulement 15 % ? dit Jess. Pourquoi pas 100 % ?

Walker, qui durant toute cette conversation s'était tenu en retrait, jugea nécessaire d'intervenir.

— D'abord parce que nous ne contrôlons pas la totalité du capital. Ensuite parce que ta mère et moi ne sommes pas prêts à passer la main. Et enfin parce que, ne t'en déplaise, une entreprise a besoin d'actionnaires.

— N’empêche, dit Jess, on pourrait un peu se serrer la ceinture.

— Je m’en souviendrai quand on renégociera ton argent de poche, riposta Sarah.

Mieux valait clore les débats. Walker proposa un baby-foot. Joey et Sarah s’allièrent pour lui mettre la pâtée.

CHAPITRE 2

Walker détestait sa vie.

Son temps lui échappait. Entre Sarah, les enfants, la boîte, il n'avait pas une minute à lui.

Il n'en avait pas toujours été ainsi. Il avait connu durant ses premières années chez Wills l'ivresse du bâtisseur. Il contentait des clients, faisait vivre des fournisseurs, embauchait des jeunes ; bref, il créait la richesse que les banquiers de Wall Street ne savent que brasser. Il avait l'impression d'employer au mieux ses talents. Sous la houlette bienveillante de Raymond, il développait ses compétences, apprenait de ses erreurs, entraînait dans son sillage des lieutenants avides de ses oracles. Quand lui venait une idée, il la mettait aussitôt en pratique et n'attendait jamais longtemps pour en mesurer les résultats.

Avec Sarah aussi, tout s'était enchaîné très vite. Elle l'avait, le plus naturellement du monde, aidé à trouver un appartement, un loft dans Casa District à deux pas des restaurants et des cinémas. Tout aussi naturellement, elle l'avait accompagné dans sa tournée des magasins de meubles où les vendeurs, les prenant pour mari et femme, leur vantaient, clins d'œil à l'appui, le confort d'un matelas ou la polyvalence d'un canapé. Ils s'étaient surtout découvert une passion commune pour la randonnée. Ils se levaient à l'aube le week-end pour arpenter les canyons de la région, des balades somptueuses dont ils rentraient fourbus, mais ravis. Le temps de prendre une douche, ils se retrouvaient pour dîner ou pour aller au cinéma.

Bien que célibataire à l'époque, Walker avait d'abord lutté contre l'attirance que lui inspirait Sarah. L'intelligence, la vivacité, la beauté de la jeune femme ne suffisaient pas à lui faire oublier qu'elle était aussi la fille du patron.

Et puis un jour, la soupape avait sauté. Ils étaient partis à l'assaut du North Sandia Peak, une excursion de seize miles d'autant plus éprouvante qu'on y est en maints endroits exposé aux rayons du soleil. Eux qui avaient l'habitude de discuter en marchant y avaient vite renoncé pour économiser leur souffle. Ils buvaient à intervalles réguliers, autant pour se désaltérer que pour alléger le sac qui leur sciait les reins. Chacun dans son coin rêvait de rebrousser chemin, mais se serait fait tuer plutôt que de l'avouer.

Arrivés au sommet vers midi, ils s'étaient gorgés du panorama de cette région du Nouveau-Mexique si justement surnommée *The Land of Enchantment*. Le regard portait à cent miles dans toutes les directions. Sarah pointa du doigt les méandres du Rio Grande, les genévriers de la

Cibola National Forest, la plate-forme logistique de Wills contiguë à l'aéroport d'Albuquerque. Walker, subjugué par tant de majesté, avait soudain éprouvé envers sa compagne un élan irrésistible, un mélange enivrant de connivence et de désir dont il n'avait encore jamais fait l'expérience. Il s'était tourné vers elle et, sans réfléchir aux conséquences de son acte, l'avait embrassée à pleine bouche. Sarah, qui n'attendait que ça, avait jeté ses bras autour du cou de Walker et lui avait rendu son baiser avec fougue. La perspective de redescendre à pied leur avait tout à coup paru surhumaine ; ils s'étaient rués vers le téléphérique où, incapables de se contenir pendant le quart d'heure que durait la traversée, ils s'étaient bécotés comme des collégiens sous les commentaires offusqués des passagers qui couvraient les yeux des enfants.

Pendant quelques années, Walker avait connu une félicité presque parfaite. Sarah avait emménagé dans le loft. Ils se rendaient ensemble au travail le matin, œuvraient dans le même sens toute la journée et, le soir, visionnaient des classiques, blottis sous la couette.

Les naissances rapprochées d'Andy et Jess puis la mort inopinée de Raymond avaient mis à mal ce bel ordonnancement. À trente ans à peine, Walker s'était brusquement trouvé propulsé à la tête d'une entreprise de quatre cents personnes.

Les premiers signes du mal qui finirait par le ronger étaient apparus peu après. Le nombre de sujets requérant son attention suivait la courbe des ventes. Clients, banquiers, partenaires faisaient le siège de son assistante pour obtenir un créneau dans son agenda. Quand bien même Libby n'accordait qu'un quart d'heure à chacun, Walker devait abréger leurs considérations météorologiques pour les presser d'en arriver au fait. De la même façon, les employés historiques avaient du mal à réaliser que l'explosion des effectifs entraînait mécaniquement une baisse du temps que le patron pouvait leur consacrer. Ils continuaient à exhiber les photos de leurs nouveau-nés ou à livrer, sans y être invités, leurs pronostics sur les rencontres sportives du week-end.

Comme d'autres avant lui, Walker avait cru trouver la parade en étoffant son équipe de management. Huit vice-présidents couvraient toutes les branches de l'entreprise depuis la vente jusqu'aux opérations en passant par le juridique et les ressources humaines. La nouvelle organisation n'avait fait que déplacer le problème. Chacun de ses lieutenants sollicitait son avis au moins une fois par jour, exigeait de lui des feuilles de route détaillées et insistait pour « faire un point complet » chaque mois. Walker discutait au bout du compte moins base-ball, mais passait plus de temps en réunion ou à arbitrer des querelles oiseuses entre ses managers.

Il était le premier à reconnaître qu'une partie de ses déboires venait de son inaptitude à déléguer. Il préférait s'acquitter de tâches indignes de lui plutôt que de les voir traitées moins bien ou moins vite par ses collaborateurs. À force de faire le travail des autres, il avait accumulé une somme impressionnante de compétences dans les domaines les plus variés. Il savait configurer un serveur d'e-mails, calculer les provisions pour congés payés des salariés ou réparer une trieuse de colis. Il connaissait les conventions collectives des neuf États dans lesquels était implantée Wills, le prénom des deux cent cinquante plus gros clients de l'entreprise et l'âge de chacun des avions qui composaient sa flotte.

Sa situation familiale n'était guère plus satisfaisante. Walker n'avait jamais imaginé que la paternité se révélerait aussi chronophage. Quand il le comprit, il avait déjà deux enfants. Tout en les adorant, il se demandait combien de temps il était raisonnable de leur consacrer. Manquait-il par exemple à ses devoirs en inscrivant Jess à des cours de tennis quand il aurait pu taper la balle avec elle le dimanche matin ? Andy pourrait-il entrer à Harvard ou à Yale s'il l'aidait à monter ses dossiers de candidature ? Regarder sa montre pendant les spectacles de fin d'année faisait-il de lui un monstre ?

Sarah n'avait pas ce genre d'états d'âme. Pour elle, conduire Joey aux goûters d'anniversaire ou glisser une barre de céréales dans son cartable faisaient partie intégrante de son métier de parent. Elle n'avait même pas l'impression de « se sacrifier » ou de « mettre ses besoins entre parenthèses » pour reprendre des expressions qui revenaient fréquemment dans la bouche de ses amies. Personne ne l'avait forcée à suspendre sa carrière et elle n'aurait échangé sa place pour rien au monde. Elle était passionnément investie dans le projet le plus noble qui soit : l'éducation de trois petits d'homme. Elle les avait portés ; elle les avait nourris ; à présent, elle les équipait pour la vie. C'était un marathon jalonné de joies et de peines, de grandes victoires et de menues défaites.

Walker ne comprenait pas cette logique : si chaque génération s'effaçait au profit de la suivante, quand s'épanouissait-on ?

Qu'on ne se méprenne pas : il adorait débattre du meilleur film de Hitchcock avec Andy (il en tenait pour *Sueurs froides*, son fils préférait *La mort aux trousses*), écouter Jess négocier les prix en espagnol sur le marché de Cabo San Lucas ou voir Joey se tortiller sous les chatouilles. Mais pour un de ces instants magiques, combien de rendez-vous chez l'ophtalmo, de bases Lego hideuses, de matches de basket lamentables ?

Bizarrement, nourrir ces pensées ne l'empêchait pas de se considérer comme un père acceptable. Il avait transmis à ses enfants son intelligence, sa rapidité de décision, un certain sens de l'efficacité. Grâce aux fruits de son travail, ils ne manquaient de rien et pourraient réaliser les meilleures études. Ils étaient sûrs d'eux sans être arrogants, comptaient une ribambelle de tampons sur leurs passeports, n'étaient pas trop accros aux jeux vidéo et pouvaient, au moins pour les aînés, nommer cinq pays d'Amérique latine.

Pour un père occupant de si hautes fonctions, Walker n'avait pas démérité. Il avait donné le biberon, changé les couches, compati aux malheurs de Winnie l'Ourson et tenu la main de Jess aux urgences. Il avait nourri le poisson rouge, poussé le caddie au supermarché, rapporté des chaussures trop grandes, subi les péroraisons d'une demi-douzaine de proviseurs et écouté, incrédule, le coach de foot de Joey expliquer à ses joueurs qu'ils pouvaient être fiers d'avoir perdu par cinq buts d'écart.

Certaines corvées lui pesaient moins que d'autres. Il conduisait de bonne grâce les enfants à leurs goûters d'anniversaire et jouait volontiers les guides au musée. Il abominait en revanche les compétitions sportives à l'extérieur, où il fallait arriver une demi-heure à l'avance, regarder vingt-deux gamins empotés ravager la pelouse et endurer ce sommet de la langue de bois que constituait la causerie d'après match. Joey avait récemment exprimé le souhait de se mettre au judo. Sarah, pleine d'enthousiasme, l'avait assuré du soutien de ses parents, quand Walker pensait déjà, accablé, aux dimanches après-midi qu'il allait passer sur des gradins inconfortables à regarder son fils combattre trois fois deux minutes à l'autre bout du gymnase.

Un indicateur mesurait impitoyablement la progression du mal : son calendrier se remplissait désormais tout seul.

En début d'année, Libby s'en appropriait d'office un bon tiers en entrant les dates des conseils d'administration, des comités de direction, des séminaires commerciaux et de la revue du budget.

À cela venaient s'ajouter les événements liés aux enfants : les six réunions de parents d'élèves, les concerts de Noël et ceux du printemps, la remise de diplômes d'Andy, le ballet de Jess et la kermesse de l'école de Joey. Il n'assisterait pas à tous, mais chaque désistement se monnaierait chèrement. Sarah, les enfants, les coaches, les autres parents s'étaient habitués à sa participation. Un simple rendez-vous commercial ne suffisait plus à justifier son absence, il lui fallait au minimum invoquer l'inauguration d'un nouveau bureau ou une tournée de prospection en Louisiane. Un préavis de trois jours était sinon exigé, du moins fortement recommandé.

Ce n'était pas tout. Ses parents avaient coutume de leur rendre visite une fois par an. Ils débarquaient en février ou mars pour profiter de leurs petits-enfants et, accessoirement, pour échapper aux frimas de Pittsburgh. La durée de ces séjours suivait une pente dangereuse : d'une semaine à l'origine, ils étaient passés à neuf, puis à dix jours. Sarah, qui tenait pour une bénédiction de vivre à deux pas de sa mère, réservait un accueil chaleureux aux parents de Walker. Trop chaleureux, pensait parfois celui-ci, qui ne pouvait se réfugier derrière l'excuse de sa femme pour poser une limite aux réjouissances familiales.

Le standing des Walker leur créait aussi des obligations. Sarah recevait deux fois par an la bonne société d'Albuquerque. Ces raouts donnaient lieu à des préparations frénétiques qui mobilisaient une dizaine de corps de métiers. Un bataillon de petites mains récuraient les sols, lavaient les carreaux, taillaient les haies, décoraient la façade. Le traiteur s'installait la veille. Non content d'annexer la cuisine, il défigurait le parc avec ses tentes et s'entêtait à quêter l'approbation du maître de maison sur le choix des vins. Le soir venu, Walker déambulait un verre à la main dans son jardin en louvoyant entre les groupes comme s'il traversait un champ de mines. Il évitait soigneusement les cadres de Wills, les voisins qui jacassaient sur l'évolution du marché immobilier et, par-dessus tout, les fâcheux susceptibles de lui demander une faveur. Il aurait aimé discuter cinéma, intelligence artificielle ou conquête spatiale, mais c'était à croire que personne ne partageait ses hobbies.

Il eût sans doute pu s'accommoder de ces contraintes s'il les avait sues temporaires. Malheureusement, l'avenir ne s'annonçait pas plus rose. L'attendaient à court terme le tour des universités avec Jess, deux spectacles et un concert de fin d'année. Puis viendraient les diverses remises de diplômes, les installations à l'université, les fiançailles, les mariages, les baptêmes des petits-enfants… La nuit, Walker contemplait le plafond en se disant qu'il était booké jusqu'en 2040.

Une autre perspective le terrorisait. La santé de ses parents déclinait à vue d'œil. Son père, Ed, avait effectué toute sa carrière dans la même entreprise, une aciérie de la région de Pittsburgh où, comme maints ouvriers de sa génération, il avait inhalé son lot de vapeurs toxiques. Il enchaînait les bronchites et les troubles pulmonaires dont les effets se faisaient de plus en plus dévastateurs avec l'âge. Bien qu'il ne se plaignît jamais, il requérait des soins constants que sa femme, Sandra, ne serait pas capable de lui prodiguer indéfiniment. Retraitée du corps enseignant, la mère de Walker souffrait elle-même d'une forme aiguë d'arthrose que les traitements disponibles ne parvenaient à soulager qu'aux dépens de son système gastro-intestinal. Le couple ne pourrait, selon toute probabilité, bientôt plus voyager. Sans aller jusqu'à proposer de les accueillir chez eux, Sarah suggérait régulièrement à son mari d'installer Sandra et Ed dans un appartement à Albuquerque. Walker refusait, prétextant l'attachement de ses parents à la Pennsylvanie – un argument difficile à croire pour quiconque a visité Pittsburgh – ainsi que la présence sur place de sa sœur cadette, Kathleen.

Sarah n'était pas dupe : Kathleen était faite pour garder des malades comme un évêque pour danser le french cancan. Depuis son plus jeune âge, elle attirait les emmerdes comme un paratonnerre la foudre. Elle avait le chic pour s'amouracher d'hommes mariés, plaquer son job le 10 septembre 2001 ou laisser expirer son assurance-maladie parce qu'elle avait oublié de remplir les formulaires. À chaque crise, Sandra implorait Walker de secourir sa sœur, au prix de son temps et de son argent.

L'argent, Walker s'en foutait. Il en avait plus qu'assez. La vraie richesse, le seul bien qui ne s'achetait pas, c'était le temps. Il savait où passait chaque seconde de ce précieux combustible et cherchait constamment des façons d'en tirer un meilleur rendement. Il avait pris des cours de lecture rapide, aménagé une salle de gym dans son sous-sol, appris à voler afin d'optimiser ses déplacements. Il avait banni les cravates de sa garde-robe, se rasait dans sa voiture et portait des mocassins pour ne pas avoir à lacer ses chaussures. Un fiscaliste préparait sa déclaration de revenus ; un gestionnaire de patrimoine administrait sa fortune ; un régisseur coordonnait les allées et venues des jardiniers, du chauffagiste et du ramoneur avec en tout et pour tout deux consignes : ne pas lésiner et le déranger le moins possible.

Peine perdue. Chaque minute qu'il parvenait à dégager était aussitôt dévorée par son entourage. La nature ayant horreur du vide, Libby lui collait désormais quatre rendez-vous par jour au lieu de trois. Ses enfants avaient pris la déplorable habitude de le défier à des quiz en ligne. Le plus crétin d'entre eux, dont raffolait Joey, consistait à deviner les réponses de la majorité de la population à des questions aussi capitales que : « Que trouve-t-on dans une boîte à gants ? » ou « Quelle partie du corps se lave-t-on en premier sous la douche ? » Cette glorification de l'opinion du plus grand nombre constituait aux yeux de Walker une preuve supplémentaire qu'il n'était pas comme tout le monde : même en se triturant les méninges, il lui manquait toujours un aliment qui se mange avec du pain ou un prénom de garçon se terminant par L. Mais jamais il n'avait davantage l'impression de gâchis qu'en regardant les vidéos de son neveu dont l'inondait Kathleen. Il les visionnait en avance rapide en se brossant les dents, tandis que Sarah s'extasiait sur la frimousse du bambin.

La désinvolture avec laquelle ses congénères gaspillaient leur temps le révulsait. Ils dormaient jusqu'à midi, consultaient les prévisions météo dix fois par jour, s'abrutissaient d'émissions ineptes, feuilletaient des magazines remplis des histoires des autres, se photographiaient pour un oui ou pour un non. Si le monde était bien fait, pensait Walker, écœuré, il pourrait puiser à volonté dans ce stock de minutes galvaudées. Hélas, le monde était mal fait et les journées continuaient d'avoir vingt-quatre heures pour tous.

Prise séparément pourtant, chacune de ses activités – jouer au croquet avec Joey, faire le tour des galeries d'art de Santa Fe avec sa mère, assister à une bonne pièce de théâtre avec Sarah – lui plaisait. C'était leur conjonction qui l'étouffait. Il n'en voulait à personne, il avait juste l'impression d'être victime d'une malédiction.

Il avait mis du temps à comprendre pourquoi cette vie en apparence idéale lui pesait tant : il était un faiseur. Le reste du monde parlait ; il agissait. Les autres procrastinaient, s'analysaient, se trouvaient toutes sortes de raisons de ne rien faire ; lui allait de l'avant, à son rythme, imperméable au doute. Et parce qu'il était plus compétent, plus rapide, plus expérimenté dans presque tous les domaines, on le sollicitait plus souvent qu'à son tour. Chez les Walker, on écrivait les corvées en attente sur le tableau de la cuisine. Il avait renoncé à faire remarquer que les quatre cinquièmes finissaient par lui échoir. Il était le seul à savoir poser une rustine ou redémarrer la chaudière, à paramétrer le réseau wifi ou réparer la chasse d'eau. Une loi bien connue dans l'entreprise veut que l'on confie les tâches urgentes à l'employé le plus occupé ; dans son cas, la règle était encore plus simple : tout, ou presque, atterrissait sur son bureau.

Les qualités de Walker – sa rationalité, son pragmatisme, son efficacité – avaient assuré son succès. La médaille, cependant, avait un revers : la société, tout en conférant richesses et honneurs aux hommes de sa trempe, leur faisait porter le poids du monde sur leurs épaules. Plus ils montraient ce dont ils étaient capables et plus on attendait d'eux. Qu'ils expriment le besoin ou l'envie de souffler et on les taxait d'égoïsme. On en arrivait à des paradoxes stupéfiants, où la classe politique reprochait aux patrons de ne pas embaucher davantage, où les entrepreneurs passaient pour responsables de la pauvreté quand ils étaient les seuls à créer de la richesse !

Walker ignorait ce qu'il ferait s'il avait plus de loisirs. Il n'avait même pas le temps d'y réfléchir ! Il avait quelques idées. Cela faisait des années qu'il n'avait pas lu un roman. Il rêvait d'approfondir sa culture cinématographique, de renouer avec John Ford et Orson Welles, de découvrir les films italiens de Sergio Leone et de plonger dans l'œuvre de Werner Herzog qui l'avait toujours attiré. Il se remettrait aussi au sport, le vrai, pas celui qui consiste à soulever des poids ou trottiner sur un tapis. Enfin, il apprendrait un nouveau métier. Il avait encore trente ou quarante ans devant lui, deux fois plus qu'il ne lui en avait fallu pour développer Wills. Il lui restait de grandes choses à accomplir, il en avait la conviction.

D'une certaine façon cependant, le sujet n'était pas là. Walker voulait plus de temps pour lui, sans avoir de comptes à rendre ; il en faisait une question de principe. Tant que cette revendication ne serait pas satisfaite, il se sentirait comme Gulliver, cloué au sol par une armée de Lilliputiens qui entravaient ses mouvements et le vidaient, lentement mais sûrement, de sa force.

CHAPITRE 3

Walker aimait profondément son épouse. Elle était de toutes les quadragénaires qu'il connaissait la plus intelligente, la plus belle, la plus spirituelle. La fraîcheur de Sarah, son humour, son autodérision continuaient de le ravir. Solide, d'humeur égale, elle débordait d'énergie et avait le cœur sur la main.

C'était une mère admirable. Elle consacrait aux enfants le meilleur de son temps, les encourageant à faire de l'escrime ou à suivre des cours de dessin, même si cela impliquait pour elle de longs trajets aux heures de pointe. Elle n'ignorait rien de leurs petits tracas, des moqueries que valait à Joey son léger zézaiement, du secret béguin de Jess pour un élève de terminale, du récent accrochage qu'avait eu Andy avec sa voiture et qu'il cachait à son père. Elle ne les bordait plus dans leur lit, mais continuait de passer un moment en tête à tête avec chacun avant d'aller se coucher.

Aveuglé par les qualités de Sarah, Walker avait mis quelques années à réaliser qu'elle reproduisait inconsciemment le modèle de ses parents.

Raymond Wills professait deux passions dans la vie : sa famille et son entreprise. On ne lui connaissait ni maîtresse ni danseuse. Il s'enorgueillissait d'avoir été invité au mariage de tous ses employés, sans se demander si son habitude d'offrir le voyage de noces n'y était pas pour quelque chose. Il sponsorisait une équipe de foot, deux de softball et à peu près toutes les associations locales dont les dirigeants étaient assez avisés pour frapper à sa porte.

Edna, son épouse, n'avait jamais travaillé, se dévouant tout entière à l'éducation de Sarah, l'unique enfant du couple. À la mort de Raymond, elle s'était lancée dans le mécénat culturel, avec l'ambition de faire d'Albuquerque l'égale de sa voisine Santa Fe. Elle subventionnait plusieurs galeries d'art par ses commandes régulières et avait financé l'extension du musée local, mettant au passage en lumière la pauvreté abyssale de son fonds.

Walker avait la faiblesse de penser qu'il rendait Sarah heureuse. Elle avait tout ce dont elle rêvait : trois beaux enfants, un mari qu'elle aimait, la sécurité financière pour des générations, l'estime des membres de sa communauté. Elle remarquait parfois la frustration de Walker, sans toutefois mesurer ce que celle-ci avait de fondamental. Elle avait l'art de minimiser les doléances de son mari en les mettant sur le compte des circonstances. Qu'il se plaigne de son planning surchargé et elle lui opposait son propre emploi du temps, en oubliant qu'elle le choisissait tandis que lui subissait le sien ; quand il avait un coup de fatigue, elle casait les enfants pour le week-end et louait un bungalow dans les Caraïbes, comme si deux jours de farniente réparaient tous les maux ; et lorsqu'il avait l'indécence de s'élever contre l'accumulation d'obligations familiales ou scolaires, elle répliquait sur le ton de la boutade qu'ils dormiraient quand ils seraient morts.

Nul sujet ne symbolisait mieux le fossé existant entre les époux que leur maison de Seaside. Trois ans plus tôt, Sarah avait voulu acheter une résidence secondaire. Elle s'était entichée de la Côte d'Émeraude, une langue de sable située au bord du golfe du Mexique, où la famille avait passé plusieurs séjours enchanteurs. La diplomatie n'était pas le fort de Walker ; il exprima ses réserves en des termes qui ne laissaient aucune place au doute : bien qu'aimant beaucoup la Côte d'Émeraude, il ne voyait pas l'intérêt d'acheter. Choisir une des nombreuses stations balnéaires du littoral équivalait à renoncer à toutes les autres, or qui pouvait dire si Alys Beach ne leur conviendrait pas un jour mieux que Destin ou WaterColor ? Ils étaient par ailleurs bien placés pour savoir que l'entretien d'une grande maison était une source de préoccupations constante, a fortiori dans une zone balayée par les ouragans. Que ne louaient-ils plutôt à la semaine une de ces gigantesques propriétés face à la mer appartenant à une star du show-biz ? Il lâcherait de bon cœur cinquante mille dollars pour ne pas se coller un fil à la patte.

Sarah n'avait pas désarmé : elle voulait se sentir chez elle, pouvoir décorer à sa guise et laisser ses maillots de bain dans la penderie. Quand elle avait donné un mandat à une agence, Walker avait fait remarquer qu'elle aurait pu s'épargner de lui demander son opinion puisqu'elle était décidée à n'en tenir aucun compte.

Pendant des mois, Sarah avait épluché les annonces de Pensacola à Laguna Beach. Elle soumettait ses préférées à Walker, qui donnait son avis sincère sur l'emplacement ou le plan de la maison, en l'assortissant toujours de la même réserve : il n'était pas acheteur.

Sarah avait fini par trouver son bonheur à Seaside : une villa neuve de six chambres dotée d'une vaste terrasse en teck surplombant la plage. Le vendeur en demandait douze millions ; Walker la négocia à neuf et demi.

Il s'était rendu à la signature la boule au ventre. La maison avait beau être sublime, il n'en voulait pas. Le choix de Seaside en particulier l'accablait. La ville, qui avait servi de décor au film *The Truman Show*, était réputée pour son intense vie sociale. Il leur faudrait se présenter aux voisins, s'extasier devant leur intérieur, s'enquérir de l'âge de leurs mouflets. Avant peu, Sarah organiserait un gala de charité en faveur des vétérans du comté.

Au moment de parapher le contrat, il s'était tourné vers sa femme et lui avait soufflé une dernière fois qu'il était contre cet achat. Craignant que le vendeur n'ait surpris leur échange, Sarah avait détourné l'attention en demandant d'une voix sonore quand elle pourrait récupérer les clés.

Walker avait signé les papiers et poliment décliné la coupe de champagne que lui tendait l'avocat.

Deux étés plus tard, cette maison restait entre eux une pomme de discorde. Chaque repas pris sur la terrasse, chaque coucher de soleil était l'occasion pour Sarah de se congratuler de leur investissement. Walker, de son côté, ne faisait grâce à personne des mille et un tracas qu'engendrait la maison : l'assureur exigeait l'installation d'une nouvelle alarme, une nuée de piverts avaient esquinté les croisées des fenêtres, la douche de la chambre des invités fuyait, etc. Il lui arrivait même d'inventer des pépins qu'il prétendait avoir réglés sur-le-champ dans l'espoir de rallier les enfants à sa cause. Sarah ne mordait pas à l'hameçon ; au contraire, elle remerciait son mari et promettait que leur prochain séjour le dédommagerait de ses efforts.

Pour Walker, cet épisode illustrait jusqu'à la caricature l'impasse dans laquelle se trouvait son couple. Sarah ne concevait pas qu'il puisse ne pas partager sa vision du bonheur. Les œillères avec lesquelles elle avait grandi l'empêchaient d'admettre qu'il aspirait à autre chose qu'à reproduire le style de vie d'Edna et Raymond Wills. À la question « Quels sont les ingrédients de la vie idéale ? », le jeu de Joey aurait probablement répondu l'amour, la santé et l'argent. Walker, lui, désirait un espace de liberté, une indépendance que sa vie actuelle ne pouvait plus lui offrir.

L'honnêteté l'obligeait à reconnaître que c'était lui, et non Sarah, qui avait changé. Elle avait été claire dès le début sur ce qu'elle attendait de leur relation : des enfants, la pérennisation de l'entreprise créée par son père, une vie agréable, une position d'influence au sein de la communauté. Walker avait cru partager ces objectifs, avant de réaliser que les trois derniers ne l'intéressaient pas. Il avait plus que soldé sa dette envers Raymond et s'il y avait une chose dont il se fichait encore plus que l'argent, c'était son statut dans les salons d'Albuquerque.

Au fond, pensait-il, ce jour où il avait frappé à la porte de Wills avec sa mallette de banquier avait scellé son destin. Il n'y avait pas seulement gagné un emploi et rencontré celle qui allait devenir la mère de ses enfants ; il s'était glissé sans s'en rendre compte dans le style de vie façonné par son prédécesseur. Le nœud coulant était très lâche, il s'était resserré lentement ; quand Walker l'avait enfin remarqué, il était trop tard.

CHAPITRE 4

Quand la pression se faisait intolérable, Walker se prenait à rêver qu'il disparaissait pour refaire sa vie. C'était radical, mais il ne voyait aucune autre issue. Car même s'il parvenait à convaincre Sarah de divorcer, quelle explication donnerait-il aux enfants ? Papa ne veut plus vivre avec vous parce que vous le saoulez ?

Il lui faudrait, pour atténuer le choc, ne pas s'éloigner trop d'Albuquerque, prendre Jess et Joey un week-end, peut-être même une semaine sur deux, les nourrir, les distraire, se charger d'une foule de tâches aujourd'hui du ressort de leur mère. Il se rendrait toujours, voire plus systématiquement encore, aux réunions de parents d'élèves et aux spectacles de fin d'année. Un homme d'affaires jouit en la matière d'une indulgence déniée au père divorcé.

Aucun de ses cadres chez Wills n'étant apte à lui succéder, il devrait recruter puis former son remplaçant. Pour peu qu'il mise sur le mauvais cheval, il faudrait rappeler le chasseur de têtes et recommencer à zéro. Il serait en outre tenu, par respect pour Sarah et ses anciens collaborateurs, de continuer à siéger au conseil d'administration. Au final, sa vie ne changerait pas tant que cela, au moins dans les premières années.

Non, vraiment, ce n'était pas possible. Il fallait couper les liens définitivement. D'ailleurs, tous les livres qu'il avait lus s'accordaient sur ce point : quand on mettait les voiles, c'était pour de bon.

Car il avait lu des livres – en cachette évidemment, comme s'il assouvissait quelque péché honteux –, des opuscules aux titres éloquents (*Comment disparaître sans laisser de traces*, *S'évaporer*) qu'il achetait loin de chez lui, les posant face contre le comptoir et s'arrangeant pour ne pas croiser le regard du libraire. Il en avait toute une collection, entreposée à bord du turboprop dans un compartiment secret sous le siège du copilote. Un passage du manuel *Première mort, deuxième naissance* l'avait marqué : « Si vous partez, ne vous retournez pas. Déménagez le plus loin possible, ne téléphonez pas chez vous pour entendre la voix de votre conjoint, n'épiez pas vos enfants à la sortie de l'école. Considérez votre passé comme un chapitre clos à jamais. »

Même si Walker n'envisageait pas sérieusement de tout plaquer, y penser lui faisait du bien. C'était un dérivatif, un exutoire dans lequel il se réfugiait chaque fois qu'il sentait l'étau du quotidien se resserrer sur lui. Dans ces moments, il se retirait en lui-même et inventoriait avec délices les promesses de sa nouvelle vie. Au diable les revues commerciales du lundi matin, les entretiens d'embauche, les arbitrages budgétaires ! Fini de s'inquiéter des typhons dans le golfe du Mexique, de démêler le fil du robot de la piscine ou de houspiller le banquier de Wills qui les enfumait sur les dates de valeurs. Il n'entendrait plus sa belle-mère lui raconter pour la énième fois comment Raymond était passé aux actualités régionales en 1979 pour avoir pêché un brochet géant, Sarah lui rapporter les insignifiants bruits de couloir de l'école, Andy railler le teint de vampire de Jess et cette dernière dénoncer l'oppression infligée par le vilain Starbucks aux planteurs de café colombiens. Il habiterait seul, ne fréquenterait personne, s'encombrerait d'un minimum de possessions et organiserait son temps à sa guise.

Disparaître ne suffisait pas, il fallait qu'on le crût mort. D'abord pour que Sarah et les enfants puissent se reconstruire, ensuite pour qu'on ne lance pas le FBI à ses trousses.

Wills avait pris une assurance-vie sur sa tête, une procédure assez standard connue sous le nom de police homme-clé. La société toucherait trente millions de dollars à sa mort, une somme censée couvrir le préjudice des actionnaires. Vu le montant, l'assureur chercherait sans doute à se soustraire par tous les moyens à ses obligations.

Walker avait longuement étudié la question. Faire passer une dépouille pour la sienne, comme James Bond dans *Les diamants sont éternels*, présentait trop de risques. Entre son ADN, son dossier médical et les radios du dentiste, la police scientifique découvrirait vite la supercherie. Du reste, où se procurerait-il un cadavre ? Il ne se sentait pas le droit de profaner une tombe et encore moins celui d'assassiner un inconnu dont le seul tort serait de partager ses mensurations. Non, il lui fallait périr dans des circonstances rendant plausibles qu'on ne retrouvât pas son corps. Ses recherches montraient que, dans de tels cas, le tribunal émettait le certificat de décès presque immédiatement, ne laissant d'autre choix à l'assureur que de sortir son carnet de chèques. Les familles des victimes du 11-Septembre avaient été réglées rubis sur l'ongle.

Walker pensait avoir trouvé la solution. Il abîmerait le turboprop dans la montagne et s'éjecterait avant l'impact. Pour peu qu'il déniche une zone accidentée, les secours ne s'étonneraient pas outre mesure de ne pas retrouver son corps.

Il mesurait les difficultés pratiques de son plan : il n'avait jamais sauté en parachute ; un promeneur risquait de l'apercevoir suspendu dans les airs ; il lui faudrait se terrer quelque temps dans une région infestée de bêtes sauvages. Il cataloguait ces obstacles sans se laisser décourager, confiant en sa capacité à en venir à bout.

Il avait ressorti ses plans de vol des cinq dernières années et identifié trois emplacements possibles. Il s'avéra après examen que le Vallejo Peak offrait le meilleur compromis. Situé à une trentaine de kilomètres de Santa Fe, à mi-chemin entre El Paso et Denver, où Walker se rendait chaque mois, il culminait à près de quatre mille mètres. La face ouest de la montagne était particulièrement escarpée et fissurée de crevasses qui avaient déjà coûté la vie à plusieurs randonneurs. Enfin, une épaisse forêt recouvrait la vallée.

Les livres insistant sur l'importance de préparatifs minutieux, Walker profitait de ses trajets en voiture pour dresser la liste de ce dont il aurait besoin. D'argent bien sûr, d'une boîte postale où se faire livrer les objets qu'il achèterait par correspondance, d'un ordinateur portable sécurisé, d'un téléphone prépayé, d'un kit de survie, de matériel de camping pour les premiers jours…

Quand il se surprenait à réfléchir à des questions aussi concrètes que l'épaisseur de son sac de couchage ou la façon dont il protégerait ses allumettes de l'humidité, il se trouvait des excuses. Il ne faisait de mal à personne ; au contraire, ces séances avaient une vertu thérapeutique. Il adorait résoudre des problèmes, même virtuels, en se forçant à envisager les scénarios les plus défavorables. Saurait-il mettre en déroute une meute de chiens ? Résister à une tempête de neige ? Allumer un feu sous la pluie ?

Il n'avait pas décidé où il recommencerait sa vie. Les destinations habituelles – Rio, Bali, Sydney… – ne l'attiraient pas. Après avoir beaucoup voyagé, il tenait encore les États-Unis pour le pays le plus adapté à son tempérament, la dernière enclave de liberté dans un monde vérolé par le dirigisme, le seul endroit où le capitalisme n'avait pas encore été trop dévoyé et récompensait ceux qui n'avaient pas peur de se retrousser les manches. S'établiraitil à Seattle, Charlotte ou Minneapolis ? C'était trop tôt pour le dire. Sans doute sillonnerait-il le pays quelque temps avant de poser ses valises.

Un dimanche après-midi, un match de hockey d'Andy alla aux prolongations. La rencontre avait démarré avec une heure de retard en raison d'une panne de la surfaceuse. Au hockey, comme au basket, chaque arrêt de jeu stoppe le chronomètre. Cet aspect du règlement n'avait pas échappé à Walker qui regardait l'horloge murale égrener les secondes dans la crainte d'entendre le sifflet de l'arbitre.

L'équipe d'Andy semblait se diriger vers une victoire facile jusqu'à ce que les visiteurs ramènent l'écart à un but en trouvant deux fois le chemin des filets. Lorsqu'ils inscrivirent à la dernière seconde du match un penalty synonyme d'égalisation, Walker bondit de son siège et éructa un juron. Ses voisins, mettant son irritation sur le compte de la déception, tentèrent de le consoler en lui assurant que les locaux pouvaient encore se ressaisir dans les prolongations. Il se rassit, furieux, en se demandant ce qu'il avait fait au bon Dieu pour mériter un tel sort. Par chance, un joueur de l'équipe visiteuse écourta son calvaire en marquant sur un cafouillage. Walker dut se retenir d'aller embrasser son libérateur dans les vestiaires.

Tandis qu'Andy rentrait à la maison, Walker, encore bouillant de rage, conduisit sur un coup de tête jusqu'à une grande surface de Santa Fe, où il acheta un sac à dos qu'il remplit de matériel de survie. Chaque boussole ou couteau qu'il jetait dans le chariot faisait retomber sa tension d'un cran. Lui qui menait d'habitude ses visites au supermarché comme des raids militaires déchiffra les étiquettes des rations lyophilisées avec le même soin qu'une mère celles des compotes de son nourrisson. Il éprouva la solidité des pelles pliantes, essaya plusieurs modèles de chaussures et alla jusqu'à s'allonger dans la tente de démonstration montée au fond du magasin. Un peu apaisé, il entassa ses achats dans le coffre avant de la Tesla, sans s'avouer qu'il venait d'accomplir le premier geste concret en direction de son objectif.

Une semaine plus tard, il mit à profit un rendez-vous annulé à Santa Fe pour conduire jusqu'au parc national abritant le Vallejo Peak. Il roula aussi loin que l'état de la route le permettait, gara sa voiture sur le bas-côté, troqua ses mocassins pour des chaussures de marche et s'enfonça sac au dos dans la forêt. Il atteignit bientôt une combe qu'il avait repérée sur la carte et qui se trouvait à deux kilomètres environ de l'endroit où se fracasserait le turboprop. Il enterra son barda, enveloppé au préalable dans deux sacs-poubelle, au pied d'un buisson dont il mémorisa les coordonnées GPS. Il se montra ce soir-là d'excellente humeur.

Cela devint une habitude. Chaque fois qu'il menaçait d'exploser, Walker faisait un pas supplémentaire vers la réalisation de son plan. Entre deux rendez-vous à Wichita, il loua une boîte postale pour trois ans qu'il régla en espèces. À Tucson, il acheta un parachute, à Denver un téléphone, à Flagstaff des cartes prépayées.

L'ordinateur demanda des précautions particulières. Walker avait lu que même les internautes croyant se promener secrètement sur la Toile laissent en fait des traces. Ils utilisent des navigateurs comme Tor ou SR Ware Iron, qui routent leur trafic à travers un réseau de relais prétendument anonymes, mais dont certains sont contrôlés par la NSA. Walker ne se faisait pas d'illusions. Il avait conscience que la confidentialité absolue n'existait pas et que ses efforts ne suffiraient au mieux qu'à réduire son empreinte numérique. Après plusieurs semaines à fréquenter les forums d'associations comme WikiLeaks ou Anonymous, il entra en contact avec un étudiant en informatique à Dallas qui lui fournit, moyennant trois mille dollars, un ordinateur qu'il avait assemblé lui-même et équipé de toutes les couches de sécurité existantes.

La question de l'argent était plus délicate. Walker ne concevait pas de partir démuni. Sans avoir des goûts de luxe, il estimait avoir suffisamment contribué à la société pour être exempté de l'obligation de gagner sa vie.

Soustraire quelques millions au patrimoine familial est chose moins aisée qu'il n'y paraît. La fortune des Walker était d'autant plus concentrée dans leur participation chez Wills qu'ils consacraient chaque année une portion de leurs dividendes à racheter les parts d'actionnaires historiques. Le solde alimentait un plan d'épargne-retraite investi en actions et obligations, dont Sarah contrôlait régulièrement l'évolution.

Dans cette situation, la plupart des chefs d'entreprise auraient racketté leurs fournisseurs, une pratique fructueuse remontant à la nuit des temps. Malheureusement pour Walker, il avait sélectionné ses partenaires pour leur intégrité. Ceux-ci comprendraient mal de le voir soudain verser dans des méthodes qu'ils l'avaient si souvent entendu condamner. Qu'un seul d'entre eux s'avise d'en référer à Sarah et c'en serait fini des espoirs de Walker.

Il avait envisagé de souscrire en douce une police d'assurance-vie en désignant comme bénéficiaire un trust offshore dont il aurait ensuite siphonné les fonds. Il y avait renoncé après avoir lu que les assureurs mutualisaient leurs informations. Sarah apprendrait forcément qu'il avait préparé son départ. Pis, elle pourrait remonter jusqu'à lui.

Il avait travaillé sur un autre montage, plus sophistiqué, inspiré des techniques de blanchiment des narcotrafiquants. L'idée consistait à ouvrir une dizaine de comptes dans des établissements aux Caraïbes. Plutôt que d'approvisionner les comptes avec un dépôt initial, Walker solliciterait des prêts de un million de dollars pièce que, vu sa surface financière, les banques lui accorderaient sans difficulté. Il achèterait ensuite des options d'actions cotées hautement spéculatives, en pariant sur des scénarios improbables, susceptibles, en cas de réalisation, de rapporter plusieurs fois la mise.

Si la logique était respectée, il gagnerait sur un compte ce qu'il perdrait sur les neuf autres. Il ne lui resterait plus qu'à avouer à Sarah qu'il s'était livré dans son dos à une expérience désastreuse et que, le vent ayant mal tourné, il avait englouti neuf millions. Sarah, horrifiée, renflouerait les comptes débiteurs tandis qu'avec ses gains, Walker rembourserait le dernier emprunt et empocherait un profit de huit ou neuf millions.

Ce plan présentait cependant des inconvénients. Il n'offrait aucune garantie ; il ne lui ressemblait pas ; il éveillerait la méfiance de Sarah et revêtirait une signification nouvelle après l'accident.

CHAPITRE 5

Plusieurs épisodes éprouvèrent la résistance de Walker durant l'été.

En juillet, FedEx proposa de racheter Wills. Sous réserve des audits habituels, le groupe de Memphis était prêt à mettre six cent cinquante millions de dollars sur la table pour se renforcer à l'ouest du Mississippi. En présentant la lettre d'intention à son conseil, Walker dit qu'il se faisait fort d'obtenir sept cents millions à la signature et cent millions de plus sur trois ans.

Les cinq administrateurs indépendants saluèrent une offre magnifique, qui consacrait de façon éclatante la vision du défunt Raymond et les options stratégiques prises par son successeur. À ce prix, tous les actionnaires, y compris les plus récents, feraient la culbute. Environ deux cent cinquante cadres réaliseraient de coquettes plus-values. FedEx s'engageait en outre à ne procéder à aucun licenciement et à maintenir la plate-forme d'Albuquerque. Ces points dûment notés par Robbie, les administrateurs annoncèrent sans surprise qu'ils se rallieraient à l'avis de Sarah et Walker. À eux deux, les époux détenaient 70 % du capital de l'entreprise : la décision leur revenait.

C'était, entre toutes, la position que redoutait Walker. Il savait que Sarah n'était pas prête à vendre. Elle n'avait pas confiance en FedEx, qui avait bâti son succès sur un modèle de plate-forme unique et n'aurait, selon elle, aucun scrupule, le moment venu, à fermer l'entrepôt d'Albuquerque. Surtout, elle voyait dans cette offre la preuve que Wills gagnait des parts de marché et chatouillait les mastodontes du secteur.

— Nous croissons plus vite qu'eux, avait-elle dit la veille quand ils en avaient discuté. Pourquoi vendrions-nous ? Reparlons-en dans quelques années.

Walker avait tenté de lui expliquer qu'avec ou sans Wills, FedEx s'apprêtait à investir massivement dans la région.

— Ils sont capables de doubler du jour au lendemain le nombre de leurs camionnettes sur la route.

— S'ils sont prêts à les faire rouler à vide, c'est leur problème, avait rétorqué Sarah.

— Elles rouleront à vide au début. Et puis, petit à petit, elles se rempliront des colis de nos clients. Tu sais bien que nous ne pouvons pas concurrencer les gros sur les prix. Nous avons eu de la chance jusqu'ici que FedEx cafouille dans le Sud, mais ça ne durera pas toujours.

— Tu dis ça depuis dix ans et Wills ne s'est jamais si bien portée.

— Parce que je me bats comme un lion.

— Exactement, et tu vas continuer.

Walker avait dévisagé sa femme pour savoir comment interpréter cette dernière phrase. Lui donnait-elle un ordre ou lui exprimait-elle sa confiance ? Il avait charitablement penché pour la deuxième option.

— Je suis fatigué, Sarah. J'ai déjeuné avec le DG de FedEx. Ils préféreraient que je reste, mais ils ne me retiendront pas. C'est l'occasion idéale de passer la main.

— Et qu'est-ce que tu ferais ?

— Avec un demi-milliard ? Je ne m'inquiète pas trop.

— Mais tu as le plus beau job d'Albuquerque !

— Le monde ne s'arrête pas aux frontières de l'État.

Cet échange les avait secoués tous les deux, pour des raisons différentes. Sarah parce qu'elle tenait pour acquis qu'ils vieilliraient au Nouveau-Mexique, Walker parce qu'une fois de plus, il ne se sentait pas entendu.

S'alignant sur l'avis de son actionnaire majoritaire, le conseil d'administration repoussa l'offre. FedEx, croyant à une tactique de négociation, releva son prix. En vain.

Début août, le maire d'Albuquerque annonça qu'il ne se représenterait pas. Plusieurs candidats sortirent aussitôt du bois. Le mieux placé était un sénateur de l'État, un démocrate répondant au nom de Ricky Salazar, qui jouissait du soutien des syndicats et de l'équipe sortante. Sa prudence fiscale, ses origines mexicaines et une épouse ravissante lui garantissaient presque à coup sûr la victoire.

Walker se méfiait de Salazar depuis qu'au sein d'une commission parlementaire, ce dernier s'était opposé à ce que les pouvoirs publics financent l'extension de l'aéroport d'Albuquerque. Au rythme où croissaient ses ventes, Wills serait bientôt à l'étroit dans ses installations. Elle avait besoin d'un nouvel entrepôt et surtout d'une piste d'atterrissage dédiée. Walker se chargeait du premier, mais seule la Direction municipale de l'aviation avait le pouvoir de lancer la construction de la seconde. En d'autres termes, l'élection de Salazar à la mairie risquait de freiner l'essor du principal employeur de la ville.

Sarah suggéra à Walker de se porter candidat.

— Les milieux d'affaires seront derrière toi, je ne suis pas plus vilaine que Mme Salazar et on enverra Jess faire du porte-à-porte dans les quartiers hispaniques. Une fois élu, tu installeras quelqu'un d'autre aux manettes et tu te borneras à apparaître en public les jours de fête.

— Pourquoi moi ? Tu pourrais aussi te présenter.

— Et qui s'occuperait des enfants ?

Walker, qui avait pour les politiciens à peu près autant de respect que pour les cancrelats, n'avait aucune envie de grossir leurs rangs. Il alla donc trouver Salazar et lui proposa un marché. Il financerait sa campagne à hauteur de cent cinquante mille dollars et doterait d'une somme équivalente les associations de son choix, contre la promesse que Salazar vote en faveur de la nouvelle piste. Le sénateur monta sur ses grands chevaux pour la forme puis entama les négociations, avec un certain talent du reste puisqu'il obtint une rallonge de cinquante mille dollars et un poste de mécanicien chez Wills pour son neveu.

Ce n'était pas la première fois que Walker pactisait avec une crapule. Jamais pourtant il ne s'était senti aussi sale qu'en quittant le bureau de Salazar. Plus tard cependant, quand il annonça à Sarah qu'elle ne deviendrait pas la première dame d'Albuquerque, il réalisa qu'il aurait été prêt à payer bien davantage.

Début septembre enfin, la Raymond Wills Foundation for Underprivileged Kids tint son premier conseil dans un hôtel de Santa Fe.

Avant d'attaquer l'ordre du jour, Sarah insista pour que les administrateurs se présentent. Bill Watford retraça avec volubilité les grandes lignes d'une carrière qui l'avait conduit de Phoenix à Bangalore, en passant par Armonk et Francfort. Lorsqu'il fut enfin rendu à sa cérémonie de départ en retraite (ses collègues lui avaient offert un cart de golf aux couleurs de l'entreprise), le personnel de l'hôtel avait desservi le petit- déjeuner depuis longtemps. Walker s'apprêtait à remercier Bill quand celui-ci se lança dans la deuxième partie de ses aventures, qui « à maints égards lui tenait encore plus à cœur que la première », à savoir son engagement dans le monde associatif. Il se partageait entre de nombreuses causes dont il eut le bon goût de ne développer que trois : le sort des veuves de guerre, la détection de la dyslexie et le soutien aux adolescents leucémiques en attente d'une greffe de moelle osseuse.

Sarah prenait force notes pendant ce laïus qui ne contenait pourtant rien qu'elle ne sût déjà, sans remarquer l'impatience grandissante de son mari. Elle se présenta en vingt minutes, Walker en deux et demi. Un débat sur les missions de la fondation les occupa jusqu'au déjeuner. Walker prétexta un coup de fil pour s'éclipser à l'entrée. Il revint en s'excusant pour le café.

L'après-midi était dévolue à l'examen des dossiers. Sarah suggéra que pour chacun d'eux, un des administrateurs expose les raisons justifiant à son sens l'octroi d'une subvention tandis qu'un autre se ferait l'avocat du diable. On passerait ensuite au vote, où l'unanimité constituerait la règle.

— Excellente formule, dit Bill en gobant une praline. Qui vous en a donné l'idée ?

— Un article dans *Charity Quarterly*.

— Vous me donnerez la référence. Tout ce qui contribue à rendre les réunions plus efficaces, je suis preneur.

Le premier dossier émanait de l'association Toys for Tots qui collectait des jouets neufs et les distribuait à Noël aux enfants des quartiers défavorisés. Sarah raconta qu'elle avait eu la chance d'assister à une de ces séances où des gamins cabossés par la vie ouvraient des paquets cadeaux plus gros qu'eux.

— Si vous aviez vu leur visage quand ils découvraient un panda en peluche géant ou une combinaison d'astronaute ! s'exclama-t-elle, des étoiles dans les yeux.

— Bill ? relança Walker qui n'avait pas lu le dossier.

Watford chaussa ses lunettes.

— Hum, je vois ici que Toys for Tots consacre 3,7 % de son budget à chercher des fonds…

— La moyenne nationale avoisine les 25 %, contra Sarah.

Bill leva la main pour signifier qu'il entendait ne pas être interrompu.

— Et que le président a manqué à son devoir de réserve en recevant la visite de Michelle Obama.

— Quoi ? s'exclama Sarah. Quelle plus belle reconnaissance au contraire ?

Watford enleva ses lunettes. Il était hilare.

— Vous ne voyez pas que je vous fais marcher ?

— Vous m'avez fait peur ! Alors, on les soutient ?

— Et comment ! Elle est formidable, cette association.

— Walker ? demanda Sarah.

— Bien sûr. Ils ont l'air de faire un travail du tonnerre.

Ils mirent de côté cinquante mille dollars et passèrent au deuxième dossier, un groupe qui accompagnait les parents de bébés prématurés. Watford et Sarah inversèrent les rôles, pour un résultat identique. Walker se rangea une nouvelle fois à leur jugement, en ajoutant que « si une cause méritait d'être défendue, c'était bien celle-là ».

Il avait parlé trop tôt, car les missions des organisations suivantes étaient plus honorables les unes que les autres : bourses d'études pour les enfants de foyers monoparentaux, réfection des terrains de basket d'écoles publiques impécunieuses, maisons pour les victimes de violences conjugales, etc. Toutes reçurent quelque chose.

Sarah et Bill croisèrent le fer sur le dernier dossier de la journée. Fallait-il ou non soutenir l'Unicef, l'agence des Nations unies dédiée à la condition des enfants ? Sarah était d'avis que oui, ne serait-ce que pour profiter des retours d'expérience d'un programme implanté dans deux cents pays. Bill se méfiait instinctivement des organismes gouvernementaux. Il évoqua les casseroles que traînait l'Unicef, comme son incapacité à faire reculer la mortalité infantile ou son opposition à l'adoption d'orphelins par des parents étrangers.

Walker faisait semblant de suivre les débats en émettant de loin en loin une remarque inoffensive. Cette discussion – à vrai dire, toute la journée – n'avait pour lui aucun sens. Ils avaient alloué un million de dollars à treize associations et s'étripaient pour savoir s'il convenait d'en ajouter une quatorzième à la liste. Toutes promettaient de soulager la misère de populations vulnérables et toutes y parviendraient à des degrés divers. Soit l'on menait une enquête sérieuse pour n'en retenir qu'une poignée, soit l'on admettait son ignorance et l'on saupoudrait en s'épargnant ces gesticulations.

— Je me rends, finit par concéder Sarah. Exit l'Unicef.

— Nous réexaminerons la question l'année prochaine, promit Bill, magnanime.

Il repartit de son côté, les Walker du leur.

— Dis donc, attaqua Sarah dès qu'ils furent dans la voiture, tu aurais pu lire les dossiers !

— Je les ai survolés ce week-end.

— À d'autres ! Tu n'as pas exprimé une idée originale. Tu te contentais de reformuler nos propos.

— Je t'avais prévenue : je n'ai pas de temps à consacrer à cette fondation. Répartissons-nous les rôles : j'accrois les profits de la boîte et Bill et toi attribuez les subventions.

Le visage de Sarah s'assombrit.

— Toute l'idée était de faire ça ensemble, dit-elle d'un ton peiné. Regarde Bill et Melinda Gates : ils voyagent, ils consultent, ils se documentent pour construire quelque chose qui les dépasse. Tu n'aimerais pas ça ?

La conversation prenait un tour crucial. Walker se gara sur le bas-côté et dévisagea sa femme.

— Ce n'est pas mon talent, Sarah. Je ne suis pas fait pour distribuer des subsides.

— Ça ne t'intéresse pas ?

— Honnêtement, pas plus que ça. Je trouve ton initiative admirable, j'ai apporté une partie de mes titres à la fondation, mais ne m'en demande pas plus s'il te plaît.

— Tu finiras par y venir, dit Sarah. Bill non plus au début ne voulait pas lâcher Microsoft. Et puis il a installé quelqu'un d'autre dans son fauteuil et il a rejoint Melinda à plein temps.

Que répondre à ça ? Qu'on pouvait applaudir

la générosité des époux Gates sans pour autant rêver de les imiter ? Encore une fois, le discours de Sarah trahissait ses aspirations profondes. Nul doute qu'en vieillissant, Raymond se serait engagé dans la philanthropie.

La conjonction de ces événements plongea Walker dans un abîme de désespoir. Son avenir était désormais tout tracé. Il continuerait à développer Wills, à ouvrir des bureaux, à décrocher des contrats, à augmenter les prix et à serrer les coûts. Il finirait par céder à Sarah, embaucherait un directeur général pour s'offrir le luxe de discuter avec Bill Watford de la pénurie de chiens d'aveugle ou des dernières recherches sur la mort subite du nourrisson. De temps à autre, il marierait un enfant, enterrerait un aïeul, se ferait poser une hanche en titane. Il donnerait cinquante millions à Northwestern, serait élu président d'honneur de la chambre de commerce, adopterait un terre-neuve, travaillerait ses sorties de bunker. Le matin, en se rasant, il se dévisagerait dans la glace, essaierait d'imaginer ce qui aurait pu être et se convaincrait, de plus en plus facilement avec l'âge, qu'il avait fait preuve de courage en restant.

Et puis un jour, il mourrait.

Il avait encore trente, peut-être quarante ans à vivre. S'il devait partir, c'était maintenant, tant qu'il en avait la force. D'ailleurs, l'hiver approchait. En altitude, les températures avaient commencé à dégringoler. Il devait foutre le camp, là, tout de suite. Mais comment ?

On en revenait toujours à l'argent.

CHAPITRE 6

La solution se présenta peu après, alors qu'il auditionnait les représentants des deux avionneurs sur les rangs pour renouveler la flotte aérienne de Wills.

Les petits Cessna avaient fait leur temps. Les nouveaux modèles consommaient moins de carburant, nécessitaient des révisions moins fréquentes et permettaient plus de souplesse dans l'aménagement intérieur. Plutôt que d'étaler ses emplettes sur des années, Walker avait lancé un appel d'offres sur plusieurs dizaines d'appareils identiques afin d'obtenir un plus gros rabais et d'abaisser les coûts d'entretien. On parlait d'un investissement d'environ cinq cents millions de dollars, sans compter la maintenance.

Une première sélection avait réduit le nombre de prétendants de six à deux : un constructeur brésilien et un américain.

Les Brésiliens de Cerqueira équipaient déjà FedEx et DHL. Leur appareil était fiable et peu gourmand en kérosène. La cabine pouvait être reconfigurée en moins d'une heure, un argument précieux pour Wills qui refondait constamment ses plannings. Seul point noir, Cerqueira entendait se charger de la maintenance dans ses ateliers de Phoenix, là où Walker désirait l'internaliser pour des raisons d'économie.

Les Américains de Lucas Aircrafts étaient disposés à former les mécaniciens de Wills. Ils avaient supplanté Boeing chez UPS et ne manquaient pas une occasion de rappeler que leurs appareils étaient assemblés à Milwaukee, « et non dans la forêt amazonienne ».

Walker était tiraillé entre les deux offres. La première promettait une plus grande flexibilité, à un coût complet légèrement supérieur. La seconde péchait sur la charge utile, mais se rattrapait sur les facilités de paiement.

Les présidents des entreprises candidates se déplacèrent à Albuquerque pour présenter leur copie définitive devant le comité de direction de Wills. Walker avait préparé un tableur synthétique permettant de comparer en temps réel les mérites des deux offres.

Heitor Pereira, le Brésilien, avait un profil similaire à celui de Walker. Du petit constructeur du Mato Grosso qu'il avait repris dans sa jeunesse, il avait fait, en l'espace d'une génération, un des fleurons de l'industrie sud-américaine. Il exposa plusieurs cas pratiques qui illustraient à merveille la polyvalence de ses avions et prouvaient qu'il avait compris la problématique de Wills. Il consentit pour la forme à une ristourne de 1 %, tout en laissant entendre qu'il se savait plus cher que la concurrence.

Il sortit par une porte tandis qu'entrait par l'autre Maurice « Hank » Robinson.

Robinson était une légende du transport aérien. Non content de présider son groupe, il en était le principal actionnaire et le négociateur en chef. « Les imbéciles, avait-il coutume de dire, essaient de vendre du sable à un Bédouin. Moi je lui vends de la glace. C'est moins glorieux, mais plus lucratif. » À soixante-dix ans passés, seul le frisson du commerce le motivait encore. Il écumait les salons aériens à bord de son jet privé, à la recherche du nouveau logisticien asiatique ou du prochain dictateur africain.

Tels ces bonimenteurs qui vous demandent avant de se lancer dans leur article combien vous avez en poche, il avait des produits pour toutes les bourses. Au transporteur tadjik désargenté, il refourguait des cercueils volants dignes de l'Aéropostale ; au président ougandais, il offrait une Rolls-Royce blindée pour trois hélicoptères commandés. Il ne rendait plus de comptes à personne depuis qu'il avait retiré son groupe de la Bourse et n'évoquait jamais sa succession, sinon pour dire que les cinq enfants qu'il avait eus de trois épouses différentes n'y joueraient aucune part.

Walker se renversa dans sa chaise pour assister au numéro. Robinson attaqua très fort. Ce matin, sur son rameur, il avait eu une vision : celle d'un monde où les camionnettes frappées du logo de Wills – un W bleu marine dont les pointes inférieures étaient montées sur des roues – supplantaient en nombre les bus de ramassage scolaire. Ce rêve, il était de son devoir de le faire advenir en fournissant à Wills les appareils du futur. Des appareils yankees, fallait-il le préciser, avec des manuels de bord écrits dans la langue de Shakespeare et non en portugais. Il ne lâcha pas de remise supplémentaire (« Pourquoi le ferais-je ? Nous savons tous ici que je suis le moins-disant »), mais ne put s'empêcher d'offrir la peinture, une fleur d'un million de dollars.

Son numéro terminé, Robinson répondit à quelques questions et en posa au moins autant afin d'évaluer ses chances de succès. Par trois fois, Walker remercia son invité, par trois fois celui-ci trouva le moyen de rebondir et d'égratigner Pereira. Pour finir, Walker se leva, prit Robinson par le bras et l'escorta poliment en dehors de la salle.

Le vieux roublard n'attendait que ça. Sitôt à l'abri des regards, il murmura :

— Dites-moi ce que je dois faire pour décrocher ce contrat.

Walker recula sous la surprise, se demandant s'il avait bien entendu. Robinson venait-il de lui proposer un pot-de-vin ?

Comme s'il avait lu dans ses pensées, Hank ajouta à voix basse :

— Évidemment, ça restera entre nous.

Le doute n'était plus permis. Robinson esquissait d'ailleurs un mince sourire de connivence, qui signifiait « Mais oui, vous m'avez compris. Alors, combien ? »

Walker, qui en temps normal eût chassé ce margoulin à coups de pied au cul, vit dans la manœuvre de celui-ci l'occasion qu'il attendait. Jamais dans sa carrière il n'avait attribué un contrat d'un demi-milliard ; jamais carotter 1 ou 2 % ne lui rapporterait autant.

Dans tous les cas, c'était le moment de vérité. Car une chose était sûre : s'il laissait passer cette chance, il ne partirait jamais.

— Dix millions, lâcha-t-il. Sur un compte à Singapour. Je vous enverrai le numéro dans la soirée.

Robinson plissa les yeux.

— Quand se réunit le conseil ?

— Demain matin. Je recommanderai votre offre. Nous publierons un communiqué de presse dans la foulée.

— Vous recevrez l'argent vingt-quatre heures plus tard.

— Pas question. La moitié avant le communiqué, la moitié après.

— La totalité après, c'est la règle dans ce genre de transactions.

Walker hocha la tête, résigné. Que connaissait-il, après tout, à l'étiquette des dessous-de-table ?

— Entendu.

— Au revoir John, dit Robinson en secouant la main de son hôte. C'est un plaisir de traiter avec vous.

CHAPITRE 7

Tout se déroula comme l'avait prévu Walker. Les membres du comité exécutif, partagés entre les deux offres, ne furent que trop heureux de le voir trancher. Le mardi, le conseil entérina à l'unanimité le plus gros plan d'investissement de l'histoire de Wills. Les administrateurs exprimèrent leur satisfaction de contribuer au renouveau de l'industrie américaine. Walker répondit, sans mentir tout à fait, qu'il n'avait pensé qu'à l'intérêt des actionnaires.

Il rédigea lui-même le communiqué de presse en gardant à l'esprit que Robinson profiterait de la moindre ambiguïté pour se dégager de son obligation. Au terme d'un appel d'offres âprement disputé, Wills attribuait un contrat de quarante-trois appareils à Lucas Aircrafts. La décision du conseil était ferme et irrévocable. L'accord définitif serait finalisé sous peu.

La formulation du communiqué dut convenir à Robinson, car vingt-quatre heures plus tard, la banque singapourienne de Walker accusa réception d'un virement de dix millions de dollars. L'émetteur était désigné comme X346771BE, une appellation qui ne renvoyait à aucune société connue. Walker plaça la somme en produits monétaires. À 1 % de rémunération annuelle, il empocherait deux cent soixante-dix dollars par jour. Il n'y avait pas de petit profit.

Curieusement, il ne craignait pas d'être démasqué. L'arrangement conclu avec Robinson présentait plus de garanties qu'il n'y paraissait. Il était simple et quasi impossible à détecter. Aucune des parties ne pouvait dénoncer l'autre sans s'exposer à de longues années de prison. Quant à l'argent qui avait atterri sur son compte, Walker était prêt à parier qu'il n'avait pas été déclaré au fisc.

Il n'en mesurait pas moins la gravité de son acte. Il avait enfreint la loi, lésé Pereira qui méritait de l'emporter, spolié les actionnaires de Wills qui allaient payer leurs avions dix millions trop cher.

Il avait brûlé ses vaisseaux.

Il rêvait jusqu'alors de partir ; il n'avait désormais plus le choix.

CHAPITRE 8

La course contre la montre était engagée. Chaque jour qui passait compromettait ses chances de survie dans la montagne. Il décida de sauter le pas le jeudi suivant, où Libby lui avait justement pris des rendez-vous à Denver et El Paso.

Il n'avait plus grand-chose à faire dans l'intervalle. Les éléments du plan étaient en place depuis longtemps. Sa tenue de randonnée, son parachute, un petit sac à dos, une dizaine de milliers de dollars en cash l'attendaient dans le turboprop. Il relut les consignes des Park Rangers en cas de rencontre avec un ours, soumit sa balise GPS à toutes sortes de tests et mémorisa la carte du parc national par mesure de prudence.

Le mardi soir, Lou Morris, son client d'El Paso, l'appela pour l'avertir d'un changement de programme : il partait jeudi pour la Floride assister aux funérailles de son frère. Il pouvait au besoin avancer leur rendez-vous au lendemain matin. Walker passa quelques coups de fil et confirma à Morris qu'il serait à son bureau à 9 heures et demie. Mine de rien, il venait d'anticiper la date de son départ de un jour.

Bizarre, pensa-t-il, comme les événements s'étaient enchaînés. Trois ans plus tôt, il jouait avec l'idée de sa disparition, comme un employé de bureau spécule sur ce à quoi ressemblerait sa vie s'il gagnait au loto. Il n'envisageait pas sérieusement de passer à l'action : quel monstre briserait le cœur de ses parents, d'une femme aimante et de trois enfants innocents ? Pourtant, il avait commencé à acheter du matériel de camping, à mettre de côté deux ou trois cents dollars chaque fois qu'il tirait de l'argent au distributeur, à lire des manuels de parachutisme. Il n'allait pas partir, oh non, il avait juste besoin d'une soupape. D'autres collectionnaient les Ferrari ou chassaient le zébu, lui préparait sa fuite. Certes, Sarah était têtue comme une mule, certes, les enfants lui pompaient beaucoup d'énergie, mais ils avaient besoin de lui et pour rien au monde il ne les abandonnerait.

En homme qui ne faisait pas les choses à moitié, il avait pourtant continué à cocher les cases sur sa liste, loué une boîte postale, enterré son sac dans la forêt – sans penser à sa famille. À quoi bon se torturer les méninges puisqu'il n'avait pas l'argent ?

Et soudain, l'argent s'était offert à lui, au moment où il s'y attendait le moins, le plaçant face au dilemme qu'il avait jusqu'alors réussi à éviter. Sa tête lui soufflait de rester, son cœur était auprès de sa famille, mais ses tripes avaient décidé pour lui. L'inconnu l'appelait, c'était une question de vie ou de mort. Il préférait vivre avec le remords d'être parti qu'avec le regret d'être resté.

Il voulut embrasser les siens une dernière fois. La tâche s'annonçait d'autant plus difficile qu'il ne pouvait s'écarter de l'ordinaire ou prononcer de paroles susceptibles de revêtir une signification nouvelle à la lumière de sa disparition.

Le jour venu, il se leva à 6 heures et demie et descendit à 7, alors que Sarah dormait encore. Andy et Jess, attablés dans la cuisine, engloutissaient des céréales en parcourant les nouvelles de la nuit sur leurs tablettes.

— Quoi de neuf sur Facebook ? demanda Walker dans une piètre tentative pour engager la conversation.

— Comme si ça t'intéressait, marmonna Andy en avalant sa dernière bouchée.

Walker, meurtri, reporta ses espoirs sur sa fille, qui échangeait des messages frénétiques avec un correspondant non identifié.

— Et toi ma puce, comment s'est passé ton test d'histoire hier ?

— OK.

— Des choses palpitantes au programme ?

— Rien de spécial, répondit Jess sans lever la tête.

Ce n'étaient pas les souvenirs qu'il avait espéré emporter avec lui. Ce soir, en plus, ses aînés se reprocheraient leur froideur. « J'aurais dû partir à l'aube », songea-t-il avec amertume.

Joey descendit à ce moment-là, vêtu du short et du polo ardoise qui constituaient l'uniforme de son école. Il glissa deux tranches de pain dans le toaster et se servit un verre de jus d'orange.

— Ça va, bonhomme ? demanda Walker en travaillant déjà sur sa deuxième question.

— Au petit poil, répondit son fils, qui puisait ses expressions dans les *comic books* des années 50.

— Pas trop déçu du départ de Mme Wilson ?

— Nelson, papa. Wilson, c'est le nom du ballon de volley de Tom Hanks dans *Seul au monde*.

— Nelson. Tu l'aimais bien, je crois.

— Oui, enfin, faut pas exagérer non plus, nuança Joey, soucieux de ne pas passer pour une mauviette.

— Qui sont tes meilleurs potes en ce moment ?

On touchait là à un sujet grave. Joey but une gorgée de jus d'orange, espérant sans doute qu'un influx de vitamine C lui éclaircirait les idées.

— Matt, Josh, Eddie, Justin… Rectification, pas Justin.

— Pourquoi non ?

— Il est trop perso au foot et il ne me laisse pas copier.

— Au moins, c'est cohérent, nota Walker. Tu copies, toi ?

— Seulement quand je ne connais pas la réponse. Et toi, tu trichais ?

— À ton âge, je donnais plutôt dans l'antisèche. Je recopiais les cours sur des bandelettes de papier que je collais derrière ma règle. Un jour, pendant un contrôle, le prof m'a emprunté ma règle…

— La vache ! Il a vu ton papelard ? demanda Joey, au comble de l'excitation.

— Même pas. Il était myope comme une taupe. N'empêche que j'ai eu la frousse de ma vie. Ça m'a fait passer l'envie de recommencer.

Il avait inventé cette histoire pour épater son fils et peut-être aussi à des fins éducatives. À cet instant, la porte de la cuisine claqua. Il regarda par la fenêtre : Andy et Jess couraient pour attraper leur bus. Tout à sa conversation avec Joey, il ne les avait pas entendus partir. Cela valait peut-être mieux ainsi. Qui sait comment ils auraient réagi s'il avait tenté de les embrasser ?

Joey se leva pour aller chercher ses toasts et s'arrêta net.

— J'ai oublié de faire un exo de maths ! s'écria-t-il, catastrophé. Mme Collins l'a donné après la sonnerie et je ne l'ai pas écrit dans mon agenda.

— Pas de panique. Tu vas le faire maintenant pendant que je te prépare ton petit-déj'.

Soulagé, Joey se mit au travail. Walker l'observait en tartinant les toasts d'une épaisse couche de beurre de cacahuète.

— Tu t'en sors ?

— Fastoche. Je suis un caïd en maths.

— Et modeste avec ça !

— Tu dis toujours qu'il faut connaître ses forces et ses faiblesses.

— En effet. Et quelles sont tes faiblesses à toi ?

— Tu ne vas pas me demander de les crier sur les toits, non plus ?

Walker éclata de rire, un rire où la fierté d'avoir inculqué quelques valeurs à son fils le disputait à la tristesse de ne pouvoir achever son éducation.

Joey mordit dans un toast en regardant fixement son cahier.

— Tu sèches ?

— Je réfléchis.

— D'ici, on dirait que tu sèches. Fais voir la question.

Joey lui tendit son livre à contrecœur. Walker lut l'énoncé, un banal problème de proportionnalité, et guida son fils sur le chemin de la réponse.

— Quand je te disais que j'étais un boss ! claironna Joey en refermant son cahier.

— Un boss qui gagnerait à réviser sa table de 9.

— Tu pourras m'aider ce week-end ? J'ai un exposé à faire sur les volcans.

— Pas de problème, dit Walker en se haïssant.

Sarah fit son entrée en tenue de yoga. Elle marqua un temps d'arrêt en voyant son mari.

— Je te croyais à El Paso.

— J'ai rendez-vous à 9 heures et demie.

Sarah regarda sa montre.

— Joey, il est 25. Tu t'es brossé les dents ?

— Avant de descendre.

— Tu as pris un snack ?

— Une compote.

— Tu n'as pas oublié que je viens te chercher après les cours pour t'amener chez le Dr Weston ?

— Comme si je risquais d'oublier un rendez-vous chez le dentiste, répondit Joey.

— Allez, file, tu vas être en retard.

Le moment que redoutait Walker était arrivé. Il s'accroupit devant son fils et le serra contre lui de toutes ses forces.

— Je t'aime, mon bonhomme.

— Je t'aime aussi, papa.

Walker se releva, en retenant les larmes qui lui montaient aux yeux. Il avait eu l'instant de tendresse qu'il espérait. Savoir que Joey n'oublierait jamais cette étreinte n'amoindrissait pas sa culpabilité. Même les génies des mathématiques ont besoin de leur père.

Sarah avait coutume d'accompagner Joey jusqu'à son arrêt de bus en lui portant son cartable. En les regardant s'éloigner, Walker se dit qu'il laissait ses enfants en de bonnes mains. Il aimait penser qu'il aurait donné sa vie pour eux ; Sarah, elle, la donnait chaque jour : cela faisait toute la différence.

Quand Sarah rentra, elle se servit un thé puis coupa quelques fraises qu'elle mélangea dans un bol de céréales.

— Tu ne manges pas ? dit-elle en s'asseyant au comptoir.

— Je n'ai pas faim.

— Même pas pour une banane ?

— Connaissant Lou, il aura prévu des donuts, dit Walker.

La vérité, c'est qu'il avait l'estomac noué en regardant Sarah avaler son dernier repas de femme mariée. Il tenta de se raisonner en se répétant les choses qu'il s'était dites cent fois. Sarah était solide, elle se relèverait. Elle pourrait compter sur le soutien de ses amies. Elle était encore jeune, intelligente, drôle, riche ; si tel était son souhait, elle n'aurait aucune difficulté à refaire sa vie.

Pourvu qu'elle accepte l'offre de FedEx, pensa

Walker. Elle pourrait ainsi se consacrer au développement de sa fondation, un projet qui lui ressemblait et la comblerait.

— Tiens, dit Sarah, pendant que je t'ai sous la main, Rob a besoin de connaître la couleur exacte avant d'attaquer la façade de Seaside.

— Euh, qu'est-ce qu'on avait dit, déjà ? tenta Walker en usant d'une de ses formules favorites.

— Blanc cassé. Encore que je me demande si on ne devrait pas partir sur du gris perle. Blanc, c'est salissant et puis les voisins…

Walker avait basculé en mode automatique, ce mécanisme de défense qu'il avait développé au fil des ans et qui consistait à hocher doctement la tête, poser quelques questions rhétoriques (« On est sûrs qu'on ne préférerait pas du beige ? ») pour finir par feindre de se rallier à la sagesse des arguments de Sarah.

Quel symbole, pensa-t-il avec consternation. Son dernier échange avec sa femme aurait porté sur un détail insignifiant, à propos d'une maison qu'il n'avait pas voulue. S'il avait besoin qu'on lui rappelle pourquoi il s'enfuyait, c'était réussi.

— Va pour le gris, dit-il afin d'abréger la conversation.

Sarah regarda à nouveau sa montre et bondit.

— Je vais être en retard au yoga. Tu diras bonjour à cette vieille fripouille de Lou de ma part.

— Je n'y manquerai pas.

Sarah se dressa sur la pointe des pieds et posa un baiser sur les lèvres de son mari.

— Salut Walker.

Il se retrouva seul dans cette vaste maison qu'il aimait tant. Rien ne s'était déroulé comme prévu. Il ne put s'empêcher de noter l'ironie de la situation : il était censé disparaître, or c'étaient les autres qui l'avaient quitté.

CHAPITRE 9

Walker s'était concocté un programme parfaitement plausible : un rendez-vous à El Paso, suivi de deux autres à Denver. Le Vallejo Peak se dressait sur l'axe reliant les deux villes, à une cinquantaine de miles au nord-est d'Albuquerque.

Walker n'avait pas choisi El Paso par hasard. Lou Morris lui avait toujours porté chance : le Texan lui avait octroyé son premier gros contrat et l'avait aidé à s'implanter à Dallas et Houston. Une solide amitié s'était nouée entre les deux hommes, au point que Walker et Sarah avaient assisté au mariage des trois enfants de Morris.

Sachant qu'il ne revolerait pas de sitôt, Walker s'efforça de profiter au maximum de son dernier trajet. Il admira comme à chaque fois les dunes étincelantes du désert de White Sands, dont la beauté immaculée ferait presque oublier qu'y fut testée la première bombe atomique. Après un atterrissage parfait, il demanda au mécanicien de faire le plein – le carburant coûtait moins cher au Texas

– et prit un taxi pour la zone industrielle où il était attendu.

Lou Morris possédait une affaire de recyclage qui désossait un demi-millier de voitures par jour. Il écoulait la ferraille au poids du métal et mettait de côté les pièces détachées qu'il pouvait revendre aux garages de la région. Un disque d'embrayage en bon état allait chercher autour de cinquante dollars, un collecteur d'échappement près du double. Les carrossiers, qui refacturaient les pièces aux particuliers, discutaient peu les prix, mais insistaient pour être livrés au plus vite. Raymond Wills et, en son temps, FedEx ne s'y étaient pas trompés, qui avaient trouvé leurs premiers débouchés dans les métiers de négoce.

Walker arriva un peu en avance. La secrétaire le fit patienter sur une banquette de Thunderbird écarlate. L'ameublement des locaux n'avait pas coûté bien cher. Enfin, la porte du bureau de Morris s'ouvrit, livrant le passage à un hercule au crâne lisse comme une boule de billard.

— Howdy mon ami ! s'écria le colosse en ouvrant les bras.

— Howdy vieux frère, dit Walker en lui rendant son étreinte.

Ils s'installèrent dans le bureau de Morris. Les murs étaient ornés de prétendues pièces de collection dont Walker soupçonnait que leur propriétaire n'aurait pas hésité à se débarrasser si un garagiste de San Antonio lui en avait offert un prix décent.

— Condoléances pour ton frère, dit-il.

Morris renifla :

— Putain de chienne de vie, c'est moi qui te le dis !

— Quel âge avait-il ?

— Soixante-quatre. Cancer du côlon, une vraie saloperie.

— Des enfants ?

— Deux, mais bon, ils sont grands.

« Tout le monde ne peut pas en dire autant », pensa Walker avec un pincement au cœur.

— Où l'enterre-t-on ?

— West Palm Beach. Je change à Houston.

Ils s'assirent sur la banquette d'une Rolls-Royce Silver Shadow. Morris lissa machinalement son pantalon du plat de la main. Malgré son physique de sumotori et son métier de ferrailleur, il s'habillait comme un dandy. Son tailleur passait pour le deuxième homme le plus riche de la ville.

— Tu voulais me voir ? demanda le Texan.

— Oui, j'ai entendu parler d'un problème de facturation sur le mois d'août. On t'avait appliqué la surcharge carburant comme au commun des mortels…

— C'est la deuxième fois en un an. Tu sais que je vais finir par me vexer !

— Pour information, tu es le seul à bénéficier d'une exemption.

— Je parie que tu dis ça à tous tes clients !

— Tiens, voilà la facture corrigée, dit Walker en sortant une feuille de sa sacoche. J'ai demandé qu'on t'accorde 3 % de remise supplémentaires pour ta peine.

— Ça c'est commerçant, apprécia Morris. Je m'achèterai une cravate.

— J'avais plutôt pensé à un costume, mais c'est vrai qu'avec toi, deux mille dollars ne paient même pas le tissu.

Morris rigola de bon cœur.

— Bon, tu n'as tout de même pas fait le voyage pour m'apporter une facture ?

— Non, je voulais te parler d'une offre sur laquelle on travaille.

— Raconte.

— Il s'agirait de créer une nouvelle classe de service dans les grandes villes : livraison garantie entre 7 et 8 le matin.

— FedEx a un produit dans le genre.

— Ils promettent de livrer avant 10 heures. Ça change tout : à 10 heures, les chefs d'atelier ont déjà fait leurs plannings. Mes gars du marketing pensent qu'il existe un marché spécifique de l'avant-jour.

— Pas terrible comme nom.

Walker fit un geste vague de la main.

— Peu importe à ce stade. J'aimerais ton avis : tu crois que ça pourrait intéresser tes clients ?

Morris réfléchit. La banquette était défoncée du côté où il était assis.

— Pourquoi pas ? dit-il enfin. Les gens qui ont besoin d'une pièce détachée ont souvent eu un accident. L'assureur paie les réparations et, le cas échéant, leur fournit un véhicule de remplacement.

— C'est ce qu'on s'est dit. L'automobiliste récupère sa voiture un jour plus tôt et l'assureur fait des économies.

— Et le garagiste ? Qu'est-ce qu'il y gagne ?

— Des clients plus contents.

— Si les garagistes se souciaient du bonheur de leur clientèle, ça se saurait, remarqua Morris.

— Parce que tu crois qu'ils aiment voir leurs ateliers encombrés de bagnoles en attente ? D'ailleurs, même s'ils ne se mettent pas au boulot illico, ils refactureront les frais d'acheminement de la pièce à l'assureur.

— Oui, c'est possible. Et elle coûterait combien ta livraison express ?

— Oh, on parle d'un supplément de cinq ou six dollars.

— Quoi ? Tu débloques !

Pendant un moment, ils s'adonnèrent à leur jeu habituel. Walker rappela à Morris qu'il n'avait pas le monopole de la ferraille aux États-Unis. Comme rien ne ressemblait plus à un carburateur de Corvette qu'un autre carburateur de Corvette, Morris ne pouvait se distinguer de la concurrence que sur deux points : le prix et le service. En offrant à ses clients l'option d'une livraison dès potron-minet, il marquerait les esprits et conforterait sa réputation de leader de l'industrie. Morris objecta que ses profits stagnaient depuis trois ans et qu'il n'allait pas prendre le risque de les écorner un peu plus en alourdissant ses coûts d'expédition. La conversation s'acheva comme l'un et l'autre s'y attendaient.

— On lance en novembre, dit Walker. Nous offrons 30 % aux premiers clients.

— À vie ? demanda Morris pour la forme.
— Très drôle. Pendant trois mois.
— Six.
— Trois. Si tu continues d'utiliser le service au-delà, c'est que tu y trouves ton compte.
Morris soupira.
— Va pour trois mois.
— Jeff te contactera avec la marche à suivre.
— On t'a déjà dit que tu étais un requin ?
— Si je suis un requin, qu'est-ce que tu es ? Un cachalot ?
Ils continuèrent sur ce mode pendant quelques minutes. Pour se faire pardonner son intransigeance, Walker suggéra à Lou de regrouper ses envois J+1 afin de tirer parti d'une remise enfouie dans les profondeurs de son contrat. Bien qu'il aimât toujours autant satisfaire ses clients, c'était devenu trop facile. S'il ne partait pas maintenant, il serait encore là dans vingt ans à discuter le bout de gras avec le successeur de Morris.
Il prit congé du Texan en promettant de revenir le voir prochainement.

CHAPITRE 10

Il remonta à bord du turboprop. À partir de maintenant, il n'avait plus le droit à l'erreur.

Il déposa son plan de vol auprès de l'aviation civile. Il se dispensait parfois de cette corvée, facultative en cas de vol à vue. Aujourd'hui cependant, compte tenu de la distance à couvrir, il piloterait aux instruments.

Il était recommandé de communiquer son plan au moins une heure avant le décollage. Walker, fidèle à ses habitudes, s'acquitta de cette formalité pendant le roulage en attendant le feu vert de la tour. Il indiqua, comme c'était l'usage, le nombre de passagers (un), le niveau du réservoir (plein), ses aéroports d'origine (El Paso) et de destination (Denver), sa vitesse (trois cent trente nœuds), son altitude de croisière (trente et un mille pieds), son temps de vol (deux heures et dix minutes) ainsi que les coordonnées de la personne à prévenir en cas d'urgence (Libby). Pour faire bonne mesure, il joignit, bien qu'il n'y fût pas tenu, une liste d'aérodromes sur le parcours.

Il décolla à 11 h 13 et enclencha presque aussitôt le pilote automatique. Il se leva pour s'assurer qu'il n'avait laissé traîner aucun objet compromettant dans la cabine, avant de se livrer à un dernier inventaire du contenu de son sac de première nécessité. Tout y était : un couteau suisse, une boussole, la balise GPS, la carte du parc, du cash, une demi-douzaine de rations de survie, une gourde, des pilules pour purifier l'eau, une boîte d'allumettes, une pelle rétractable, une trousse à pharmacie, une couverture isothermique. Il avait limité la charge pour plusieurs raisons. Le parachute était conçu pour un poids maximal de quatre-vingt-quinze kilos ; pour son premier saut, Walker préférait rester aussi libre que possible de ses mouvements ; enfin, le sac qu'il avait enterré au printemps contenait tout l'équipement dont il aurait besoin pour survivre dans la forêt.

Il se changea, troquant sa tenue de ville pour des habits de randonnée : un maillot de corps à manches longues en Gore-Tex, une chemise et des chaussettes en laine mérinos, une polaire, un pantalon en polyamide et des chaussures de marche. Il fourra ses anciens vêtements dans le sac et décida au dernier moment de laisser ses souliers derrière lui. Autant la découverte de son pull ou de sa ceinture éveillerait les soupçons, autant celle de ses mocassins convaincrait les sauveteurs de sa présence à bord au moment de l'impact.

Il plaça le sac devant la porte, à côté du parachute qu'il avait acheté à Tucson dans un surplus militaire. Les avions de tourisme n'ont pas de parachutes à leur bord : le pilote redresse son coucou ou s'écrase avec lui.

Le plan de Walker consistait à simuler une dépressurisation de la cabine. Les appareils à réaction, comme les turbopropulseurs, recréent à bord les conditions atmosphériques qui règnent à huit mille pieds d'altitude. Si un avion de ligne dépressurise alors qu'il se trouve au-dessus de quatorze mille pieds, les masques à oxygène tombent automatiquement. Sans eux, les premiers troubles apparaissent : maux de tête, vertiges, nausées, ataxie. Au-delà de vingt mille ou trente mille pieds, l'hypoxie finit par entraîner la mort.

À 11 h 39, Walker appela le contrôle aérien en prenant une voix pâteuse.

— Ici DC 1… DC 142.

Il laissa s'écouler quelques secondes puis reprit en mangeant ses mots comme un ivrogne :

— Sion dans cabine… Peux réduire titude ?

La voix d'un employé du contrôle aérien d'Albuquerque résonna dans son casque.

— Contrôle à DC 142 ? Quel est votre statut ?

— Surisation… En panne…

— Compris DC 142. Descendez immédiatement à seize mille pieds.

L'employé appliquait les consignes à la lettre. Son correspondant présentait les symptômes classiques de l'hypoxie, sans doute en raison d'une panne du système de pressurisation. Il ne recouvrerait ses facultés qu'en réduisant drastiquement son altitude.

Walker reprit les commandes et poussa le

manche vers l'avant. Tout se déroulait pour l'instant comme il l'avait espéré.

— Contrôle à DC 142? Vous m'entendez? Confirmez votre altitude.

— Euh… Mille… Mille cent pieds.

— Contrôle à DC 142? Répétez s'il vous plaît.

— Mille cent mille pieds.

— DC 142, vous êtes à environ vingt mille pieds. Descendez à seize mille et stabilisez.

— Seize mille… Compris.

— On va vous tirer de ce mauvais pas, DC 142.

Walker entra les coordonnées qu'il avait préparées dans l'ordinateur de bord, nota l'heure sur sa montre et lança le pilote automatique. L'appareil réduisit de moitié le rythme de la descente et vira d'un minuscule degré vers l'est. C'était l'une des raisons qui avaient emporté la décision de Walker : le Vallejo Peak était situé en plein sur la droite reliant Denver à El Paso.

— Contrôle à DC 142, vous m'entendez? Vous êtes à dix-huit mille pieds et vous descendez encore.

Walker se leva de son fauteuil sans se donner la peine de répondre. Une photo de famille, prise l'été dernier à Seaside, était scotchée sous le tableau de bord. Pris d'une impulsion, il l'arracha et la glissa dans sa poche.

Il passa à l'arrière, enfila le parachute ventral puis le sac à dos, assujettit le tout en serrant moult sangles. Il se sentait aussi gracieux qu'un scaphandrier. «Pourvu que je ne dépasse pas le poids autorisé», pensa-t-il avant que sa raison ne reprenne le dessus. Le fabricant avait forcément intégré une marge de sécurité de dix ou vingt kilos. Et puis, il s'était fourni dans un surplus de l'armée : les Marines étaient des costauds; la moitié d'entre eux devaient dépasser le quintal.

— DC 142, vous m'entendez? Vous descendez trop vite.

Le contrôleur n'arrivait plus à dissimuler sa panique. La séquence des événements n'admettait qu'une explication : Walker avait perdu connaissance avant d'avoir stabilisé le turboprop. L'appareil continuait à perdre de l'altitude. Il survolerait bientôt la Santa Fe National Forest hérissée de sommets à plus de dix mille pieds.

— DC 142, réveillez-vous! hurla la voix.

Au même moment, la sirène de l'EGPWS retentit dans le cockpit, enjoignant à son occupant de redresser l'appareil sous peine de collision imminente.

— SINK RATE. PULL UP. SINK RATE. PULL UP.

Walker, qui n'avait jamais eu l'occasion de tester son système avertisseur, constata avec satisfaction que celui-ci fonctionnait parfaitement. Il regarda sa montre : deux minutes avant l'impact. Il avait fait plusieurs fois ses calculs, en tenant compte du vent, de l'altitude, de la vitesse de l'appareil. Il devait sauter assez tôt pour être au sol quand l'avion s'écraserait. Vu son manque d'expérience, il ne se faisait aucune illusion sur sa capacité à contrôler sa chute. L'essentiel était d'atterrir à moins de cinq kilomètres de la combe où il avait enterré le sac. Il savait quand ouvrir son parachute, comment plier les jambes à l'impact ; c'était à peu près tout ce dont il devrait avoir besoin.

Les messages de l'EGPWS se succédaient à intervalles de plus en plus rapprochés, couvrant la voix du malheureux contrôleur qui s'égosillait dans son micro.

— SINK RATE. PULL UP.

Une sirène plus stridente encore tonitrua :

— TERRAIN. TERRAIN. TERRAIN.

« Le tableau de bord doit clignoter comme un sapin de Noël », songea Walker en tirant le zip de sa polaire jusqu'au menton.

Le moment de vérité était arrivé. Il avait délibérément choisi un timing serré pour ne pas laisser de prise au doute et à la peur. En cet instant, il ne pensait ni à Sarah ni à Joey ; il scrutait le paysage par le hublot en éprouvant une dernière fois la solidité des sangles du parachute.

Sous les beuglements assourdissants de la sirène, il ouvrit la porte. La force du vent le fit vaciller. Il ne put s'empêcher de baisser les yeux. L'immensité de la forêt partagée en deux par le mince, si mince, ruban de la route 63 lui souleva le cœur. Il se raisonna une nouvelle fois : il n'allait pas mourir, juste passer un sale moment, comme quand Jess le traînait dans un de ces grands huit dont il avait horreur.

Il inspira un bon coup et s'élança dans l'inconnu.

Deuxième partie

CHAPITRE PREMIER

Walker

Edward Murphy était un génie. Peut-être pas de la trempe d'un Archimède ou d'un Newton, mais un sacré cador tout de même. Né en 18, pilote de chasse pendant la guerre du Pacifique, une banale carrière d'ingénieur aérospatial, et puis soudain l'étincelle, une phrase, sept mots ciselés aussitôt érigés en axiome : « Tout ce qui peut foirer foirera inévitablement. »

Quand Einstein proclame que $E = mc^2$, on le croit sur parole. Tandis que la loi de Murphy, aussi connue sous le nom de loi de l'emmerdement maximal, on l'a tous expérimentée. La tartine tombe du côté beurré. Le téléphone sonne quand vous entrez dans le bain. Le lave-vaisselle se remet par miracle à fonctionner à l'arrivée du réparateur.

L'ironie de l'affaire, c'est que Murphy était un optimiste, qui passa le reste de sa vie à expliquer qu'on l'avait mal compris. Il voulait juste mettre en garde ses collègues ingénieurs : envisagez le pire, au moins il ne vous prendra pas par surprise.

J'ai construit ma carrière sur la loi de Murphy.

Elle m'a sauvé d'un paquet de catastrophes. Et pourtant, en ce jour important entre tous, alors que je croyais avoir tout prévu, j'ai réussi à me prendre les pieds dans le tapis comme un bleu.

Chapeau, Walker, comme stratège tu repasseras.

CHAPITRE 2

Walker

Les trois premières secondes se déroulent comme prévu. En un sens, il n'y a pas trente-six façons de tomber. J'ai peur que la poignée de déclenchement ne me reste dans les mains. On a beau connaître les statistiques (vingt morts pour trois millions de sauts l'an dernier), elles sont d'un maigre réconfort dans ces moments-là. Bon, le parachute s'ouvre du premier coup et je me sens aspiré vers le haut, comme ce pitre de Roger Moore dans *Moonraker*.

Je n'ai pas trop le loisir d'admirer le paysage. Je déglutis, je m'essuie les yeux et là, les ennuis commencent. Je réalise que je vais me poser du mauvais côté de la 63. La faute du vent ? D'une erreur de calcul ? Peu importe, je m'éloigne à toute allure de mon sac.

Le parachute, c'est comme le vélo, on peut lire des livres, mais ça ne remplace pas l'expérience. Je tire une des commandes de manœuvre pour virer vers l'est, trop fort sans doute, car je fais un tour sur moi-même. Je m'interdis d'actionner les deux commandes à la fois pour freiner ma chute : vu le fort vent d'ouest, je ne réussirais qu'à dériver un peu plus, sans compter que je ne tiens pas à rester trop longtemps suspendu entre ciel et terre.

L'air de rien, la cime des arbres se rapproche dangereusement. Je suis déjà à cent cinquante ou deux cents mètres du sol. Tout va trop vite. Et bien sûr, pas le moindre terrain d'atterrissage à l'horizon. Un scénario catastrophe me traverse l'esprit : ma voile va se prendre dans les branches d'un sapin ; on me retrouvera ce soir, me balançant au clair de lune avec mes godasses de randonnée aux pieds. Que raconterai-je à Sarah ?

Heureusement, je finis par aviser une zone un peu moins drue, au creux d'un vallon. En gouvernant plus finement, je réussis à me mettre à peu près dans l'axe de la combe. On recommande habituellement d'arriver face au vent, mais dans le cas d'espèce, cela signifierait atterrir en pente – très peu pour moi.

Je commence à croire en mes chances quand une violente rafale de travers me déporte sur la droite et m'oblige à reconsidérer d'urgence la situation. Je vais me poser en crabe, sur un plan rocailleux incliné à quarante-cinq degrés. Bon sang, qu'ai-je lu déjà sur les atterrissages à flanc de colline ? Faut-il affronter la butte ? La négocier en biais ? Je tire frénétiquement les commandes pour m'acheter quelques secondes de réflexion. C'était l'erreur à ne pas commettre : la voile décroche aussitôt, me jetant pieds en avant sur le talus où je continue à galoper, tel un dahu, en moulinant des bras pour garder l'équilibre. Ma cheville gauche se dérobe sous moi. Je bascule en arrière. Comprenant que je n'arriverai pas à enrayer ma chute, je m'abandonne à la pente, que je dévale, en me protégeant la tête, dans un roulé-boulé digne de Westley dans *Princess Bride*. Une grêle de coups s'abat sur mon corps. Un rocher me laboure le coccyx, une branche m'entaille le bras droit.

Je termine ma course au fond du ravin, au moment précis où me parvient le bruit de la collision du turboprop.

Je retiens ma respiration.

Quand explose le réservoir que j'ai fait remplir à El Paso, je m'autorise à sourire.

CHAPITRE 3

Walker

Je passe un moment au sol, endolori, mais lucide, à envisager les prochaines étapes.

D'abord, évaluer la gravité de mes blessures.

Enterrer le parachute.

Déterminer ma position.

Et enfin, revoir mon programme à la lumière des circonstances.

Mon coccyx proteste avec véhémence quand j'essaie de m'asseoir en tailleur. Espérons qu'il n'est pas cassé, sans quoi je ne donne pas cher de mes chances de survie.

Je remonte la manche de ma polaire, déchire celles de la chemise et du tricot de corps pour examiner mon bras. Il pisse le sang. La coupure, située sous l'épaule, mesure six ou sept centimètres de long. Elle est très profonde – en écartant les bords, j'aperçois l'os.

Je fais glisser mon barda au sol en me contorsionnant. Je sors la trousse à pharmacie que j'ai eu la lumineuse idée de ranger au fond du sac, en me servant uniquement de mon bras gauche et de mes dents. Je désinfecte la plaie avec un carré de coton imbibé d'alcool à quatre-vingt-dix, en mordant dans la commande du parachute pour ne pas hurler. J'essaie de poser des Steri-Strips perpendiculairement à la coupure, en partant des bords pour aller vers le centre, mais appliquer le pansement d'une main tout en maintenant rapprochées les lèvres de la plaie se révèle impossible. Je dois me contenter de recouvrir l'entaille avec quatre gros sparadraps, avant de me sangler le bras dans une bande extensible. C'est tout ce que je peux faire pour l'instant.

Ma cheville me lance horriblement. Elle enfle à vue d'œil – ce n'est pas bon signe. J'ai cependant l'intuition qu'elle n'est pas brisée. Je me suis cassé le poignet dans une chute de ski il y a quelques années, la douleur était très différente.

Je connais comme tout le monde les règles à suivre en cas d'entorse : repos, glace, élévation et compression. Seule la dernière m'est accessible. Le reste de la bande y passe.

J'avale deux cachets de Vicodin que j'ai mis de côté en juin quand on m'a arraché les dents de sagesse. Bien que je n'aime pas ces saloperies, j'ai besoin de neutraliser la douleur pour pouvoir me concentrer. Beaucoup de choses vont se jouer dans les prochaines heures.

Je me lève à grand-peine. Mille autres bobos se signalent dans mes cuisses, mes genoux, mes côtes ; aucun assez invalidant toutefois pour m'empêcher de passer à l'étape suivante de mon plan.

Le crash a fait un boucan de tous les diables.

Si le contrôle aérien d'Albuquerque n'a pas encore contacté les Rangers, un promeneur a dû appeler le 911 – les abonnés de Verizon et T-Mobile ont du réseau dans le parc. D'ici une demi-heure, une heure maximum, un hélicoptère survolera la forêt ; il ne pourra pas manquer la voile blanche déployée en corolle sur le talus. Je tire les suspentes à moi et je replie sommairement la toile. Je vais enterrer le parachute, qui pèse douze kilos et dont je ne vois pas l'intérêt de m'encombrer.

Creuser une tranchée dans la montagne avec une pelle rétractable et un bras en capilotade tourne au calvaire. Malgré l'analgésique, une onde de douleur me parcourt le corps à chaque impact. Dès que la cavité me paraît suffisante, je jette le sac au fond, je le cale avec des pierres et je recouvre le tout de terre et de branchages.

Comme par un fait exprès, j'entends alors un vrombissement dans mon dos. Abrité derrière un rocher, je suis du regard l'hélicoptère, un Bell 407 de l'Agence des parcs nationaux. Il se dirige vers le nord-est, en direction du Vallejo Peak.

Je relève ma position avec ma balise GPS. Comme je m'y attendais, je me trouve dans le quart sud-ouest du parc, à un kilomètre et demi du sentier le plus proche et à une demi-douzaine du lieu de l'accident. La bonne nouvelle, c'est que mon sac est moins loin que je ne l'avais cru : sept kilomètres à vol d'oiseau. La mauvaise, c'est qu'en l'état de ma cheville, je suis incapable de les parcourir. Je vais devoir me débrouiller avec mon nécessaire de survie, dont les carences me sautent aux yeux : pas assez de nourriture, pas de lampe torche, de cordes, de sac de couchage, de scie, de pièges. Je me demande comment j'ai pu à ce point manquer de discernement. Quel crétin ignore le risque de blessure lors de son premier saut en parachute ?

Je m'avise alors que je pourrais avoir l'usage des suspentes et de la voile. Dommage que je n'y aie pas pensé plus tôt. À quatre pattes, les reins en feu, j'exhume le parachute, prélève les suspentes et quelques mètres carrés de tissu avant de reboucher le trou.

Une heure entière s'est écoulée depuis l'accident. Il ne faut vraiment plus traîner.

J'étudie la carte. Je veux m'éloigner autant que possible de l'axe sud-nord du plan de vol. Après avoir cherché mon corps sur les lieux du crash, les secours risquent de battre les alentours avec des chiens. À ce qu'on dit, le limier moyen peut détecter une piste vieille de huit heures – encore qu'avec ma chance, la brigade canine de Santa Fe est fichue de dépêcher un peloton d'élite.

Je passe mes options en revue.

Marcher vers le nord en direction du Vallejo Peak ? Exclu : j'ai rempli mon quota de bêtises pour la journée.

La route d'Upper Canyon, à l'ouest, grouille de randonneurs à cette période de l'année. Or, allez savoir pourquoi, je me sens d'humeur sauvage.

Avec une autoroute et trois patelins où un étranger se remarquerait comme le nez au milieu de la figure, le sud ne m'inspire pas davantage.

Reste l'est. On y trouve plusieurs cours d'eau. À huit mille pieds d'altitude en moyenne, il y fera un tantinet moins froid qu'ici. Et surtout, le vent soufflant dans mon dos compliquera la tâche des chiens.

Le choix est vite vu. Je me mets en route, l'échine courbée sous ma couverture isothermique dont je me suis fait une sorte de pèlerine afin de limiter la propagation de mon odeur. Après quelques minutes à boitiller lamentablement, je décide d'ignorer ma cheville, en sachant que j'en paierai le prix ce soir en dénouant le bandage. J'avance lentement, en m'arrêtant à intervalles réguliers pour écouter les bruits de la forêt. Mon coccyx me fait moins souffrir en position verticale, mais mon bras me lance terriblement. Si c'est tout le réconfort qu'on peut attendre du Vicodin, je comprends les partisans de la libéralisation de la morphine.

Au bout d'une heure de marche, l'hélicoptère repasse dans l'autre sens. Il n'est pas bien difficile de deviner ce qui se trame. Les Rangers ont conclu à ma mort. Ils rentrent à Santa Fe où l'un d'eux organisera les recherches tandis que l'autre appellera Libby grâce au numéro figurant sur le plan de vol.

Pauvre Libby, je l'imagine à son bureau, fournissant les renseignements demandés (« Oui, M. Walker était à El Paso ce matin. Il a deux rendez-vous à Denver cet après-midi. Le code de son appareil ? DC 142, un TBM 900 de couleur bleu marine »), enregistrant le ton lugubre de son interlocuteur, mais se retenant de poser la question qui lui brûle les lèvres, parce que son statut d'assistante du président de Wills Corp. commande une certaine dignité. Quand, après bien des circonvolutions, tombera enfin la nouvelle, elle proposera de prévenir la famille (soupir de soulagement du Ranger) et de contacter l'avionneur. Après toutes ces démarches – et seulement après –, elle s'autorisera à pleurer et à faire le tour des bureaux. Elle est comme ça ma Libby, on s'est bien trouvés elle et moi.

Où est Sarah à cette heure-ci ? Je ne lui ai pas posé la question ce matin. Elle déjeune souvent avec Melissa le mercredi. À moins qu'elle ne retouche les statuts de la fondation avec Robbie au Starbucks de Riverside. Elle aussi encaissera bravement la nouvelle, pas parce qu'elle est la femme du patron, mais parce qu'elle est Sarah, tout simplement.

Je peux prédire sa réaction. À sa place, j'appellerais le hangar pour qu'on me prépare un Cessna. En moins d'une heure, je serais à pied d'œuvre – et motorisé avec ça : si les Rangers me refusent leur hélico, j'ai mon appareil. Je ne dépends de personne.

Sarah ne raisonne pas ainsi. Elle va sauter dans la Prius. Parce que c'est plus simple. Parce qu'elle a les clés dans son sac. Parce qu'elle voudra rester en contact avec les enfants. Parce qu'elle répugnera à ameuter la terre entière avant d'être fixée sur mon sort.

Parce que pendant les deux heures du trajet, elle pourra continuer à me croire vivant.

Sur place, elle se battra comme une lionne. Remontera le moral des troupes (« Gardez vos condoléances, messieurs »). Demandera à se rendre sur les lieux, là, maintenant, tout de suite. Balaiera les objections des Rangers (« Nous en revenons, madame, il n'y a plus rien à faire »). Exigera qu'on lui fournisse un pilote. Finira comme toujours par obtenir gain de cause.

Elle survolera la scène, apercevra un siège calciné, un pan du fuselage en charpie, mais point de Walker. Le Ranger assis à ses côtés lui rappellera que les avions de tourisme ne sont pas équipés de parachutes, que le turboprop s'est encastré dans la montagne à cinq cents kilomètres-heure et qu'on a entendu l'explosion jusqu'à Alamosa. Sarah le convaincra quand même de lancer des recherches, promettra de rembourser le comté et de payer tout le monde en heures sup'.

Je continue à marcher. La végétation, de plus en plus touffue, complique ma progression. Une féroce envie d'uriner me prend, que je retiens en espérant pouvoir me soulager dans un cours d'eau. Quand il devient évident que j'ai présumé de mes forces, je pisse contre trois troncs d'arbres en triangle distants d'une cinquantaine de pas – la limite autorisée par mon périnée – pour désorienter les molosses que j'imagine lancés à ma poursuite. Je ne m'illusionne pas trop sur l'efficacité de mon stratagème auprès des ours, qui ont l'odorat dix fois plus développé que les chiens.

Cette formalité accomplie, je me mets à la recherche d'un refuge pour la nuit. Le fond de l'air s'est sensiblement rafraîchi depuis la disparition du soleil ; la météo prédit qu'il gèlera autour de 5 heures du matin. Je me suis interdit de faire du feu pendant la durée des recherches. Autant dire qu'avec pour toute protection une couverture de soixante grammes et un carré de toile de parachute en polyester, la nuit s'annonce frisquette.

Ma priorité est de m'abriter du vent, qui, à ces altitudes, a vite fait de vous congeler son homme. Je trouve un monticule rocheux orienté au sud-est, au bord d'Indian Creek. Il est doté d'une anfractuosité juste assez longue pour que je puisse m'y étendre et assez étroite pour piéger ma chaleur.

Après avoir rempli ma gourde, je m'assieds en gémissant sur le seuil de mon nouveau logement et je délace enfin mes chaussures. Sous le bandage, ma cheville ressemble à un jambon. Elle est violacée, d'une teinte marbrée qui foncera pendant la nuit. J'imbibe la gaze d'eau glacée et je surélève ma jambe en la posant sur un rocher.

Puis j'évalue aussi froidement que possible la situation.

Une évidence d'abord : je ne suis pas près de récupérer mon sac. Au rythme actuel, plusieurs jours de marche m'en séparent, sans parler du fait que deux des plus redoutables sommets du parc se dressent sur ma route.

Deuxième constat : mon état physique ne va pas s'améliorer à court terme. Alors que les effets du Vicodin se dissipent, je suis en mesure de dire que la douleur n'a pas reculé, au contraire. Ma cheville va entraver encore longtemps mes mouvements. Quant à ma faiblesse générale, elle augmente les risques d'infection de mon bras.

Troisièmement, je vais devoir rationner mes ressources. Mon sac contient six plats lyophilisés. Il est recommandé d'en consommer deux par jour, je devrai me limiter à un. Je décide de même d'économiser mes comprimés de Vicodin en prévision des séances de marche.

La nuit est tombée. Ma couverture d'astronaute sur le dos, je mange un taboulé au poulet avec les doigts en lampant à ma gourde. J'ai mal, j'ai froid, une nuit épouvantable m'attend, mais à cet instant il en faudrait davantage pour m'abattre. J'ai réussi mon coup. Je suis un homme libre. Estropié, sous la menace des ours et des coyotes, mais libre. Je n'ai pas éprouvé ce sentiment depuis vingt ans.

Je m'apprête à me glisser dans ma niche quand j'entends le bourdonnement d'un hélicoptère. Il fait bientôt irruption dans le ciel, fendant les ténèbres, tous feux allumés. Je suis trop loin pour distinguer l'intérieur du cockpit, pourtant l'image de Sarah, penchée à la fenêtre, s'impose à moi. Les traits creusés, les joues inondées de larmes, elle fouille l'obscurité des yeux à la recherche d'un feu ou d'un signal de détresse, en suppliant le pilote d'effectuer un dernier passage.

Et là, l'horreur de mon geste m'apparaît. Ce soir, par ma faute, les quatre êtres que j'aime le plus au monde sont plongés dans le pire cauchemar de leur existence. Un pan de leur univers s'est écroulé, celui qu'ils remettaient le moins en cause et qui les avait jusqu'ici protégés de toutes les tempêtes. Plus rien ne sera comme avant : Sarah élèvera les enfants seule, Andy apprendra à conduire à Jess et Joey devra s'habituer à répondre que son père ne peut pas coacher l'équipe de base-ball parce qu'il est mort.

En regardant l'hélico s'éloigner dans la nuit, je prends conscience d'autre chose : j'ai passé le point de non-retour. Émerger de la forêt au petit matin, en prétendant m'être changé à bord du turboprop et avoir par miracle survécu à l'accident, n'est pas une option.

Le temps est venu d'assumer les conséquences de mes actes.

CHAPITRE 4

Sarah

Dix jours que Walker est mort.

Dix jours que je suis veuve.

Dix jours que les enfants sont orphelins.

Je les ai emmenés chez un thérapeute ce matin. Si on m'avait dit ça il y a un mois, je ne l'aurais pas cru. Melissa a insisté, il paraît que ses séances ont beaucoup aidé Luke au moment du divorce. J'étais réticente. Comme disait papa, les psys c'est bon pour les suicidaires ou les anorexiques. Pour finir, Melissa m'a pris un rendez-vous, ou plutôt trois à la file. On y a passé l'après-midi.

Il faut être honnête, ça en valait la peine.

Le Dr Adelmann m'a tout de suite plu. Un petit bout de femme maigre comme une brindille, des joues fripées et des yeux où se lit toute la bonté du monde. Le regard ne ment pas. Celui de Walker débordait d'énergie.

Elle nous a reçus à quatre dans son bureau. Les murs tapissés de diplômes, la boîte de Kleenex, une bibliothèque bourrée de livres aux titres savants. Elle a sorti une chaise pliante pour Joey.

Elle a expliqué qu'elle nous verrait tour à tour, en commençant par Andy. A ajouté qu'il était normal que nous soyons paumés. Que nous n'étions pas obligés de lui parler. Qu'elle avait l'habitude de voir ses patients pleurer.

Andy est resté avec elle, pendant que j'emmenais Jess et Joey acheter une tenue pour les obsèques. C'est quand on choisit une cravate noire pour son fils de neuf ans alors que l'aîné est en train de pleurer sur le divan d'une inconnue qu'on réalise à quel point le bonheur est fragile.

Ma robe, je l'ai achetée avant-hier avec Melissa. Le gérant du magasin m'avait vue à la télévision. Va savoir pourquoi, il tenait absolument à m'offrir quelque chose. J'ai refusé, mais il est revenu à la charge. Il m'a proposé des bas, un foulard. Pour lui faire plaisir, j'ai accepté une broche que je ne porterai pas.

Nous sommes retournés au cabinet. Andy avait les yeux rouges. Jess a pris sa place sur le canapé. Les garçons et moi avons marché jusqu'au Starbucks. J'ai laissé Joey jouer sur sa tablette pendant que je discutais avec Andy. Je lui ai dit qu'il ne devrait pas hésiter à aller voir quelqu'un l'année prochaine ; d'après ce que j'ai lu, les facs emploient des armées de psys. À Cornell, ils ont grillagé les ponts pour empêcher les suicides. Youpi.

Une heure plus tard, nouveau tour de passe-passe : j'ai remis Joey entre les mains du Dr Adelmann, raccompagné Andy et Jess à la maison puis je suis revenue attendre dans un petit salon équipé d'une cafetière et d'une deuxième boîte de mouchoirs. J'ai consulté mes e-mails, passé une commande à Whole Foods, réalisé après coup que j'avais acheté le sorbet à la mangue que Walker était seul à aimer. J'ai hésité à appeler le magasin, pour décider finalement que je le mangerais moi-même. Ce n'est pas un grand pot.

Je ne pouvais m'empêcher de tendre l'oreille, mais j'imagine que les cabinets des psys sont bien insonorisés.

Enfin, la porte s'est ouverte. J'ai demandé à Joey de m'attendre. Je lui ai dit que je n'en avais pas pour longtemps.

Le Dr Adelmann a eu l'air étonné. « Je pensais vous voir aussi », a-t-elle déclaré. Je lui ai répondu que ça ne serait pas nécessaire, que j'étais surtout venue pour les enfants. « Comme vous voulez », a-t-elle conclu, un peu perplexe tout de même, en m'invitant à m'asseoir.

Ses observations rejoignent grosso modo les miennes.

Je lui ai dit que je trouvais Andy assez distant. Il semble moins bouleversé que son frère et sa sœur. Il est triste – je l'ai surpris deux fois en larmes cette semaine –, mais il se retient de le montrer en public, comme s'il avait peur qu'on interprète son chagrin comme une marque de faiblesse. Ça ne l'empêche pas d'exprimer sa colère par d'autres moyens, sur le terrain de basket par exemple, où il attaque le panier comme un forcené.

Le Dr Adelmann m'a expliqué que chaque enfant réagit à sa façon à la mort d'un parent. Certains s'effondrent, d'autres affectent l'indifférence, tous sans exception sont traumatisés. D'après elle, le détachement d'Andy s'explique en partie par le fait qu'il partira à l'université cet été ; il a déjà commencé à faire son deuil de la vie familiale. L'autre hypothèse (que je préfère), c'est qu'il essaie de me protéger. « Il veut vous montrer que vous pouvez compter sur lui. C'est admirable de sa part, mais non sans danger pour son équilibre. » J'ai failli lui dire que le père d'Andy était champion du monde dans l'art de réprimer ses émotions. Ça nous aurait emmenées trop loin.

Jess aussi intériorise sa peine. Elle n'est pas encore retournée au lycée. Elle reste enfermée dans sa chambre à écouter *Close to Me* et ne descend même pas saluer Katie qui passe le soir lui apporter ses devoirs. J'ai raconté que mes difficultés relationnelles avec Jess remontent au jour où Max Willow lui a offert une compilation des Cure. Elle a commencé à s'habiller comme Robert Smith, à se teindre les cheveux en noir corbeau et à se tartiner le visage de poudre de riz. Le Dr Adelmann m'a avoué connaître assez mal la discographie des Cure. Je lui ai conseillé d'écouter *The Same Deep Water As You* pour se faire une idée du bonheur exubérant que dégage ce joyeux quatuor. « Jess a besoin de pleurer, m'a-t-elle répondu. En tant que seule fille, elle avait sans doute une relation privilégiée avec son père. Elle se sent doublement orpheline aujourd'hui. Cela dit, la solitude ne lui vaut rien. Donnez-lui encore un jour ou deux puis renvoyez-la à l'école. » Bien noté, Dr Freud.

Le cas de Joey l'inquiète davantage. Mon petit

bout est en plein déni de la réalité. Au début, j'y ai vu un mécanisme de défense, mais après dix jours, l'entendre demander quand papa reviendra pour l'aider à faire son exposé me fend le cœur. En plus, il régresse : il a recommencé à faire pipi au lit, je dois lui couper sa viande. Le Dr Adelmann souhaite le voir deux fois par semaine jusqu'à Noël. Elle le fera dessiner, le regardera jouer en parlant avec lui, comme elle l'a fait avec Luke. J'ai accepté.

Elle a regretté à nouveau que je ne reste pas en consultation. « Vous en avez autant, voire plus besoin que vos enfants, m'a-t-elle dit. Vous êtes là pour eux, mais vous, qui vous écoute ? » J'ai répondu, un peu gênée de devoir me justifier, que mes responsabilités envers ma famille et envers Wills ne me laissaient pas le temps de suivre une thérapie. Elle a eu un hochement de tête plein d'empathie : « Vous y viendrez. En attendant, faites-moi plaisir, tenez un journal. Laissez libre cours à votre souffrance, notez les souvenirs que vous avez peur d'oublier. Vous verrez, mettre des mots sur votre douleur vous aidera à l'apprivoiser. »

J'ai promis.

Et me voilà.

CHAPITRE 5

Sarah

Je relis ce que j'ai écrit hier.

Ce n'est sûrement pas ce que la psy avait en tête quand elle m'encourageait à laisser libre cours à ma souffrance.

Je me retiens.

Je me protège derrière des mots, je me noie dans le minuscule. J'ai passé une commande Whole Foods, j'ai acheté une robe à Jess, franchement, qui ça intéresse ?

La vérité, c'est que je suis morte de peur.

Peur de ne jamais combler le vide laissé par Walker.

Peur d'élever nos enfants seule.

Peur de manquer de forces.

Je vais essayer de regarder les événements en face, en commençant par ressusciter cet affreux mercredi. Revivre le passé pour l'exorciser, comme dirait Oprah.

Alors voilà. Je suis descendue à 7 h 25. J'aurais dû me douter que ce ne serait pas une journée comme les autres : Walker aidait Joey à faire ses devoirs.

J'ai peur de l'avoir saoulé en lui demandant son avis sur la couleur de la façade de Seaside. Lui qui avait horreur de ce genre de détails, surtout au réveil. Encore qu'il n'y avait pas d'heure pour parler du quotidien avec lui. Le matin, c'était trop tôt, le soir, c'était trop tard, et entre les deux, il travaillait.

Pour finir, j'ai dit à l'entreprise de tout repeindre en beige – les dernières volontés de Walker en quelque sorte. On honore ses morts comme on peut.

Je me souviens l'avoir embrassé sur les lèvres en partant. Nous avions fait l'amour la veille. Rien de spectaculaire, mais un très bon moment tout de même. Il avait l'air content. Il s'est endormi dans mes bras. Au moins sur ce terrain, je n'aurai rien à me reprocher.

J'ai retrouvé Luis chez Home Depot après mon cours de yoga. Nous avons choisi des fleurs pour le parterre du perron. On en revient toujours aux zinnias, c'est désespérant.

Ça y est, je recommence : on s'en fout de tes zinnias, ma pauvre fille. Au fait !

Retour à la maison où j'ai expédié quelques bricoles.

Puis déjeuner avec Robbie dans son bureau pour revoir le protocole d'apport. Je lisais ses suggestions quand mon téléphone a sonné. La photo de Libby s'est affichée. Je ne me suis pas alarmée, elle appelle souvent pour me prévenir que Walker est retenu en clientèle.

Je n'oublierai jamais notre conversation.

MOI : Bonjour Libby.

ELLE (*voix grave*) : Bonjour Sarah. Où êtes-vous ?

MOI : Chez Robbie. Justement, j'allais monter.

ELLE (*de plus en plus grave*) : Je vous attends.

MOI (*inquiète*) : Qu'y a-t-il Libby ? Il s'est passé quelque chose, je l'entends dans votre voix.

ELLE (*gênée*) : Je vous expliquerai. À tout de suite.

MOI (*au comble de l'anxiété*) : Dites-moi maintenant. C'est Walker ? Il lui est arrivé quelque chose ?

ELLE (*hésitant, puis se jetant à l'eau*) : Il a eu un accident.

MOI : Quoi ? Quel genre d'accident ?

ELLE : Son avion s'est écrasé dans le massif du Sang-du-Christ. Je n'en sais pas plus pour l'instant.

Rien ne vous prépare à ça. Je me retrouve pétrifiée comme une idiote, incapable de penser et encore moins d'articuler deux paroles. Le sol se dérobe sous moi, je me laisse tomber dans un fauteuil.

LIBBY (*très doucement, comme si elle s'adressait à une grande malade*) : Les Park Rangers sont partis sur place. Ils vont me rappeler bientôt.

MOI : Et Walker ?

ELLE : Je n'ai aucune information. Voulez-vous que j'appelle le hangar pour qu'on vous prépare un Cessna ?

MOI : Je vais conduire.

ELLE : Vous iriez plus vite en Cessna.

MOI : Pas sûr. Prévenez-moi dès que vous avez des nouvelles.

Robbie propose de m'accompagner, mais je suis déjà partie. Je cherche les clés dans mon sac en dévalant les escaliers. Mes pneus crissent au démarrage, j'ignorais que c'était possible avec une Prius.

Je ne parle à personne avant de rejoindre la 25. Je bâtis mon plan. Axiome de départ : Walker est vivant. Il a survécu au choc ou il a réussi à s'éjecter avant l'impact. Il est blessé. Il attend les secours. Je laisse un message sur son répondeur : « Tiens bon mon amour, j'arrive. »

Demander à Libby d'alerter le bureau du gouverneur. Qui conduit les battues dans ces cas-là ? La police ? Les Rangers ? La garde nationale ? Au besoin, Jimenez nous fournira des renforts, les volontaires ne manqueront pas.

Pourvu que l'hélico de Saint-Vincent soit disponible. Sinon, Doug n'osera pas me refuser celui de Westside.

J'ai retrouvé un peu d'aplomb quand Libby appelle. Elle me fait arrêter sur le bas-côté. Sa voix ne me dit rien qui vaille.

— Ils sont sur les lieux. Le turboprop s'est fracassé contre le Vallejo Peak à trois mille cinq cents mètres d'altitude.

— Comment est-ce possible ? Walker est un excellent pilote.

— Apparemment, il a rencontré un problème de pressurisation.

Comme une dinde, je demande si c'est grave.

— Sarah, les Rangers pensent que John n'a pas survécu. Le réservoir de l'avion a explosé juste après l'impact. Je suis désolée.

Non. Elle se trompe, ils se trompent tous. Ils ne connaissent pas Walker comme je le connais. Essayer de la convaincre ne servirait à rien. Je raccroche. Besoin de me concentrer. Walker est sans doute salement amoché. Je rappelle Libby pour lui demander de mettre la main sur son dossier médical. Il lui a donné une procuration après sa fracture à Vail. Je me prépare à répondre aux questions des médecins. Groupe sanguin A +, pas d'allergies répertoriées, un peu d'hypertension. À quand remonte son dernier check-up déjà ?

Je laisse un message à Andy et Jess, qui sont en cours. « Votre père a eu un accident à Santa Fe. Je suis en route. Appelez-moi. »

À nouveau Libby : elle n'arrive pas à joindre le gouverneur. Elle répète qu'il n'y a plus d'espoir, propose d'aller chercher Joey à l'école. Je lui réponds que le mercredi, il va directement au judo avec Luke. C'est encore moi qui raccroche.

Andy finit par m'appeler. Sa panique est palpable.

— Mais si son avion s'est crashé dans la montagne, il est mort ?

J'essaie de le rassurer.

— Il a pu s'éjecter.

— Enfin maman, tu sais bien qu'il n'a pas de parachute !

— Il a pu en acheter un.

Je lui fais promettre d'aller chercher Joey chez Melissa à 6 heures si je ne suis pas rentrée.

Jess appelle dans la foulée, au bord de la crise de nerfs. Une de ses profs a entendu la nouvelle à la télé. Elle fond en larmes quand je lui confirme l'accident. Je ne réussis pas à l'apaiser, elle raccroche en sanglotant.

Et si je contactais Melissa ? À elle au moins, je pourrais dire la vérité. Encore qu'entre les certitudes de Libby et le discours que j'ai tenu aux enfants, je ne sais plus quoi penser.

N'empêche, si quelqu'un peut survivre à un accident d'avion, c'est Walker. Les lois de la physique ne s'appliquent pas à lui. C'est un géant, un surhomme. Je l'ai vu plonger dans un torrent pour sauver une gamine qui se noyait. Grimper en haut d'un poteau électrique parce qu'il était las d'attendre le réparateur. Les êtres de sa trempe ne périssent pas dans un accident. Si leur avion s'écrase, ils roulent au sol et se relèvent avec une côte cassée et des égratignures.

Je ne croirai à sa mort que lorsque j'aurai vu son corps.

Andy rappelle, il veut me rejoindre. Je l'en dissuade, j'ai besoin qu'il veille sur Jess et Joey. Il est rivé aux actualités. D'après CNN, le pilote n'aurait pas survécu à l'accident. Je rétorque qu'ils n'en savent rien. Putains de journalistes à la con !

Je raccroche pour prendre Libby. Elle me transmet les coordonnées du terrain municipal sur lequel m'attendront les Rangers. C'est à Sombrillo, un bled situé sur la 285 à l'ouest du parc.

Mine de rien, je viens de me rajouter une demi-heure de trajet. J'aurais peut-être dû prendre le Cessna après tout.

Je parle encore une fois à Andy et trois à Jess qui est complètement hystérique. Ce sont les deux heures les plus atroces de ma vie. Je conduis comme une dingue. Je rate ma sortie à Santa Fe, fais deux cents mètres en marche arrière sur la bande d'arrêt d'urgence. Je me calme un peu, il ne manquerait plus que je m'envoie dans le décor moi aussi.

Mon Walker. Je t'imagine assis contre un arbre, couvert d'ecchymoses, le dos en compote, une patte cassée. Tu as réussi, va savoir comment, à te confectionner une attelle et tu serres les dents en râlant contre la lenteur des secours.

Je vais m'occuper de toi. Te changer tes pansements. Te faire couler des bains. Te cuisiner des petits plats que nous dégusterons en regardant *Dr Folamour*. Tu te retaperas vite, fais-moi confiance. On jouera à la pétanque sur la plage le jour de Thanksgiving.

J'arrive à Sombrillo. Je comprends pourquoi Libby ne s'est pas répandue en explications. Le panneau à l'entrée annonce quatre cent quatre-vingt-treize habitants. Deux Rangers se tiennent au bord de la route : un petit maigre et un gros à moustache, Laurel et Hardy. Ils tirent une tête de six pieds de long.

Je leur demande s'ils ont retrouvé Walker. Hardy (apparemment, c'est lui le chef) tourne autour du pot. Le choc a été terrible. Les débris sont éparpillés sur des centaines de mètres. Quand bien même le pilote aurait survécu à la collision, il aurait été pulvérisé par l'explosion du réservoir.

Je veux savoir quels moyens il a prévu d'engager pour les recherches. Il rajuste nerveusement son chapeau. Je vois bien qu'il me prend pour une folle. Il m'explique qu'une équipe de Rangers ira demain matin sur les lieux pour chercher les boîtes noires et « recueillir des éléments d'identification ». Il écarte mon idée d'une battue. Laurel approuve chaque intervention de son patron en hochant vigoureusement la tête.

Je demande à me rendre sur place. Hardy, gêné, m'avoue que l'hélico est reparti à Santa Fe. Demain peut-être… Laurel, plein de tact, ajoute qu'ils n'ont pas raté de détails pour la bonne raison qu'il n'y en a aucun. « L'avion de votre mari s'est volatilisé, madame. On ne retrouvera peut-être même pas la carlingue. »

Je parlemente avec eux sur le bas-côté. Je supplie, je menace. Le jour décline, la température aussi. De temps en temps, un pick-up ralentit et le conducteur baisse la vitre pour saluer les Rangers. Hardy reçoit un milliard d'appels sur son talkie-walkie. Il s'excuse et me laisse en tête à tête avec Laurel. Il a beau parler bas, je surprends des bribes de conversation : « aucun espoir », « une seule victime », « préparer un communiqué ». Mon téléphone non plus n'arrête pas de sonner. Chaque fois, j'espère voir s'afficher le numéro de Walker, mais ce n'est jamais lui. Andy, Jess, Libby, Melissa,

Robbie, maman, j'envoie tout le monde sur messagerie.

J'appelle le bureau du gouverneur. Nous sommes coupés ; je traverse la route pour obtenir un meilleur signal. À ma deuxième tentative, la secrétaire me passe le directeur de cabinet qui consent à aller déranger son patron. Le grand homme m'assure de son soutien, prétend se tenir au courant de la situation « heure par heure ». Je l'interromps, lui réclame d'urgence un hélicoptère. Je le sens interloqué, encore un qui me croit cinglée. Il dit qu'il va voir ce qu'il peut faire. L'hélico arrive une demi-heure plus tard, les Rangers n'en reviennent pas. Sans même couper le moteur, le pilote nous fait signe de monter. Je m'assieds à côté de lui, Hardy passe derrière. Laurel reste à quai, bon débarras.

La nuit est tombée. Heureusement que la lune est de sortie, car les phares de l'hélico éclairent à peine plus que ceux de la Prius.

Nous n'échangeons pas un mot. Je garde les yeux sur la masse lointaine que le pilote m'a indiquée du doigt. Nous contournons le pic par la gauche. La face ouest est déchiquetée et terriblement abrupte. Hardy attire mon attention sur une tache sombre près du sommet : le point d'impact. Le pilote suspend son appareil à une vingtaine de mètres de la paroi. Je cherche en vain un signe qui pourrait remettre en cause la version des Rangers. Hélas, les événements ne sont que trop clairs. Le turboprop a percuté la montagne de plein fouet. L'avion s'est désintégré sous le choc, la falaise, elle, n'a pas bougé d'un pouce. La roche est noircie, un peu entaillée, mais d'ici quelques jours, il n'y paraîtra plus.

Le pilote incline l'hélico pour désigner quelques pièces du fuselage échouées sur des surplombs. Hardy avoue qu'ils n'ont pas encore localisé le cockpit. L'espoir renaît en moi : le fauteuil de Walker a pu amortir sa chute. Je parle à nouveau d'organiser une battue à l'aube, de faire venir des chiens d'Albuquerque. Le pilote secoue la tête à chacune de mes suggestions. Il n'ose pas me regarder.

J'insiste pour effectuer quelques tours au-dessus de la vallée. Quand on se promène en forêt, le feuillage des arbres semble troué comme de la dentelle. Vu d'en haut, la nuit, c'est un édredon impénétrable.

Je fais enfin signe au pilote de rentrer. J'ai honte. J'ai l'impression d'abandonner Walker. Je suis sûre que, dans les mêmes circonstances, lui m'aurait déjà retrouvée. Je reviendrai demain, après-demain, aussi longtemps qu'il le faudra.

En descendant sur Sombrillo, je distingue une Civic bleue à côté du 4 × 4 des Rangers. Andy m'a désobéi, il a fait la route. Je réalise avec effroi que je ne sais pas ce que je vais pouvoir lui raconter. Que l'espoir reste permis ? Que son père agonise peut-être à quelques kilomètres de nous ?

L'hélico se pose, le pilote coupe le moteur. Andy, Jess, Joey sortent de l'obscurité pour courir à ma rencontre. En les voyant si fragiles, si démunis, je comprends que je n'ai pas le droit de leur cacher la vérité.

Que je n'ai plus le droit de me voiler la face.

— Papa est mort, dis-je en les attirant contre moi.

CHAPITRE 6

Walker

Passé une nuit calamiteuse. Il faut dire que toutes les conditions étaient réunies : le froid, la douleur et la trouille.

Je ne m'appesantis pas sur le froid, dont j'ai réussi à limiter les dégâts grâce à quelques astuces. Comme la chaleur se dissipe d'abord par la tête, je me suis taillé un bonnet dans le tissu du parachute. J'ai bourré mes vêtements de mousse pour empêcher la formation de poches d'air glacial et je me suis emmailloté le tronc et les jambes dans le reste de la voile. Aurais-je pu résister par dix degrés de moins ? C'est une question que je préfère ne pas me poser pour l'instant.

Passons à la douleur. Quand je me suis cassé le poignet à Vail, l'infirmière des urgences m'a demandé d'évaluer ma souffrance sur une échelle allant de 1 à 10. Après avoir émis des doutes sur la validité scientifique du procédé, j'ai lâché du bout des lèvres un 4 qui m'a valu de passer après tout le monde. Lorsque je suis rentré à Albuquerque, Wally m'a expliqué que les patients présentant la même fracture que moi répondaient habituellement entre 8 et 9.

Quid des blessures multiples ? me demanderez-vous. Faut-il retenir la plus haute des deux notes ? Les additionner en appliquant un coefficient dégressif aux plus bénignes ? Beau sujet pour un thésard. Qu'on me permette de partager quelques observations dans l'intérêt de la science.

1) Une douleur tend à éclipser les autres. Celle que m'a infligée mon coccyx quand j'ai tenté de m'allonger sur le dos m'a presque fait oublier mes autres bobos.

2) Le répit ne dure jamais longtemps. Je ne m'étais pas plus tôt retourné sur le ventre pour soulager mon dos que ma cheville s'est mise à me lancer. Elle a un peu respiré quand j'ai défait son bandage, réveillant au passage mon bras, qui jouait jusque-là les seconds couteaux.

3) N'écoutez pas les charlatans qui conseillent de visualiser ses blessures, vous ne réussirez qu'à vous torturer. En me concentrant, je pouvais sentir les microbes s'engouffrer dans ma plaie. Un délice.

Mais la douleur et le froid ne sont rien comparés à la trouille. Mes chances, qu'il y a douze heures encore j'aurais qualifiées de correctes, me paraissent à présent dérisoires. Si, par miracle, je survis aux ours, les chiens auront ma peau. Si ma cheville guérit, la gangrène s'installera dans mon bras. Et si je ne meurs pas de froid, il me restera l'option de crever de faim.

Tout ça pour dire que je n'ai pas fermé l'œil. J'avais réglé ma montre pour qu'elle me réveille tous les quarts d'heure. Je roulais sur le côté, sortais la tête de ma niche comme une marmotte de son terrier et tendais l'oreille en retenant ma respiration. C'est fou le bruit que fait une forêt la nuit. Les branches se balancent sous le vent, les arbres craquent, les écureuils trottinent, les hiboux hululent, les ruisseaux ruissellent.

5 heures. Je me lève. Comme je le craignais, ma cheville me fait encore plus souffrir qu'hier. Elle tient désormais de la patte d'éléphant, un éléphant mauve comme ceux qui peuplent les hallucinations des camés. Je remets la bande sans trop y croire, avant de m'occuper de mon bras. Il est maintenant évident que la plaie ne se refermera pas. Entre les lèvres écartées de cinq ou six millimètres se forme une vilaine croûte noire, dont j'ignore si elle me protège de l'infection ou en constitue au contraire le premier symptôme.

Je petit-déjeune d'un verre d'eau et de deux cachets de Vicodin, j'attends un quart d'heure que l'analgésique fasse effet et je me mets en marche. Je ne fais pas dix pas. Plus question comme hier d'ignorer ma cheville. Je m'adosse contre un arbre pour réfléchir.

J'avais prévu de battre le parc pendant quelques jours avant de renaître à la civilisation. Je vais devoir réviser mon programme. À quoi bon crapahuter si j'y laisse ma santé ? Ma cheville a besoin de repos. Mon bras lui aussi cicatrisera plus vite si je me ménage.

Je dois me poser, mais où ?

Je déplie mon plan, renonce à aller chercher

mon sac bourré de matériel (il est à la fois trop loin d'ici et trop proche du site de l'accident) pour jeter mon dévolu sur un secteur de l'adret du Monty Peak, vierge de tout sentier et arrosé par plusieurs cours d'eau. L'endroit idéal pour me requinquer.

Je me fabrique deux béquilles de fortune puis je m'ébranle en gémissant.

CHAPITRE 7
Sarah

Dix jours que Joey dort dans mon lit, à la place de son père.

Ni l'un ni l'autre n'avons le courage d'aller nous coucher seuls. Il se blottit contre moi comme un petit animal et sombre dans le sommeil trop vite pour m'entendre pleurer.

Le matin, l'odeur de son urine tiède me réveille. Je défais les draps sans rien dire, comme si je m'apprêtais de toute façon à les laver.

Puis je regarde Andy avaler ses corn flakes. Je n'arrive pas à en tirer deux mots. Je lui ai rappelé hier qu'il devait rendre son dossier d'admission à Northwestern avant la fin du mois. Il prétend s'en occuper ; en attendant, je n'ai toujours pas vu le brouillon de sa lettre de motivation.

Les garçons partis, je réveille Jess. Elle est complètement déréglée. Elle dort le jour et vit la nuit, en écoutant sa musique à fond. Quand Andy s'en plaint, elle lui répond qu'il n'a qu'à mettre des boules Quies. Demain, je la renvoie en classe. Elle a besoin d'être entourée, et pas seulement par une veuve et deux orphelins.

Je repense aux paroles du Dr Adelmann : chacun exprime sa souffrance d'une façon différente. Joey fait pipi au lit, Andy se mure, Jess en veut à la terre entière. Et moi, quelle est ma façon ? En ai-je même une ? Je m'interdis de craquer. J'essaie de rester forte pour les enfants. Je ne serai pas une de ces femmes au foyer dépressives qui se bourrent de cachets et paressent au lit en tétant du whisky. Non, je m'effondrerai tranquillement dans dix ans, quand Joey sera à la fac et maman en maison de retraite. Alors seulement, ce sera mon tour.

C'est drôle, tout le monde me parle du Walker qu'il a connu, jamais de celui qui partageait ma vie.

Le *New York Times* a salué « un leader exceptionnel, de la trempe des Jack Welch et Fred Smith ». Le *Wall Street Journal* a souligné « la loyauté indéfectible de ce Yankee pure souche envers son État d'adoption », rappelant que Walker avait exclu de déménager le siège social de Wills au Texas « alors qu'une telle mesure aurait fait économiser des millions aux actionnaires ».

Le *LA Times*, le *San Francisco Examiner*, le *Washington Post* ont rendu hommage au « visionnaire », à « l'opérateur de génie », au « principal artisan du renouveau économique du Nouveau-Mexique ».

Les trois mêmes photos illustrent tous les articles.

Sur celle du *yearbook* de Northwestern, Walker a vingt et un ans. Il porte un costume bleu marine trop grand pour lui. Une ambition farouche se lit dans son regard.

En 2012, il reçoit le prix Go West! des mains du président d'Ernst & Young. Il brandit le trophée à bout de bras en direction du public, comme un joueur de tennis.

Le dernier cliché était destiné à la plaquette de la fondation. J'avais fait venir un photographe à la maison un samedi matin, sans en parler à Walker. J'ai eu ma photo – et une scène de ménage carabinée.

Je découpe les articles pour les montrer un jour à Joey.

Je vais rebaptiser la fondation. Elle s'appellera la Raymond Wills & John Walker Foundation for Underprivileged Kids. Ça fera plaisir à tout le monde.

Chez Wills, le traumatisme dépasse tout ce que j'avais imaginé. Il faut dire que c'est la deuxième fois que l'entreprise perd son patron. Sur le visage des employés, je lis la même détresse, la même inquiétude que lors de la disparition de papa. Qu'allons-nous devenir? Qui va fixer le cap? Les anciens n'ont pas oublié l'époque où Walker et moi formions un tandem. Ils me poussent à reprendre le collier : « On a besoin de vous, Sarah. Vous seule pouvez diriger la boutique. » Pauvre Jimenez, s'il entendait ça…

Malgré la peur, malgré l'incertitude, beaucoup – enfin, surtout les femmes pour être honnête – ont un mot gentil pour moi. Un souvenir à partager. Un sourire.

Yolanda, de la comptabilité, se rappelle cette fois où Walker s'était assis à sa table à la cafétéria (« Il avait fini mon brownie ! »).

Sue adorait l'accompagner en clientèle (« Il comptait tellement vite qu'un rendez-vous lui suffisait à boucler une négociation qui m'en aurait pris trois »).

Harry avait déchargé des camions à ses côtés lors de la grève du dépôt d'Oklahoma City (« Il nous en remontrait alors que ce n'était pas son métier »).

C'est toujours la même rengaine : Walker était « déterminé », « rapide », « décisif » ; « il donnait l'exemple » ; « il avait un coup d'avance ».

Les marques de sympathie prennent des formes surprenantes.

Les employés de l'entrepôt ont demandé l'autorisation d'apposer sur les paquets un autocollant noir « John Walker (1972-2015) – Repose en paix ».

Libby m'a remis le thermos et les agendas de Walker. Elle a tenté crânement de me remonter le moral, mais c'est elle qui a fini en larmes.

Des clients dont j'ignorais l'existence tiennent à me transmettre personnellement leurs condoléances. « Votre mari était un titan », m'écrit l'un d'eux, avant de me proposer son chalet à Jackson Hole si j'ai besoin de me reposer.

Le soir, des plats cuisinés m'attendent devant la porte de la maison, certains accompagnés d'une carte, d'autres non.

La serveuse du Starbucks me tend mon café

d'un air infiniment doux. Elle m'a reconnue, mais a la délicatesse de ne rien dire.

Certains de ces gestes me font monter les larmes aux yeux. Tous m'émeuvent à des degrés divers.

Et pourtant.

Ces gens me parlent du Walker que j'admirais, pas de celui que j'aimais.

Le Walker magicien qui avait commandé la Prius avant même que je sache que j'en avais envie – et poussé la gentillesse jusqu'à prérégler les stations de l'autoradio !

Le Walker pédagogue qui savait tout sur tout et nous résumait en cinq minutes ce qu'il avait mis des années à apprendre.

Le Walker râleur qui tempêtait contre les files d'attente, les petits vieux au volant et, de manière générale, contre tous ceux qui étaient moins rapides que lui (autant dire le reste de l'humanité).

Le Walker au grand cœur qui attendait que les enfants tournent la tête pour déposer cent dollars dans le chapeau d'un cul-de-jatte.

Le Walker sentimental qui continuait à gérer les clients minuscules qui lui avaient tendu la main à ses débuts.

Le Walker câlin qui étouffait Joey sous les bisous.

Le Walker coquin, toujours d'attaque (ah, la cabine d'essayage de Ralph Lauren…).

Ce Walker-là n'appartenait qu'à moi. Melissa connaît certaines de ces anecdotes, mais elle ne peut pas plus imaginer ce que Walker représentait pour moi que je ne peux (ou ne veux) imaginer ce qui se passe derrière la porte de sa chambre à coucher. Toute relation garde une part de mystère – et c'est très bien comme ça.

« L'action est le meilleur remède à la mélancolie », disait Walker, qui ne se doutait sûrement pas que je suivrais un jour son conseil en préparant ses funérailles. Le tribunal a enfin prononcé le décès. Melissa m'a gentiment accompagnée hier chez l'entrepreneur de pompes funèbres. J'ai dû choisir un million de choses : le cercueil, les fleurs, le livret, les lectures, la musique... Tout ce temps, j'entendais Walker me souffler à l'oreille : « C'est trop long. Dis-lui de faire au mieux et on se casse. »

Normalement, maman devrait me tenir la main, mais, comme avec Libby, c'est moi qui la console. Son Alzheimer progresse à grands pas, elle commence à confondre Walker et papa. Ça promet pour la cérémonie.

Wills occupe le reste de mon temps. Les administrateurs me pressent de convoquer une réunion du conseil. À l'ordre du jour : la succession de Walker, son contrat d'assurance-vie, le renouvellement de la flotte, et autres joyeusetés. N'importe, me plonger dans ces dossiers me fera du bien.

Je ne suis pas totalement idiote. Je sais qu'en m'abrutissant à la tâche, je recule le moment où je devrai faire mon deuil.

Qu'un jour, il faudra y passer.

Un jour, mais pas tout de suite.

CHAPITRE 8
Sarah

Walker aurait détesté ses obsèques.

Trop longues, trop pompeuses, trop bavardes.

J'avais pourtant choisi une formule toute simple. Malheureusement, à la messe, tout le monde y est allé de son discours : Spencer, Jimenez, le sénateur, Fred Smith qui avait fait le voyage de Memphis. Chacun à sa manière (inspirée dans le cas de Fred, grotesque dans celui de Spencer) a ressassé les mêmes clichés : Walker connaissait le prénom de chaque mécano, il exigeait beaucoup des autres et encore plus de lui-même, il voulait faire gagner le Nouveau-Mexique (gagner à quoi, on se le demande), etc.

« Le monde a perdu un génie, et le colis J+1 son meilleur ambassadeur », a déclaré sans rire le nouveau président de la chambre de commerce. Si le ridicule tuait, c'est lui qui serait dans la tombe.

Seul Lou Morris a réussi à détendre l'atmosphère en racontant sa première rencontre avec Walker. « Ce filou m'avait fait gober qu'il s'y connaissait en bagnoles. Vous imaginez ma bobine quand il a acheté une voiture électrique ! »

Paradoxalement, c'est le pasteur Francis, qui a croisé Walker trois fois en vingt ans, qui a trouvé les accents les plus justes. « John (il s'entête à employer son prénom quand personne ne l'appelait autrement que Walker) s'inscrit dans une longue lignée de bâtisseurs, ces conquérants de l'impossible à qui nous devons les pyramides d'Égypte, Notre-Dame de Paris ou le programme Apollo. Comme ses prédécesseurs, les Henry Ford, les Thomas Edison, lancés à la poursuite d'une perfection inaccessible, il était consumé par sa mission. Saint Augustin disait : "Mieux vaut se perdre dans sa passion que perdre sa passion." John l'a pris au mot : il est mort au travail, en servant ses clients. Il n'aurait sans doute pas souhaité partir autrement. »

Jess pleurait à chaudes larmes. Andy retenait difficilement les siennes. Joey écoutait. Neuf ans, c'est un drôle d'âge pour perdre son père. Il gardera des souvenirs de Walker et en reconstituera au moins autant à partir des histoires qu'il entendra. Des phrases, des images lui reviendront, sans qu'il sache si elles proviennent de sa mémoire ou de son imagination.

Les marches de l'autel disparaissaient sous les fleurs. Libby, croyant me faire plaisir, avait commandé une gerbe hideuse, dont je n'ai pas réussi à détacher mon regard. Les cinquante et un bureaux avaient fait livrer des couronnes qui, faute de place à l'intérieur, se sont entassées sur le parvis.

Le chœur de l'école luthérienne Emmanuel a entonné *Amazing Grace*. Quand il est arrivé au déchirant cinquième couplet,

Quand cette chair et ce cœur faibliront,
Et que ma vie sur terre s'éteindra,
J'emporterai dans mon linceul
Une vie de joie et de paix.

j'ai cessé de lutter et j'ai fondu en larmes. Andy a passé son bras autour de mes épaules, sans desserrer la mâchoire. J'aurais aimé qu'il s'abandonne avec moi. Si seulement il ne ressemblait pas autant à son père.

L'église s'est vidée. Les enfants étaient prêts à sortir, mais j'étais trop faible pour me lever. Le pasteur Francis s'est approché de nous. Encore sous le choc des paroles de l'hymne, je lui ai demandé en sanglotant s'il pensait vraiment qu'une vie de joie et de paix attendait Walker. Son ton calme m'a rassurée. « Le Seigneur réserve à chacun d'entre nous le traitement qu'il mérite. »

Le reste de la journée se fond dans un épais brouillard. Joey a quitté l'église avec Luke et Melissa. Pour nous, la cérémonie se prolongeait par une réception à la maison funéraire. Pendant que les invités s'empiffraient de petits-fours, Andy, Jess et moi avons reçu debout les condoléances. J'ai étreint des inconnus, pressé des mains, distribué des sourires dans un demi-sommeil.

Pour l'avoir éprouvé moi-même dans de telles circonstances, je sais ce que pensent ces gens une fois qu'ils m'ont serrée contre leur poitrine. « Ouf, nous avons pleuré le disparu, consolé sa veuve, à présent nous pouvons retourner à notre existence. Il paraît que le dernier *Mission impossible* est formidable ; en se dépêchant un peu, on peut avoir la séance de 6 heures. »

Cette cérémonie clôt pour eux une période inconfortable.

Pour moi, elle marque le début d'une nouvelle vie, où tout sera plus dur et moins joyeux qu'avant.

Walker aurait détesté ses obsèques.

La preuve, il n'est pas venu.

CHAPITRE 9
Walker

Cinq jours que je me terre.

J'ai trouvé le repaire idéal : une grotte vaste comme une cellule de moine, à l'écart des sentiers et, tout aussi important, des routes des animaux. Je me suis constitué, avec des branchages, un bouclier de verdure que je tire derrière moi le soir pour dissimuler l'ouverture et m'abriter du vent.

Le froid me transperce moins la nuit depuis que j'intercale la carte entre mon maillot de corps et ma chemise. Je croise les doigts pour que la température se maintienne aux niveaux actuels pendant encore une semaine ou deux.

Le Sonoma Creek me fournit toute l'eau dont j'ai besoin. J'ai assez de pilules purificatrices pour tenir un mois.

Mon état de santé s'améliore doucement. Ma douleur au coccyx s'estompe, ma cheville commence à dégonfler. Seul mon bras continue à me donner du souci. Il ne présente pas, au moins pour le novice que je suis, les signes avant-coureurs de l'infection (fièvre, élancements, écoulement de pus), mais les bords de la plaie sont étrangement raides. Je ne serai pas tranquille tant que je n'aurai pas vu un docteur.

J'ai prévu de camper ici encore une huitaine de jours. D'ici là, ma cheville sera remise et, avec un peu de chance, mon bras ne sera pas tombé. Je suis presque certain que les Rangers ont arrêté les recherches. Aucun hélicoptère à signaler depuis jeudi. Pas de chiens non plus, Dieu merci. Je me trouve à douze kilomètres du lieu de l'accident, largement à l'est du plan de vol. Mes chances d'être pincé dans une forêt grande comme deux fois le Rhode Island sont objectivement quasi nulles.

Tout irait bien en somme si j'avais un peu plus à becqueter. J'ai avalé aujourd'hui mon dernier repas lyophilisé – un chili con carne. J'estime avoir besoin d'environ mille calories par jour pour conserver un minimum de forces. N'ayant pas envie de finir comme Emile Hirsch dans *Into the Wild*, je m'interdis de manger des plantes ou des champignons que je ne connais pas (c'est-à-dire tous). Comme je suis par ailleurs trop diminué pour chasser le lapin ou l'écureuil, je vais devoir me rabattre sur les insectes. De mémoire, une fourmi contient une demi-calorie, une sauterelle deux, un scarabée trois ou quatre. Je tâcherai de me dire que j'en ai déjà avalé par mégarde (un individu moyen ingère cinq cents grammes d'insectes par an sans s'en rendre compte), je suis sûr que ça rendra l'exercice moins pénible.

Le soir dans ma tanière, soumis à la tyrannie

de mon estomac, je rêve du buffet à volonté du Howard Johnson de Pecos où j'ai petit-déjeuné il y a dix ans avec un client.

Je compose méthodiquement mon menu.

Œufs au bacon, pancakes et muesli pour commencer.

Suivis de céréales, fruits frais et gaufres.

Et enfin toasts, viennoiseries et yaourt.

Le tout arrosé de café noir et de jus d'orange.

J'ai la sagesse d'en rester là – il ne s'agirait pas de me rendre malade.

L'utopie est à ma portée, à huit kilomètres à vol d'oiseau pour être exact. En prenant deux Vicodin pour endormir ma cheville, je peux y être à l'aube. Je m'assieds dans un coin, j'engloutis mon festin, je laisse un billet de vingt dollars sur la table et je rentre ici, des petits pains plein les poches.

Je n'en fais rien évidemment. Plutôt crever dans mon terrier que de retourner dans un endroit où j'ai déjà mis les pieds.

Mais on a le droit de rêver, non ?

Un des rugbymen uruguayens qui s'étaient écrasés dans la cordillère des Andes racontait qu'une heure après l'accident, il avait oublié le montant de son compte en banque. En situation de danger, survivre devient la priorité absolue. Boire, manger, s'abriter : on en revient aux fondamentaux.

Pendant les deux premiers jours, je n'ai pensé qu'à sauver ma peau. Depuis, j'ai plus de temps pour réfléchir.

Je me dis d'abord que pour un patron connu pour son sens de l'anticipation (ce n'est pas moi qui le dis, c'est Bloomberg), je m'y suis pris comme un manche. Enterrer trois sacs m'aurait demandé à peine plus de travail qu'un seul. J'aurais surtout dû faire plus attention au contenu de celui que j'avais sur le dos. Si j'avais emporté dix rations lyophilisées supplémentaires, je n'en serais pas réduit à bouffer des limaces (quatre-vingt-dix calories aux cent grammes). Avec un pantalon isotherme, je dormirais comme un bébé au lieu de me geler les roustons. Et une deuxième bande stérile n'aurait pas été du luxe.

Cela me servira de leçon. Je préparerai mieux mes prochaines disparitions.

Je pense surtout aux enfants. J'essaie d'imaginer comment ils réagissent à ma mort.

Andy avait une compétition d'escrime avant-hier. Je me demande s'il y est allé. Il est temps qu'il commence à remplir son dossier d'admission. Je lui avais promis de relire sa lettre de motivation, encore que ça n'aurait pas fait une grande différence. Avec ce que Sarah donne à Northwestern chaque année, il est à peu près certain d'être pris. Mais, même sans ça, il le mérite. C'est un bon gosse, aux goûts cinématographiques discutables, mais un bon gosse tout de même. Il est presque terminé. Ça ne veut pas dire qu'il n'évoluera plus, mais les bases sont bien en place. J'espère juste qu'il ne se mariera pas trop jeune, avant d'avoir découvert qui il est.

Jess a dû réagir violemment. Elle va s'en prendre à tout le monde : à sa mère qui n'osera pas la remettre à sa place ; au fabricant du turboprop ; à Dieu en qui elle ne croyait déjà plus beaucoup. La connaissant, elle trouvera une façon de blâmer la CIA et le grand capital. Le seul à qui elle n'en voudra pas, c'est moi. Quelle ironie.

C'est Joey qui me manque le plus. Sa peau douce, sa chaleur, son rire, ses expressions poilantes. Je me repasse sans arrêt les images de notre dernier câlin, sur le pas de la porte, avant qu'il ne coure attraper son bus.

Qui l'a aidé à faire son exposé ?

J'aime mes enfants de toutes mes forces. Je ne me cherche pas d'excuses. Il fallait que je parte. Il en allait de ma santé mentale, de ma peau même. Mais je me déteste pour la souffrance que j'ai causée.

J'essaie de me convaincre qu'ils surmonteront le traumatisme que je leur ai infligé. D'autres l'ont fait avant eux. Lincoln avait l'âge de Joey quand il a perdu sa mère, Beethoven celui d'Andy quand il a enterré la sienne. Aristote, Poe, Mandela ont grandi sans père. Leurs biographes disent qu'ils en ont tiré une fortitude supplémentaire, un besoin de donner un sens à leur existence.

Puissent-ils dire vrai.

Je pense à Sarah qui, dans ce maelström, doit à la fois consoler les enfants et calmer les actionnaires.

Réapparaître n'a évidemment jamais été dans mon intention, mais je comprends maintenant que je préférerais mourir qu'être démasqué. Si Sarah apprenait que je lui ai menti, si elle me voyait jouer les Robinson suisses pendant qu'elle organise mes obsèques, elle me tuerait sur place.

Je nourris ma culpabilité en tirant dix fois par jour de ma poche la photo que j'ai arrachée au tableau de bord avant de sauter.

Il était 15 heures, nous arrivions à la plage. Le sable blanc et la mer azur scintillaient sous le soleil. Sarah s'était mis en tête d'immortaliser la scène (« Pas la peine de grogner Walker, on en a pour deux minutes »). Nous avions pris la pose, accoudés sur la rambarde en bois du parking, et Sarah avait tendu son téléphone à un quidam. « Encore une, s'il vous plaît », avait-elle demandé par trois fois alors que le type lui rendait son appareil. « Jess, Walker, souriez ! Vous n'êtes pas chez le dentiste, que diable ! »

Comme d'habitude, Sarah avait eu raison d'insister : le dernier cliché était le meilleur. J'enlace une Jess bronzée, qui arbore ce qui chez elle s'approche le plus d'un sourire. Andy, torse nu pour exhiber ses pectoraux impeccables, tient sa planche de surf à la verticale. Sarah porte un paréo bleu, d'où dépassent les bretelles d'un maillot de bain blanc que je lui ai offert pour son anniversaire. Elle a relevé ses lunettes de soleil sur sa tête et vrille ses yeux dans l'objectif, comme si elle n'avait pas peur de regarder le bonheur en face. Joey, assis sur le garde-fou entre sa mère et moi, nous fait des oreilles d'âne.

Conserver cette photo n'a plus de sens.

J'y mets le feu un soir avec un briquet.

CHAPITRE 10

Shepherd

Mercredi 7 octobre

Rencontré aujourd'hui Sarah Walker à son domicile, 1288 Stoneleigh Drive, Albuquerque. L'entretien a duré quarante-cinq minutes.

Mme Walker est une très belle femme, d'environ un mètre soixante-douze et cinquante-neuf kilos, sans signe distinctif, cicatrice ou tatouage apparent. Ossature délicate, visage ovale, teint clair, front large, cheveux blonds (d'origine), yeux bleus, nez fin, lèvres charnues, dentition parfaite, légère fossette au menton, discrètes pattes-d'oie.

Je l'ai abordée aux obsèques de son mari. En apprenant que j'étais mandaté par Orbis, elle a accepté de me recevoir.

Je commence par lui renouveler mes condoléances. Afin d'établir un lien, même ténu, entre nous, je lui confie que mon épouse a succombé à une leucémie peu après notre mariage. « Je suis désolée », me dit-elle. Bien que sa compassion soit sincère, je la sens impatiente d'en venir au fait.

Je lui rappelle donc que Wills, dont elle est l'actionnaire principale, a souscrit en 2011 une assurance homme-clé sur la tête de son mari. Après une période probatoire de deux ans, l'indemnité de trente millions est acquise, quelle que soit la cause de la mort du titulaire, sous réserve naturellement que la société soit à jour de ses primes (ce qui est le cas). Je l'informe qu'Orbis m'a chargé d'établir de façon irréfutable que M. Walker a bien perdu la vie dans l'accident de son avion.

Mme Walker, qui n'ignore rien des dispositions de la police, s'étonne. Selon les termes du contrat, Orbis est tenue de s'acquitter de l'indemnité dans les trente jours suivant le décès. En prononçant celui-ci la semaine dernière, le tribunal d'Albuquerque a implicitement fixé la date limite du paiement au 23 octobre. « Pardonnez-moi, dit-elle, mais, dans ces conditions, je ne vois pas bien en quoi consiste votre mission. »

Je lui explique, en y mettant les formes, que, vu les sommes en jeu, mon client (j'insiste sur le fait que je ne suis pas salarié d'Orbis) pourrait être tenté de jouer la montre en cherchant à faire invalider la décision du tribunal. C'est alors le délai légal *in absentia* de sept ans qui s'appliquerait et Orbis ne décaisserait les trente millions qu'en 2022. J'en conclus qu'il est dans l'intérêt de toutes les parties de parvenir à un accord.

À ma grande surprise, Mme Walker en convient. En tant qu'ancienne directrice financière, elle est rompue au fonctionnement des affaires. « Orbis fait son boulot, vous faites le vôtre », ajoute-t-elle.

Je suis soulagé qu'elle le prenne ainsi. Après une telle entrée en matière, la plupart des gens m'auraient sauté à la gorge. Les assureurs sont connus pour profiter des circonstances. J'ai vu des veuves se contenter de 80 % de ce qui leur était dû pour échapper à une longue bataille juridique qu'elles étaient pourtant sûres de gagner.

Je retranscris in extenso la suite de la conversation.

MOI : Quand votre mari a-t-il appris à piloter ?

ELLE : Il y a une dizaine d'années. Orbis pourrait vous le dire avec précision, ils assuraient le Cessna.

MOI : Le Cessna ?

ELLE : Un Cessna 425. Nous l'avons acheté d'occasion quand Walker a obtenu sa licence.

MOI : Vous l'avez encore ?

ELLE : Non, Walker l'a revendu pour acheter le TBM – neuf cette fois-ci – en 2012.

MOI : Pourquoi avoir changé d'appareil ?

ELLE : Le TBM est plus rapide et a un meilleur rayon d'action.

MOI : Diriez-vous que votre mari était un bon pilote ?

ELLE : Excellent, si j'en crois ses instructeurs et ses amis de l'aéroclub.

MOI : Voliez-vous avec lui ?

ELLE : Non, je tiens à avoir deux pilotes à bord quand les enfants voyagent avec nous.

MOI : Vous étiez mariés depuis dix-huit ans…

ELLE : Dix-neuf.

MOI : Durant ces dix-neuf ans, votre époux a-t-il jamais exprimé l'envie de disparaître ?

ELLE : Vous voulez dire de se suicider ?

MOI : Non, disparaître dans le sens de refaire sa vie.

ELLE (*sur la défensive*) : Qu'insinuez-vous, monsieur Shepherd ?

MOI : Rien du tout, madame. Je me borne à vous poser une question.

ELLE : Une question dont je n'aime pas les implications. Sous-entendriez-vous que Walker est encore vivant ?

MOI : C'est ce qu'il m'appartient de déterminer.

ELLE (*après quelques secondes de réflexion*) : Quel est votre rôle au juste, monsieur Shepherd ?

MOI : Je vous l'ai dit, de m'assurer que votre époux est bien mort.

ELLE : Vous êtes un enquêteur ?

MOI : En quelque sorte. Mes clients me chargent de localiser des fugitifs.

ELLE : Je vous croyais expert en aéronautique.

MOI : Non madame, encore que je suis assez compétent dans le domaine pour savoir que si votre mari se trouvait à bord du turboprop, il n'a pu survivre à l'accident.

ELLE : Mais vous n'êtes pas certain qu'il était à bord…

MOI : Tout indique qu'il l'était. Je n'en ai juste pas encore la preuve.

Mme Walker reste silencieuse pendant quelques instants. Elle est tiraillée entre l'envie de me jeter dehors et sa raison qui lui souffle que cela ne servirait à rien. Elle décide finalement de coopérer, au moins pour l'instant.

ELLE : Non, John n'a jamais parlé de disparaître. Je ne vois d'ailleurs pas ce qui aurait pu le pousser à le faire. Nous avons trois enfants magnifiques. Les bénéfices de Wills croissent de 30 % par an. Nous sommes l'incarnation du bonheur. Les gens tueraient pour être à notre place.

MOI : Votre vie conjugale le satisfaisait-elle ?

ELLE : Vous voulez savoir si nous nous disputions ? Bien sûr, comme tout le monde. Mais notre couple était très solide.

MOI : Et la vie de famille ?

ELLE : John adorait ses enfants. Ça et Wills, c'est tout ce qui comptait pour lui.

MOI : Il avait un travail très prenant. Il ne montrait aucun signe de lassitude ?

ELLE : Il était parfois fatigué ou énervé. Dans ces cas-là, nous partions quelques jours en vacances dans les Caraïbes ou au lac Tahoe.

MOI : Rien de plus ?

ELLE : Il pouvait se plaindre de tel ou tel employé ou pester contre un client, mais ça ne durait jamais longtemps.

MOI : Lui est-il arrivé de quitter le domicile conjugal sur un coup de tête ?

ELLE : Ce n'était pas un impulsif. L'idée même de tout plaquer pour recommencer à zéro ne lui ressemble pas. Il résolvait les problèmes, il ne les fuyait pas.

Je me garde à ce stade de contredire mon hôtesse. L'entêtement de certaines épouses à prétendre que tout va bien constitue souvent l'une des raisons qui poussent leurs maris à prendre le large.

MOI : Pratiquait-il la randonnée ?

ELLE (*à nouveau sur la défensive*) : Oui.

MOI : Seul ou en famille ?

ELLE : Les deux.

MOI : Vous campiez ?

ELLE : Pas depuis la naissance des enfants. Avec l'âge, on s'habitue au confort d'une douche chaude et d'un bon lit.

MOI : J'ai appris que votre mari possédait un permis à l'année dans la forêt où il a disparu.

ELLE : Il en avait dans les trois ou quatre parcs des environs. C'était plus rapide que de payer l'entrée à chaque fois.

MOI : S'était-il récemment rendu seul dans la forêt de Santa Fe ?

ELLE : Pas à ma connaissance.

MOI : Mais c'est possible ?

ELLE : Tout est possible. Je ne suivais pas mon mari à la trace.

Ses réponses m'intéressent moins que ses réactions. Elle reste étonnamment calme. Je décide de la pousser dans ses retranchements.

MOI : Pardonnez-moi de vous poser une question délicate : votre époux avait-il une maîtresse ?

ELLE (*en se contrôlant*) : Là encore, pas à ma connaissance. Je ne vois d'ailleurs pas comment il aurait pu entretenir une liaison sans la complicité de sa secrétaire, en qui j'ai toute confiance.

MOI : Manque-t-il des vêtements dans son placard ? Un sac à dos ? Des chaussures de marche ?

ELLE : Non.

MOI : Vous avez vérifié ?

ELLE (*penaude*) : Non.

MOI : Ayez la gentillesse de le faire. J'aimerais par ailleurs avoir accès à l'ordinateur et aux papiers personnels de votre mari : relevés de comptes, déclarations de revenus, correspondance…

ELLE : C'est hors de question.

Je n'insiste pas. Je voulais éprouver ses limites, c'est chose faite.

CHAPITRE 11

Sarah

Walker était toujours au lit avant moi. Trois minutes lui suffisaient à se brosser les dents, à entasser ses habits sur une chaise et à enfiler le premier tee-shirt qui lui tombait sous la main. La télécommande à la main, il prétendait nous chercher une petite comédie romantique en chauffant ma place et finissait par me proposer un film d'espionnage pakistanais de 1972 « dont je lui dirais des nouvelles ».

Je me glisse désormais le soir entre des draps froids.

Chaque fois je veux croire que j'ai fait le plus dur et chaque fois je frémis en pensant à la journée qui m'attend. Répondre à Ed et Sandra qui souhaitent venir passer une semaine à la maison « pour me donner un coup de main ». Prendre rendez-vous avec la psy de l'école de Jess qui a demandé à me voir. Prononcer un discours devant les commerciaux (« quelque chose de pêchu, qui leur remonte le moral », m'a indiqué sans rire Jimenez). Recevoir Libby qui veut prendre un congé sabbatique. Inventorier la penderie de Walker (c'est la dernière trouvaille de l'assureur pour ne pas payer : mon mari est vivant et campe dans la forêt).

Mon Dieu, ça ne s'arrêtera donc jamais ?

Je me suis fixé une règle : à partir de maintenant, pour chaque pensée négative, je me forcerai à trouver un élément positif.

Exemple : les enfants vont un chouia mieux.

J'ai eu une discussion sérieuse avec Andy qui traînait des pieds pour commencer son dossier. Je lui ai dit qu'il n'avait pas le droit de foutre en l'air un an de sa vie. Que dans les circonstances actuelles, accomplir quelque chose lui ferait le plus grand bien. Et que Walker, s'il avait été là, lui aurait déjà botté le cul. Il m'a promis d'écrire le premier jet de sa lettre de motivation ce week-end.

Jess a repris les cours. Elle galère pour rattraper son retard, mais au moins, elle s'accroche. Elle reste muette sur ses séances avec le Dr Adelmann (qui se retranche derrière le secret professionnel, la peste soit des toubibs).

Bien qu'il ait fini par admettre que son père est mort, Joey continue à m'inquiéter. Il pique des colères pour un oui ou pour un non (la dernière en date parce que nous sommes tombés à court de beurre de cacahuète). Lui qui était toujours fourré dans mes jupes regarde des feuilletons débiles sur sa tablette en suçant son pouce. Je donnerais cher pour savoir à quoi il pense dans ces moments-là. Le Dr Adelmann me suggère de lui offrir un chien pour son anniversaire. Ce n'est pas une mauvaise idée. Il a toujours rêvé d'un labrador, mais Walker refusait d'en entendre parler. Je vais y réfléchir.

Joey n'est pas le seul à avoir besoin de moi. Wills me réclame. Une organisation de cinq mille personnes ne peut pas porter le deuil indéfiniment. Malgré leurs témoignages de sympathie, les clients exigent d'être servis, les fournisseurs d'être payés. Il faut continuer d'innover, d'investir, de tenir les dépenses – bref, poursuivre l'œuvre de Walker.

Même si ça ne va pas le ramener, c'est une façon de lui rendre hommage.

Quand je sens faiblir ma volonté, j'imagine qu'il me regarde. Je me demande ce qu'il ferait à ma place. J'essaie de me montrer digne de lui. Ce n'est pas facile.

J'ai pris la présidence par intérim. C'est ce qu'il aurait voulu, je crois. Les administrateurs n'ont pas osé s'y opposer même si je sais que certains étaient partisans de nommer Jimenez. J'ai suivi le dicton de Walker : les minoritaires conseillent, les majoritaires décident. De toute façon, avec 70% du capital, je serai la première à me mordre les doigts en cas d'erreur.

Spencer s'est dévoué pour poser la question qui leur brûlait les lèvres : ai-je l'intention de diriger Wills ? Bien que j'aie réservé ma réponse, me souvenant là aussi que Walker ménageait ses options le plus longtemps possible, je crois qu'au fond, je n'en ai pas envie. Jess entre dans une période cruciale et Joey est encore très jeune. Et puis c'est l'occasion d'injecter un peu de sang neuf dans la boîte.

Sur un autre sujet, certains administrateurs ne sont plus aussi certains de vouloir renouveler la flotte. « Le moment paraît mal choisi pour enclencher un plan d'investissement d'un demi-milliard », a résumé Lester. Nos avocats pensent que nous pourrions invoquer les circonstances pour faire marche arrière sans encourir de pénalités.

Afin de me forger ma propre opinion, je me suis plongée hier dans les offres (trois cents pages chacune), les projections de trafic, les rapports des consultants. À midi, j'avais la tête farcie et je n'étais pas plus avancée. Le dossier est d'une complexité inouïe. Tant de paramètres entrent en jeu : la charge utile, la consommation de carburant, les délais de livraison, la fiabilité des appareils, les coûts de maintenance… Comme si ça n'était pas assez compliqué, Walker a simulé plusieurs hypothèses comme une hausse du prix du kérosène ou un durcissement des règles de la FAA.

Comprenant que je n'allais pas m'en sortir, j'ai relu la note de synthèse qu'il avait rédigée après l'audition finale. « Les deux offres sont quasiment impossibles à départager, écrivait-il. Sur aucun des douze scénarios étudiés l'écart ne dépasse 3 %. » Il se prononçait en faveur de Lucas Aircrafts, « un fabricant américain au bilan solide qui offre de plus grands gages de pérennité », en précisant néanmoins que Cerqueira ferait un fournisseur tout aussi valable.

J'annoncerai demain au conseil que je ne remets pas en cause la décision de Walker. Il a fait un trop gros boulot pour que nous balayions sa recommandation d'un revers de main. Et puis renoncer à cet investissement enverrait un signal désastreux au marché. Je vois d'ici les titres des journaux : « Suite à la disparition de son président, Wills réduit la voilure. » Il n'en est pas question. Nous maintiendrons le cap. L'entreprise a déjà survécu à la mort d'un dirigeant.

Après ces quelques jours au bureau, je dois dire que je suis effarée par l'ampleur des responsabilités qui pesaient sur les épaules de Walker. Il était à la fois le stratège du groupe, son chef des opérations (même Jimenez en conviendrait) et son directeur commercial. Toutes les décisions, grandes ou petites, lui remontaient. Au moment de sa mort, il travaillait sur un plan de stock-options pour le top management, l'ouverture de trois nouvelles routes (Portland, Omaha, Sacramento), la construction de la piste d'atterrissage à Sunport, l'agrandissement du centre de tri des petits colis et le lancement de l'offre Stat ! en direction des labos d'analyse. Chacun de ces dossiers suffirait à occuper un cadre normal ; Walker parvenait à les mener de front tout en rentrant à la maison à 6 heures.

Il excellait en tout.

Sauf en jardinage. Il était nul en jardinage.

« S'il y avait plus de gens comme moi, disait-il, le monde tournerait plus vite. »

« S'il y avait plus de gens comme toi, répondais-je en l'embrassant, le monde serait invivable. »

CHAPITRE 12

Shepherd

Lundi 12 octobre

Rencontré aujourd'hui Sarah Walker dans les locaux de Wills. L'entretien a duré trente minutes.

Mme Walker me reçoit dans l'ancien bureau de son mari (elle n'a pas encore fait changer la plaque sur la porte). Elle porte un tailleur noir et un chemisier blanc. Elle a des cernes sous les yeux.

Elle est très occupée : des rapports s'entassent sur le bureau, son téléphone n'arrête pas de sonner, etc. Elle prend au début de notre entretien une communication de son plus jeune fils, qui l'appelle apparemment chaque soir en rentrant de l'école.

Elle m'informe avant même que je lui expose le motif de ma visite qu'elle a trié les vêtements de son mari et que « rien ne manque ». Elle me demande d'un ton narquois si je crois encore que Walker « baguenaude dans la forêt ». Je réponds sans céder à la provocation que, bien qu'ayant reconstitué la plus grande partie du fuselage, les Rangers n'ont pas retrouvé de corps.

MOI : Je souhaitais vous faire part d'un récent développement de l'enquête. Peu après notre rencontre, j'ai fait appel aux services d'une agence de détectives. Elle a dépêché à ma demande trois équipes à Santa Fe, Las Vegas et Pecos.

ELLE (*étonnée*) : Pourquoi ces villes ?

MOI : Parce qu'elles sont selon moi celles où votre époux, s'il est encore vivant, a le plus de chances de réapparaître.

ELLE : Encore ? Décidément, c'est une idée fixe !

MOI : Je fais mon travail, madame. Depuis une semaine, mes hommes présentent la photo de votre mari dans les gares routières, les hôtels et les concessions automobiles.

ELLE : Je leur souhaite bonne chance.

MOI : Dans ce métier, madame, la chance n'existe pas. Figurez-vous que ce matin, une caissière du supermarché Safeway de Las Vegas a cru reconnaître votre mari.

ELLE : Allons donc, elle voit trois cents clients par jour !

MOI : Certaines personnes sont plus physionomistes que d'autres. Personnellement, je n'oublie jamais un visage. Comme cette dame paraissait sûre de son fait, j'ai demandé à consulter les enregistrements des caméras de surveillance.

J'épie Mme Walker du coin de l'œil. Je la sens partagée entre l'envie de savoir ce que j'ai découvert et la réprobation que lui inspirent mes méthodes. Comme toujours dans ce cas, c'est la curiosité qui l'emporte.

ELLE (*en cachant son intérêt*) : Vous avez des images ?

MOI : Oui. Elles ont été prises entre 7 h 12 et 7 h 17, peu après l'ouverture du magasin.

ELLE (*incapable de se contenir plus longtemps*) : Montrez-les-moi.

MOI : Je suis là pour ça.

Je lui tends ma tablette, en approchant mon fauteuil du sien pour mieux l'observer.

Elle quitte l'application par erreur, relance le navigateur, sélectionne la mauvaise vidéo. Elle est très nerveuse ; à sa place, je le serais aussi.

Elle ouvre enfin le fichier. L'image est saccadée, d'une qualité juste suffisante pour confondre les voleurs.

MOI : J'ai monté les images. Elles proviennent de six caméras différentes. On commence au rayon parapharmacie.

ELLE : Où dois-je regarder ?

MOI : En bas à gauche. L'homme avec un sac à dos qui pousse un caddie.

Elle écarquille les yeux, essaie de jauger la corpulence du client sous sa polaire. Il prend des boîtes de médicaments, étudie les indications, en repose certaines sur l'étagère et jette les autres dans son chariot. Il réitère la manœuvre quelques mètres plus loin avec des pansements et un flacon de désinfectant.

ELLE : C'est impossible à dire. On ne voit pas ses traits.

MOI : En effet. La casquette, la tête baissée, le col relevé : il dissimule son visage.

ELLE : Il est plus maigre que mon mari.

MOI : Rien d'étonnant s'il a passé deux semaines dans la montagne. Vous reconnaissez ses vêtements ?

ELLE : Ni les vêtements ni le sac. Ce n'est pas du tout son style. Même la casquette : il déteste les Seahawks.

MOI : Il n'a peut-être pas eu le choix.

ELLE : Où va-t-il ensuite ?

MOI : Au rayon textile.

Mme Walker ne quitte pas l'homme des yeux. Elle étudie sa prestance, sa démarche, sa façon de pousser son caddie. Il est visible qu'elle doute, mais qu'elle n'est pas encore convaincue.

En moins d'une minute, l'homme a choisi des sous-vêtements, des chaussettes, trois tee-shirts en coton, une chemise, une polaire et un anorak.

ELLE : Il ne les essaie pas ?

MOI : Je pense qu'il est blessé au bras. Ça expliquerait l'alcool et les bandages.

ELLE : Quel bras ?

MOI : Le droit. Il saisit les articles avec la main gauche, mais on le sent mal à son aise.

À cet instant, une ménagère renverse un portant. Le bruit fait se retourner l'homme qui présente, l'espace d'un instant, son profil à la caméra. Je pause l'image. Mme Walker scrute le visage mangé par la barbe, la casquette et le col de la veste. Les yeux sont noyés dans l'ombre de la visière.

ELLE : On dirait son nez, mais ça ne prouve rien.

MOI : Je suis d'accord. On le voit mieux après.

Elle frémit à ces mots. L'homme rafle à présent des barres de céréales, un tube de lait concentré, des raisins secs. Des sources de calories rapides. Sa main n'hésite jamais, il a dû dresser la liste de ce dont il avait besoin avant d'entrer. Le caddie se remplit à toute allure.

ELLE : On dirait qu'il boite.

MOI : Oui, très légèrement. Côté gauche, la cheville sans doute. Nous le perdons ensuite pendant une minute. La caméra des fruits et légumes est en panne.

ELLE (*d'une voix angoissée*) : Vous avez d'autres images ?

MOI : Oui, à la caisse.

La pauvre. Je peux lire dans ses pensées. Elle aimerait revenir en arrière. À ce matin, où la mort de son mari était aussi sûre que les impôts ou la précession des équinoxes. Le doute s'apprête à faire irruption dans sa vie. Il est rarement le bienvenu.

MOI : Il est encore de profil, sauf à la fin où on distingue assez bien son visage.

À l'aide de sa seule main gauche, l'homme empile ses articles sur le tapis, sans un regard pour la caissière. Un septuagénaire sanglé dans un tablier Safeway emballe les achats sans enthousiasme.

À mes côtés, Mme Walker a tressailli de façon presque imperceptible. Elle se reprend aussitôt, tousse en espérant me donner le change. La cause de son trouble : avant même que la caissière ne scanne le dernier article, l'homme lui a tendu une liasse de billets qui couvrent exactement le montant de ses achats.

MOI : Trois coupures de cinquante dollars, deux de vingt et une de cinq. Il y en avait pour cent quatre-vingt-quatorze dollars et des poussières. Soit c'est le hasard, soit il compte fichtrement bien.

Mme Walker n'a pas bronché. Elle observe le visage de trois quarts de l'homme qui soulève ses sacs de provisions. J'arrête la vidéo.

ELLE : Ce n'est pas mon mari. Il ne s'habille pas comme lui, il ne marche pas comme lui, il ne bouge pas comme lui.

MOI : Vous en êtes sûre ?

ELLE : Certaine.

Je n'insiste pas. Je m'attendais à cette réaction. Mme Walker a besoin d'être seule. Au moment de prendre congé, je me sens obligé de la prévenir que nous allons passer la ville au peigne fin.

ELLE : Puisque je vous dis que ce n'est pas lui !

MOI : Il est possible en effet que nous ayons affaire à un inconnu. Je crois cependant que nous préférerions tous en avoir le cœur net.

CHAPITRE 13

Sarah

Le salaud !

Il est vivant. Il est putain de vivant !

Je le hais. Comment a-t-il pu nous faire ça ? Est-ce qu'il a pensé une seconde à ses enfants ? À moi, sa compagne de vingt ans qui l'ai toujours épaulé ? À ses parents, à sa sœur, aux magasiniers de Wills qui font des heures sup' pour coller des adhésifs à sa mémoire sur les colis ?

Qu'est-ce qu'il croit ? Qu'il peut nous planter là et refaire sa vie en Amérique du Sud pendant que je recolle les pots cassés ?

Quand je pense aux deux semaines que je viens de vivre…

Le coup de fil de Libby, la route de Sombrillo, les crises d'hystérie de Jess, le survol de la forêt pendant que monsieur se massait la cheville en regardant passer les hélicoptères. Les enfants qui accourent pleins d'espoir et moi qui leur scie les ailes : « Papa est mort ! » Mais non, papa dort à la belle étoile, emmitouflé dans un sac de couchage !

Il se lève tôt demain : il a de la route à faire, des kilomètres à mettre entre lui et nous.

Et les obsèques ! Ce cercueil vide qui me nargue. Moi qui prie pour qu'on retrouve le corps de Walker. J'ai dû mal m'exprimer, Seigneur tout-puissant : je voulais dire son cadavre !

Tous ces inconnus qui m'inondent de leur sollicitude et que je regrette aujourd'hui de n'avoir pas corrigés.

EUX : Votre mari était formidable. MOI : Un formidable enfoiré, oui !

EUX : On n'en fait plus des comme lui. MOI : Dieu merci.

EUX : Puisse-t-il reposer en paix. MOI : Vous voulez dire à la piscine du Ritz-Carlton de Caracas ?

Le retour à la maison. Jess qui claque la porte de sa chambre et pousse la sono à fond. Andy qui végète devant la télé et parle de traverser le pays à moto pour se changer les idées. Joey à qui je dois caresser les cheveux des heures pour qu'il s'endorme.

Et moi, moi qui me couche dans ce lit immense, dévastée par la perte de mon grand, de mon seul amour, accablée par la perspective de ce qui m'attend.

L'éducation des enfants.

Le sort de Wills.

La déchéance programmée de maman.

Toutes ces choses que nous devions affronter à deux et qu'il me jette à la figure. « Tiens, débrouille-toi ma grande. Moi je me casse. »

Le pire, c'est qu'il n'a même pas daigné me congédier. Si encore il m'avait dit : « Écoute Sarah, je vais reprendre ma liberté. Je te garde toute ma tendresse. Essayons de faire ça le plus intelligemment possible », j'aurais compris, enfin je crois. Au lieu de ça, il est parti un matin, sans préavis. Je compte donc si peu pour lui ? Fallait-il qu'il soit pressé de foutre le camp pour me planter comme une conne…

Le soir

Je n'en reviens toujours pas.

Je suis restée enfermée toute la journée dans mon bureau (dans son bureau !) à me repasser les images du supermarché (ce fouille-merde d'enquêteur ayant comme par hasard oublié sa tablette).

Pendant un moment, j'ai presque réussi à me convaincre qu'il existait une explication rationnelle au comportement de Walker, qu'il avait survécu par miracle à l'accident, mais perdu la mémoire. Et puis je me suis raisonnée. Il est clair sur la vidéo qu'il cherche à passer inaperçu. Il n'a pas l'air d'un homme à la dérive : il choisit méthodiquement ses articles, il dissimule son visage, il tend à la caissière la somme exacte qu'il doit – comme je le lui ai vu faire mille fois.

Le simple fait qu'il porte des vêtements de randonnée suffit à prouver qu'il a planifié sa fuite.

Je ne comprends pas.

Pourquoi m'a-t-il quittée ?

Pourquoi a-t-il fichu le camp aussi brutalement ? Pourquoi cette mise en scène macabre quand il aurait pu divorcer et continuer à voir les enfants quand il le souhaitait ?

Commençons par le commencement : pourquoi les hommes plaquent-ils leur femme ?

Raison numéro 1 : pour une autre. Je n'y crois pas. Où et quand Walker l'aurait-il rencontrée ? Son emploi du temps était réglé à la minute. Dans son avion ? Je n'arrive pas à l'imaginer vautré sur la banquette avec une grognasse. Et puis il ne reluquait pas les filles. « J'ai tout ce qu'il me faut à la maison », disait-il. Et moi de ronronner de plaisir… La cruche !

L'argent ? Ça ne tient pas debout. En cas de divorce, même à son initiative, il aurait touché des dizaines de millions. De toute façon, le fric ne l'intéresse pas.

Les enfants ? Il les adore. Peut-être pas avec la violence animale d'une mère, mais au moins autant que les hommes que je connais. Il a toujours répondu présent quand ils ont eu besoin de lui. Il a visité une douzaine de campus sur les deux côtes avec Andy. Il a appris à conduire à Jess. Il jouait au base-ball dans le jardin avec Joey. Il rentrait tôt du bureau, ne travaillait pas le week-end, prenait quatre ou cinq semaines de vacances par an. Peu d'hommes à son niveau de responsabilités consacrent autant de temps à leur famille.

Qu'il se soit lassé de moi, je peux à la limite le concevoir. Qu'il ait abandonné ses enfants, en revanche, ça me dépasse.

Pour qu'il soit allé jusqu'à mettre en scène sa propre mort, il doit s'agir de quelque chose d'énorme, d'inavouable.

Pour la première fois, j'envisage que Walker puisse être homosexuel. Je ne serais pas la première à m'être trompée – et lui pas le premier homme gay à avoir fondé une famille. Je me force à considérer la question avec un œil neuf.

Je ne l'ai jamais entendu soutenir ouvertement la cause des gays, sinon pour dire qu'ils devraient avoir le droit de se marier et de bénéficier des mêmes avantages que les hétéros. La charte des valeurs de Wills condamne toutes les formes de discrimination, sans insister plus que ça sur l'orientation sexuelle.

Il a des amis des deux sexes, n'est ni mal à l'aise ni particulièrement cordial avec Jeffrey et Matthew, le seul couple gay que nous fréquentons.

Il a eu au moins quatre petites amies avant moi. Au lit, il est à la fois tendre et fougueux, se soucie autant de mon plaisir que du sien. Il démarre au quart de tour et laisse rarement passer trois jours sans tenter une approche. Il aime prendre des bains avec moi, parle à mes seins, m'achète de la lingerie.

Non, je fais fausse route.

Cherche-t-il à échapper à la police ? Il m'a dit plusieurs fois qu'il ne supporterait pas l'incarcération. Mais quel crime aurait-il pu commettre ? Je n'arrive pas à l'imaginer tuer quelqu'un ou frauder le fisc.

Alors quoi ?

Incompatibilité d'humeur ? Ça reste la première

cause de divorce, la plus commode aussi, car elle place les époux sur le même pied de responsabilité.

Nous sommes très proches. Peut-être pas autant qu'au début quand nous étions toujours fourrés ensemble ; aujourd'hui, entre son boulot, mes activités, nos diverses obligations, j'ai parfois l'impression que, tout en habitant sous le même toit, nous menons des vies parallèles. Par contre, nous restons (ou, devrais-je dire, nous restions) complices comme au premier jour. Nous rions, nous parlons, nous tirons des plans sur la comète…

Et bien sûr, nous nous disputons. Quoique, somme toute, assez peu.

Nous avons des styles si différents. Moi j'exprime ce que j'ai sur le cœur. Si quelque chose me déplaît, je crève l'abcès en partant du principe que mieux vaut une brève engueulade qu'un malaise qui s'éternise. Walker, lui, est du genre à intérioriser. Il emmagasine les petites contrariétés du quotidien, jusqu'au jour où leur accumulation lui devient insupportable et où il explose avec une brutalité stupéfiante. Je me souviens d'une anecdote. À une époque, Andy était chargé de sortir les poubelles le dimanche soir. Il a oublié une fois, deux fois, trois fois. À la quatrième, Walker a empoigné la poubelle et l'a vidée sans un mot sur le parquet de la chambre d'Andy (qui a retenu la leçon).

Notre dernière grosse prise de bec remonte à juin. Walker se rendait à Miami pour une convention. Je lui ai demandé de s'arrêter à Seaside au retour pour rencontrer le paysagiste. J'aurais aussi bien pu le prier de faire escale à Bagdad. Il m'a dit qu'il avait autre chose à foutre (je cite) que de paumer une demi-journée pour discuter de l'emplacement des bégonias avec le type qui tondait sa pelouse. J'ai essayé de le raisonner : Seaside se trouvant presque sur la route entre Miami et Albuquerque, il ne perdrait que deux ou trois heures. « Entre trois heures et demie et quatre heures selon les vents », m'a-t-il corrigée (il ne se trompait jamais pour évaluer le temps que nécessitait une tâche).

Ce n'était évidemment pas la vraie raison de sa colère. Il a remis le dossier Seaside sur la table. Il est convaincu que je lui ai forcé la main pour acheter cette maison, alors que nous l'avons choisie ensemble et qu'il a signé le chèque.

— Bon, lui ai-je dit, on va régler cette affaire une bonne fois pour toutes. Je sais qu'au départ tu n'étais pas chaud pour acheter. Là-dessus, nous étudions des dizaines d'annonces, je nous dégotte une pépite, tu négocies le prix et tu signes le contrat chez le notaire. Tu avoueras qu'il y a des façons plus franches d'exprimer ses réserves.

— Je ne voulais pas de cette maison, m'a-t-il répondu. Je te l'ai dit dans les termes les plus explicites quand tu en as émis l'idée, chaque fois que tu m'as présenté des annonces, et à nouveau chez le notaire.

— Pourquoi as-tu signé alors ? Personne ne t'y forçait.

— Pour te faire plaisir. Tu avais envie de cette maison.

— Quelle bêtise ! Si toi tu n'en avais pas envie, il fallait le dire plus clairement.

— Comment aurais-je pu être plus clair qu'en disant que je n'en voulais pas ?

Ça tournait au dialogue de sourds. Walker ne voulait rien lâcher. Je lui ai dit que je me débrouillerais sans lui. Pour finir, j'ai fait l'aller-retour moi-même.

Je me rends compte que nos disputes étaient souvent assez vaines. Nous avancions nos arguments, Walker me chicanait sur les faits, je lui reprochais son détachement. Au bout de quelques minutes, il quittait la pièce. Ça me rendait folle.

Enfin, quelle importance aujourd'hui ? Ce fumier nous a abandonnés, c'est tout ce qui compte. Il a fait passer son bonheur avant le nôtre. Et dans quel but ? Pour se dorer la pilule sur une plage des Caraïbes ? Monter une compagnie aérienne en Nouvelle-Zélande ? Épouser une jeunette à qui il fera d'autres marmots qu'il plaquera à leur tour ?

À lui la liberté, les grasses matinées, les voyages, le cinéma l'après-midi.

À moi les réunions de parents d'élèves, les goûters d'anniversaire, les séances chez le dentiste, les conseils d'administration. Que du bonheur.

Plus question de craquer ou de tomber malade. Ces luxes me sont désormais interdits. J'ai charge d'âmes.

(Enfin Sarah, pourquoi craquerais-tu ? La vie est belle. Tu vas bientôt faire la une des tabloïds ! Le monde entier saura que ton mari s'est fait la malle. Et puis, tu peux compter sur ta mère. Ah non, c'est vrai, elle perd la boule.)

Je me sens comme une marathonienne dont l'équipier qui la relayait abandonne à mi-course.

Tu n'aurais pas dû, Walker.

Tu vas apprendre ce qu'il en coûte d'humilier une femme.

CHAPITRE 14

Shepherd

Lundi 12 octobre (suite)

J'ai notifié à Orbis que j'acceptais l'affaire. Mon opinion est faite : Walker a mis en scène sa disparition.

Depuis plusieurs jours, je nourrissais des soupçons. Les images du supermarché et surtout la réaction de Mme Walker tout à l'heure ont achevé de me convaincre. Elle s'est raidie imperceptiblement quand l'homme a tendu les billets à la caissière. Ses lèvres se sont entrouvertes, ses pupilles se sont dilatées. Espérant peut-être que son trouble m'avait échappé, elle a affirmé avec la dernière véhémence ne pas reconnaître son mari. Je n'ai pas vu, à ce stade, l'intérêt de la contredire. La plupart des conjoints abandonnés passent par une phase de déni. Laissons-lui le temps de digérer la nouvelle.

Même avant cet épisode, plusieurs choses me dérangeaient.

Rares sont les catastrophes aériennes (hormis

les cas où l'appareil se désintègre à haute altitude) où l'on ne retrouve pas la dépouille, ou au moins une partie de la dépouille, des victimes. Les Park Rangers arguent que le terrain accidenté complique les recherches. Je leur ai fait remarquer que ça ne les avait pas empêchés de localiser les chaussures et le téléphone portable du disparu.

Deuxième élément, Walker était un excellent pilote, le meilleur de l'aéroclub selon Derek Greene qui officiait à la tour de contrôle le jour de l'accident. Greene ne croit pas à la thèse de l'erreur humaine. « Quand bien même il aurait oublié d'enclencher le système de pressurisation, il aurait décelé les premiers effets du manque d'oxygène », a-t-il ajouté.

Troisièmement, j'ai tenté de me mettre à la place de Walker. Admettons, me suis-je dit, que je souhaite simuler ma mort. Comment m'y prendrais-je ? Force est de constater que mon plan aurait diablement ressemblé au sien.

Un accident d'avion ne laisse aucun espoir à mes proches.

Le relief justifie qu'on ne retrouve pas mon corps.

Le scénario de la dépressurisation explique pourquoi j'ignore les directives du contrôle aérien.

Je choisis tant qu'à faire une forêt touffue où j'ai l'habitude de randonner et où j'ai pu entreposer du matériel de survie.

Je passe à l'acte avant l'hiver.

Et enfin, je fais le plein de carburant afin de maximiser les chances d'explosion.

Walker a une demi-journée d'avance. Il passera peut-être à travers les mailles du filet cette fois-ci. À terme cependant, je suis quasiment certain que nous parviendrons à le retrouver. Je vais gagner les six millions les plus faciles de ma carrière.

Après avoir pris congé de Mme Walker, j'ai filé à Las Vegas, Nouveau-Mexique (à ne pas confondre avec sa grande sœur du Nevada), retrouver Quinn, le patron de Stillman Associates. Il a établi son quartier général dans une suite de l'Holiday Inn. Nous avons fait le point sur l'enquête.

Quinn a eu la présence d'esprit de racheter le fond de caisse du Safeway et de l'envoyer à un labo d'Albuquerque pour analyse. Je serais toutefois surpris que les billets comportent des empreintes digitales exploitables, et ce pour trois raisons : Walker portait sans doute des gants en latex ; la caissière a elle-même manipulé l'argent ; les coupures ont pu être remises à d'autres clients.

L'étude du ticket nous a en revanche fourni plusieurs renseignements précieux.

Walker est physiquement diminué. Le détail de ses emplettes – gaze, coton, désinfectant, Steri-Strips, bande extensible – milite en faveur d'une plaie mal soignée, même si je trouve difficile à croire qu'il soit parti sans trousse à pharmacie. La présence d'un tube de pommade à l'arnica conforte mon hypothèse selon laquelle il souffrirait d'une entorse à la cheville gauche.

Il s'apprête à changer d'apparence. J'en veux pour preuve la teinture blonde, les verres de contact et le nécessaire de rasage.

Il est en situation de carence alimentaire (achat de compléments nutritifs, fruits secs, lait concentré, vitamines, etc.), ce qu'a d'une certaine façon confirmé Mme Walker en notant que l'homme de la vidéo était plus maigre que son mari.

Pas de trace de savon ou de shampoing dans le caddie. Quinn en déduit que Walker n'a pas prévu de se laver dans un aéroport ou une gare routière. Je vais plus loin : comme notre homme ne loge pas actuellement à l'hôtel (sans quoi il ne se serait pas embarrassé de son sac à dos pour faire les courses), il faut s'attendre à ce qu'il prenne une chambre dans les prochaines heures.

Plus intrigant, Walker a acheté un téléphone Verizon sans abonnement. Soit il a mal préparé son départ ; soit, hypothèse qui a ma préférence, il n'a pu accéder à certaines des affaires qu'il avait entreposées dans la forêt. (Bien que le numéro correspondant au portable figure sur le ticket de caisse, il risque, en l'absence de mandat, de ne pas nous être d'une grande utilité. Je passerai à tout hasard quelques coups de fil chez Verizon.)

Je pars du principe que Walker a déjà débarrassé le plancher. Las Vegas compte à peine quinze mille habitants, on s'y fond difficilement dans la foule. Les hommes de Quinn ont tout de même distribué sa photo aux douze hôteliers de la ville, avec la promesse d'une belle récompense en cas d'arrestation.

Passons aux différentes façons dont il a pu quitter les lieux.

Quatre routes traversent Las Vegas.

La 518 s'élance vers le nord. Elle sillonne le parc national d'où vient Walker et où je l'imagine mal retourner.

La 84, au sud, ne dessert aucune agglomération d'importance.

À l'est, la départementale 104 semble n'avoir été créée que pour rejoindre Tucumcari, un trou de cinq mille âmes.

Je concentre donc mon attention sur l'autoroute 25, l'axe majeur de l'État, qui va du Wyoming à la frontière mexicaine. Partir vers l'ouest forcerait Walker à traverser Santa Fe et Albuquerque ; cela me paraît exclu. À sa place, je mettrais cap au nord, où trois étapes possibles l'attendent : Pueblo (cent mille habitants, trois heures de route), Colorado Springs (quatre cent mille habitants, trois heures et demie de route) et Denver (six cent cinquante mille habitants, cinq heures de route).

Walker est trop intelligent pour louer une voiture ou en acheter une d'occasion. Il a pu en revanche cacher un véhicule (auto ou moto) avant l'accident. Il peut également faire du stop (le temps d'attente dans la région ne dépasse pas vingt minutes sur les grands axes).

Restent les autres modes de transport.

J'écarte a priori l'avion privé, trop risqué.

Plusieurs bus relient chaque jour Las Vegas à la gare routière de Santa Fe. Là encore, je vois mal Walker retourner dans une ville où il est si connu.

La ligne Amtrak Chicago – Los Angeles passe à Las Vegas, une fois par jour dans chaque sens. Le train de Los Angeles part à 12 h 38 et fait treize arrêts, celui de Chicago à 15h03 avec dix-sept arrêts. Une piste à ne pas négliger.

Je penche d'instinct pour le train ou l'auto-stop. Quinn a envoyé deux hommes à la station Amtrak de Las Vegas et un à la gare routière de Santa Fe. Il voulait alerter ses correspondants à Denver, Los Angeles et Chicago ; il a paru vexé quand je lui ai dit que je ne travaillais qu'avec des partenaires que j'avais sélectionnés moi-même. J'ai prévenu Romeck ; il montera dans le train à Needles, Californie, à 0h49. Collins en fera autant à Dodge City, Kansas, à 0h27. Nolicic dépêche pour sa part trois équipes à Denver, Colorado Springs et Pueblo. Quinn restera sur le pont cette nuit pour coordonner tout ce petit monde.

Ces dispositions prises, je suis rentré à l'hôtel pour rédiger mon rapport et relire le dossier de Walker à l'aune des révélations de la journée.

CHAPITRE 15

Walker

Bonne journée, très bonne journée même. Je crois n'avoir commis aucune erreur.

Quitté ma tanière à 3 heures du matin. Elle ne me manquera pas. Les dernières nuits étaient glaciales, je n'aurais pas pu tenir beaucoup plus longtemps.

Je suis arrivé à Las Vegas à l'aube. Attendu l'ouverture du Safeway où j'ai rempli mon caddie en un temps record, sans lever la tête. Acheté un téléphone, de quoi me soigner, à manger. À peine sorti du magasin, j'ai grignoté une barre de céréales. Je me suis forcé à mastiquer lentement pour ne pas détraquer mon système digestif. Avalé aussi une compote et des vitamines.

Marché ensuite un kilomètre pour me poster sur le bas-côté de la 25, au niveau de la bifurcation vers l'aéroport. D'après les sites de routards, un auto-stoppeur attend en moyenne dix-neuf minutes au Nouveau-Mexique (c'est apparemment l'un des meilleurs scores du pays). Pour accélérer le mouvement, j'ai agité une liasse de billets de vingt sous le nez des automobilistes. Une minute plus tard, je roulais vers le nord dans un semi-remorque immatriculé dans le Montana.

J'ai raconté à mon chauffeur (qui, habitant Billings, avait peu de chances d'avoir vu ma bobine aux actualités) que je fuyais la ville pour échapper à un mari jaloux. La solidarité masculine a joué à plein. Rob a exigé des détails, j'ai inventé sans me faire prier une histoire abracadabrante. Entre deux parties de jambes en l'air, j'avais battu sans m'en rendre compte le record du flipper installé dans le salon de ma dulcinée. Le mari, qui était le seul à y jouer, avait extorqué des aveux à sa femme. Doublement insulté dans son orgueil, il avait promis « de me saigner comme un poulet », un sort auquel, malgré mon goût pour la volaille, je n'étais pas pressé de me soumettre.

Après quatre heures à casser du mari cocu sur le thème « si un homme n'est pas capable de combler sa bourgeoise, il faut bien que quelqu'un se dévoue », Rob m'a déposé à Colorado Springs. Contre un billet de cinquante supplémentaire, il a accepté de prendre une chambre en son nom dans un motel du nord de la ville – au cas, lui ai-je expliqué, où mon rival se piquerait de jouer les Columbo.

Avec sa moquette douteuse et ses cotons-tiges collés au fond de la corbeille, la piaule est minable. Je m'en moque. Comparé à mon terrier, c'est un palace. Le lit a des draps, l'eau chaude coule à flots, je n'en demande pas plus. Après la plus longue douche de mon existence, j'enfile un boxer propre et j'entreprends de me confectionner une nouvelle tête.

Je rase ma barbe en épargnant la moustache et un petit bouc que je taille en pointe. Je teins mes cheveux en blond (quand je pense qu'il y a des femmes qui font ça toutes les semaines !) et les coiffe en arrière en les fixant avec du gel.

J'achève ma mue par la pose de verres de contact bleu acier. Ils me donnent un petit air de Leo DiCaprio. Avec la casquette vissée sur la tête, la ressemblance sera complète.

Je pars ensuite en quête d'un médecin. Je laisse mon sac à dos à l'hôtel et marche vers un quartier pauvre où mon argent m'achètera plus facilement de la discrétion. Je fourre mes vêtements de randonnée puants dans une poubelle.

Je choisis le cabinet le plus pouilleux, patiente une demi-heure dans la salle d'attente en compagnie de deux matrones hispaniques. Quand paraît le médecin, je sais aussitôt que je ne me suis pas trompé. Il a la trentaine, le teint terreux et des poches sous les yeux. Son regard, surtout, exprime une lassitude indicible. Enfant, il rêvait d'opérer à cœur ouvert ; aujourd'hui – et pour les vingt prochaines années –, il soigne des angines et prescrit des crèmes contre l'acné. À en juger par le mobilier de son bureau, il doit gagner juste assez pour payer son assurance professionnelle et rembourser son prêt étudiant.

Il écoute distraitement mon boniment en examinant mon bras. Il pince la plaie, gratouille la croûte, avant de me livrer son verdict : si infection il y a, elle est minime. Il propose de me recoudre, tout en me prévenant que je conserverai une cicatrice. Trois cents dollars plus tard, je ressors avec dix points de suture et une ordonnance pour des antibiotiques.

Un taxi me dépose ensuite devant un magasin Best Buy, où je me dirige d'autorité vers le rayon informatique. Pendant quelques minutes, j'observe les vendeurs. L'un d'eux, un jeune latino portant une boucle d'oreille et un badge au nom de Pedro, correspond à mes critères. Efficace, sympathique, il vante avec assurance les mérites de la dernière carte graphique Nvidia à un militaire. J'attends qu'il ait terminé sa vente pour l'accoster. Je lui dis chercher un ordinateur portable qui me permette de surfer sur le web de façon anonyme.

Comme prévu, Pedro me recommande de télécharger le navigateur Tor qui découpe les flux TCP en tranches, rendant de facto leur interception impossible. Je lui réponds que j'aimerais quelque chose d'un peu plus costaud. Je veux aussi me prémunir contre d'éventuelles intrusions et encrypter le contenu de mon disque dur. « Il y a un an ou deux, me dit-il, je vous aurais conseillé d'utiliser un VPN, mais j'ai mieux à vous proposer : Tails, un système d'exploitation tout-en-un basé sur un noyau Linux. Il tient sur un DVD ou une clé USB. » Je veux être certain de bien comprendre : « Vous voulez dire qu'il se branche sur n'importe quel ordinateur ? — Absolument. Tant que vous démarrez sur le périphérique contenant Tails, vous êtes tranquille. Vous pouvez encrypter fichiers, mots de passe, e-mails, chats et naviguer sur le web en toute sécurité. Naturellement, il est conseillé de conserver la clé USB sur soi. » Je lui demande s'il se porte garant de sa solution. Il hausse les épaules et me fait la réponse que j'espérais : « Vous savez, quand la NSA craque un logiciel, elle ne le crie pas sur les toits. Disons que Tails est ce qui se fait de mieux aujourd'hui. C'est ce qu'utilise Snowden par exemple. » Je suis convaincu. Je demande à Pedro où je peux me procurer une copie de Tails. « En ligne, me répond-il. C'est gratuit. Vous téléchargez un fichier image d'un giga, que vous stockez sur votre clé. »

Alléluia ! J'achète un Dell XPS 13 avec 16 Go de RAM, une housse et deux clés USB de 32 Go. J'en tends une à Pedro et lui offre cent dollars pour qu'il m'installe Tails dessus. Nous convenons que je le retrouverai sur le parking à la fin de son service afin qu'il me montre comment utiliser le logiciel.

La séance de formation a lieu dans sa voiture. Il insère la clé dans le port USB puis démarre le Dell. Au bout de quelques secondes, le menu d'accueil de Tails apparaît à l'écran. Pedro survole le fonctionnement de Tor, dont je suis familier. Il m'apprend à utiliser le client de messagerie instantanée Pidgin ainsi que l'application de chiffrement Gnome Disk, me crée un portefeuille de monnaie virtuelle. C'est d'une simplicité enfantine. Je lui donne cent dollars de plus pour sa peine. L'ensemble m'a coûté à peine plus de mille dollars, le tiers de ce que j'avais lâché à l'étudiant de Dallas qui s'est bien payé ma tête.

Je rentre à mon hôtel d'excellente humeur, dîne d'un sandwich et d'une banane et me mets au travail.

Je copie le fichier image de Tails sur la deuxième clé USB. J'en garderai un exemplaire sur moi, l'autre dans mon sac.

Je bidouille avec les logiciels afin de m'assurer que j'ai assimilé l'enseignement de Pedro.

Alors, et seulement alors, je m'autorise à aller sur internet. Comme je me méfie de Google qui tire ses revenus des informations qu'il recueille sur ses utilisateurs, j'emploie DuckDuckGo, un moteur de recherche qui se targue de ne collecter aucune donnée personnelle.

Ma première requête, « accident john walker wills », génère des milliers de résultats que j'ouvre dans l'ordre, faute d'une meilleure idée.

Le *New York Times* et le *Wall Street Journal* rendent compte de mon accident avec leur sobriété habituelle. Sous leur plume, les réalisations d'une vie paraissent dérisoires. « Sous la direction de M. Walker, Wills a vu son chiffre d'affaires multiplié par huit et ses profits par douze. » On est peu de chose.

L'*Albuquerque Journal*, proximité oblige, s'est fendu de cinq articles que je parcours en diagonale en quête de l'information qui m'intéresse. Je pousse un soupir de soulagement en lisant que le tribunal a prononcé mon avis de décès il y a presque une semaine. Les recherches n'ont semble-t-il duré que quarante-huit heures. « Les sauveteurs ont perdu tout espoir de retrouver la dépouille de John Walker, qui rejoint la liste déjà longue des victimes du massif du Sang-du-Christ. » Et le plumitif d'enfoncer le clou sur la tragédie que représente ma disparition pour le Nouveau-Mexique : « un phare pour l'industrie américaine », « un des entrepreneurs les plus brillants de sa génération », « la bête noire de FedEx »... Rien que ça ?

Je mets provisoirement de côté le dernier article, un compte rendu des obsèques, pour lire le communiqué de presse de Wills, dans lequel je reconnais à la fois la patte de Sarah et le style compassé de Robbie.

Albuquerque, 25 septembre 2015. John Walker, président-directeur général de Wills, a trouvé la mort avant-hier dans un accident d'avion. Il avait quarante-trois ans. Il laisse derrière lui une épouse, Sarah (née Wills), trois enfants et 4 900 salariés inconsolables.

M. Walker avait rejoint la société en 1995 et en avait pris la tête en 2003, à la suite du décès soudain de son fondateur. Sous son impulsion, Wills a connu une croissance spectaculaire de ses ventes et de ses effectifs qui a fait d'elle le troisième opérateur de messagerie express des États-Unis et le premier employeur du Nouveau-Mexique. Plusieurs récompenses sont venues au fil des ans sanctionner ce parcours exemplaire, parmi lesquelles le prix Go West ! Ernst & Young en 2012 ou le Dun & Bradstreet Leadership Award en 2014. Wills figure par ailleurs régulièrement dans le palmarès Forbes des entreprises où il fait bon travailler.

Mme Walker, principale actionnaire de la société, a été nommée présidente du conseil d'administration à titre provisoire. Le reste de l'organigramme demeure inchangé.

Mme Walker a déclaré : « Je tiens à remercier nos clients et nos partenaires pour leurs témoignages de soutien dans cette terrible épreuve. Qu'ils sachent que les valeurs qu'incarnait John – service, audace, professionnalisme – lui survivront. Nous sommes plus que jamais déterminés à réaliser sa vision, celle d'un opérateur national capable à terme d'accompagner ses clients dans les contrées les plus reculées.

Bien qu'ayant grandi en Pennsylvanie, John était viscéralement attaché à notre communauté. J'ai décidé pour lui rendre hommage d'associer son nom à celui de mon père dans ce qui sera bientôt la Raymond Wills & John Walker Foundation for Underprivileged Kids. »

Les obsèques auront lieu samedi 3 octobre à 10 heures, en l'église de la Consolation d'Albuquerque.

Merci d'adresser vos dons à l'Armée du Salut.

Ma gorge se serre à mesure que j'avance dans ma lecture. Tout Sarah est là, dans ce communiqué : la dignité, le courage, une dose de crânerie (déclarer la guerre à FedEx le jour où l'on perd son PDG, il faut oser), la fierté de ce que nous avons accompli, la dette envers son père, l'obsession de laisser une trace. Je ressens une bouffée d'admiration pour elle, l'envie de lui dire qu'elle n'a rien à se reprocher.

Les autres articles ne contiennent aucune révélation : des éloges convenus des apparatchiks de la région, quelques nécros, un portrait sur Bloomberg.

Je retourne au récit des obsèques.

Albuquerque a rendu un dernier hommage à l'un de ses citoyens les plus éminents, John Walker, le dirigeant de la société Wills, tué dans un terrible accident d'avion mercredi dernier.

Les funérailles, qui se sont déroulées hier matin en l'église de la Consolation, ont réuni plus de 5 000 personnes, parmi lesquelles le gouverneur du Nouveau-Mexique, le président de la chambre de commerce, mais aussi d'innombrables anonymes, massés sur le parvis, qui tenaient à marquer leur solidarité avec la famille.

Officiels, proches, employés, clients se sont succédé à la tribune pour évoquer la mémoire du disparu. Mme Sarah Walker, que la tragédie avait déjà frappée en 2003 en lui ravissant prématurément son père, a prononcé une oraison déchirante. « John était le grand amour de ma vie, le seul homme à avoir fait battre mon cœur. Il m'a donné trois enfants merveilleux qui, pour mon immense bonheur, ont hérité de l'essentiel de ses qualités. John était un colosse, doté d'une énergie et d'une détermination inépuisables ; quand il s'en donnait les moyens, il n'était rien qu'il ne pût accomplir. Par chance pour notre communauté, il avait mis ses talents au service de l'entreprise fondée par mon père, créant au passage des milliers d'emplois et repoussant les frontières de Wills jusqu'à couvrir la moitié du pays. Peu de gens savent que John donnait encore bien plus à sa famille. Lui qui faisait un usage si parcimonieux de son temps ne reculait devant aucun effort pour assurer notre bien-être. Avec lui, nous n'avions pas peur ; un ange gardien nous protégeait. »

Le pasteur Francis a salué en M. Walker un bâtisseur consumé par sa tâche, l'égal d'un Ford ou d'un Edison. Il a invité les fidèles à signer le livre d'or mis en ligne sur le site de Wills.

*Au premier rang de l'assistance, les enfants du disparu, Jess (16 ans) et Joey (9 ans), n'ont pu retenir leurs larmes quand le chœur de l'école luthérienne Emmanuel a entonné les premières mesures d'*Amazing Grace*, tandis qu'Andy (18 ans) consolait sa mère, terrassée par le chagrin.*

L'assistance s'est dispersée après la communion sous les glorieux accords de There is a Hope.

Plus encore que le texte, c'est la photo illustrant l'article qui me prend aux tripes. Sarah enfouit sa tête blonde dans le cou d'Andy. Jess pleure comme une madeleine. Elle porte une robe que je ne lui ai jamais vue. Ses cheveux, une fois n'est pas coutume, flottent librement sur ses épaules. Sans son maquillage et ses Doc Martens, elle est très belle. Quant à Joey, mon petit bonhomme, il est sapé comme un croque-mort – complet noir, cravate, chaussures à lacets. Stoïque, la main dans celle de sa sœur, il contemple mon cercueil qui gît au pied de l'autel. Qui sait ce qui se passe dans sa tête.

Une idée me vient : et si les enfants avaient

signé le registre mentionné par le pasteur ? J'hésite d'abord à me connecter sur le site de Wills. Oh et puis après tout, n'est-ce pas à ce genre de choses que sert Tails ?

Le lien vers le livre d'or est en évidence, sous le logo de la société. Les pages du site s'ornent d'un bandeau noir. Je me demande combien de temps il restera là.

Un mot de Sarah exhorte les visiteurs à laisser parler leur cœur. Elle a joint pour sa part le texte de son oraison à l'église. Je le relis plus lentement. Il me flanque la chair de poule.

Je tourne la page d'un clic et sursaute : les messages des enfants sont là. Mon cœur bat à tout rompre.

Andy : « Papa, tu m'as appris tout ce que je sais. J'essaierai de me montrer digne de toi. » Mon aîné, déjà si mûr. S'il était à côté de moi, je lui dirais qu'il ne me doit rien, qu'il ne doit rien à personne. On vit pour soi, pas pour les autres.

Le message de Jess, plus désordonné – à son image : « Papa, je suis désolée d'avoir été froide le matin de ton accident. Je ne pouvais pas savoir. J'espère que, où que tu sois, tu voudras bien me pardonner. C'est terriblement dur depuis que tu es parti. Nous restons unis, mais sans toi, ça ne sera jamais pareil. Je n'arrive pas à croire que tu ne seras pas à mon mariage. C'est vraiment trop injuste. Repose en paix, mon petit papounet. » Moi aussi ma chérie, j'aurais voulu t'escorter à l'autel. Il te faudra te contenter de ton frère.

Ces trois phrases de Joey enfin qui me foutent

par terre : « J'aime bien quand on joue au base-ball. Tu es le meilleur des papas. Quand est-ce que tu rentres ? » Je comprends mieux son regard paumé sur la photo. Il n'a pas encore assimilé la nouvelle. J'espère que les funérailles lui auront remis les idées en place.

J'éteins mon ordinateur. Une culpabilité abominable m'envahit, doublée d'une aversion sans limite pour le salaud que je suis. Je m'allonge et je chiale, en pensant que Joey ou Sarah en font peut-être autant au même moment.

Si je pouvais reprendre ma place à cet instant, je le ferais.

Je me connecte à nouveau dans la soirée et lance une recherche « walker wills disparition » pour m'assurer que personne ne conteste la version officielle. J'épluche consciencieusement les résultats. Au bout d'une heure, alors que je commence à m'assoupir, je tombe sur une page dont l'intitulé me glace les sangs.

Je suis sur le forum de la STAA, ou Skip Tracing American Association. Un *skip tracer*, explique le texte d'accueil du site, « est mandaté par un client pour rechercher (*trace*) une personne (le *skip*) qui n'est pas localisable par les moyens traditionnels ».

Non seulement mon nom est cité, mais je fais l'objet d'un fil de discussion au titre éloquent : « Un gros gibier ? »

Bill_ElPaso : Anguille sous roche ? Le patron d'une entreprise d'Albuquerque s'est tué il y a dix jours. Son avion s'est écrasé dans la montagne. On n'a pas retrouvé son corps.

BruceTheMan : Laisse-moi deviner : il avait une police d'assurance-vie ?

Bill_ElPaso : Pas lui, sa boîte. Quelque chose comme 20 ou 30 millions. Lui est déjà plein aux as si j'ai bien compris.

BigBird : Alors quoi ? Une poule ? Des dettes de jeu ?

Bill_ElPaso : Va savoir. En tout cas, l'assurance flaire une entourloupe.

BruceTheMan : Ils ont engagé quelqu'un ?

Bill_ElPaso : Oui et pas n'importe qui : Shepherd.

BruceTheMan : Rien que ça !

BigBird : Pauvre type. J'espère pour lui qu'il est vraiment mort.

CHAPITRE 16

Walker

Je relis le dialogue à trois reprises ; il me paraît chaque fois un peu plus accablant. Je n'avais pas envisagé cette situation. Je me suis montré prudent pour limiter les risques d'être reconnu, mais je ne pensais pas qu'on me rechercherait, et encore moins qu'un limier d'élite mènerait la chasse.

Ne pas paniquer.

Je passe le reste de la soirée à réunir des informations sur mon adversaire, en laissant pour l'instant de côté les articles payants ou requérant un abonnement.

Le reportage le plus instructif date de 2009. Il est paru dans *USA Today*, dans le cadre d'une série estivale intitulée « Ces métiers qui font rêver ».

Il est des hobbies ruineux ; d'autres peuvent carrément vous coûter la liberté.

Le 23 juillet 2005, Jerry Schultz, un banquier de Pompano Beach, entasse quelques affaires à l'arrière de sa BMW et met le cap vers l'ouest, laissant derrière lui une petite amie éplorée et des dettes totalisant deux millions de dollars. En apprenant la nouvelle, plusieurs investisseurs de JS Special Opportunities, le hedge fund créé en 2004 par M. Schultz, sont saisis d'un désagréable pressentiment. L'enquête confirme leurs craintes en faisant apparaître que le fuyard a détourné 54 millions appartenant à ses souscripteurs.

Schultz a bien préparé son coup. Dans les mois qui suivent sa disparition, il passe sous le bistouri d'un chirurgien esthétique et perd 25 kilos au prix d'un régime alimentaire draconien. Ces précautions prises, il s'établit à Hawaï dans une somptueuse maison d'architecte pour s'adonner à ses deux marottes : suivre les matches des Miami Dolphins et approfondir ses connaissances sur la guerre de Sécession. Constatant que le magazine de référence, Civil War Monitor, *n'est pas disponible sur l'île, Schultz souscrit un abonnement par téléphone en fournissant un nom d'emprunt et sa nouvelle adresse.*

Trois jours plus tard, il couche en prison.

« Je savais par sa petite amie qu'il lisait le Monitor *de la première à la dernière ligne, raconte Nick Shepherd. J'ai obtenu un mandat pour surveiller les abonnements à la revue. Les fugitifs finissent toujours par commettre une erreur. C'est une simple question de temps. »*

Nick Shepherd est un skip tracer *– un terme qu'il préfère à celui de « chasseur de primes » popularisé par les westerns et les séries télévisées. Ses clients le paient pour retrouver des individus qui ont* *pris la poudre d'escampette – escrocs, délinquants en liberté conditionnelle, conjoints indélicats voulant échapper à leurs obligations parentales, etc. – moyennant un pourcentage des sommes recouvrées. La profession, à 85 % masculine, emploie entre 5 000 et 10 000 personnes selon Bruce Valencia, le président de la Skip Tracing American Association. « La plupart d'entre elles travaillent à domicile et conduisent leurs recherches à partir de bases de données », précise M. Valencia.*

Nick Shepherd appartient à une autre espèce de skip tracers, *celle qui se rend sur le terrain pour développer une compréhension intime de sa proie. « L'informatique ne remplacera jamais la filature, de même que l'anthropométrie n'a pas remplacé le travail de police », dit-il, avant de concéder que le* skip tracer *moderne a énormément d'outils à sa disposition. « Certaines affaires sont presque trop faciles, confie-t-il comme à regret. Vous n'imaginez pas les boulettes dont je suis témoin. »*

Rien ne prédestinait M. Shepherd à ce métier. Il a grandi à Detroit dans un quartier décrépit livré aux gangs. « Nous étions trop pauvres pour déménager en banlieue, se souvient-il. J'ai dû apprendre très tôt à me fondre dans le paysage. La moitié de mes amis d'enfance sont morts ou derrière les barreaux. » À vingt ans, ce boxeur amateur s'engage dans la police (« c'était ça ou devenir truand »), où quelques scandales de corruption ont tôt fait de lui ôter ses illusions. « Detroit aurait bien besoin d'un Eliot Ness », lâche-t-il du bout des lèvres. Il n'en dira pas plus : Nick Shepherd n'est pas du genre à faire des phrases. Il préfère l'action aux beaux discours, comme le démontre son palmarès : en dix ans de carrière, il n'a jamais connu l'échec. « J'ai eu de la chance, sourit-il. Et peut-être un peu de talent. »

En 1998, M. Shepherd, alors encore gardien de la paix, surprend une conversation entre deux employés du tribunal. Un cardiologue accusé de meurtre a disparu à la veille de son procès. L'État du Michigan offre une récompense de 10000 dollars à qui facilitera son arrestation. Deux jours plus tard, Nick livre au procureur l'adresse du motel où se terre le fugitif.

Fort de ce succès, il démissionne de la police et se met à son compte. Il travaille dans les premiers temps pour le système judiciaire, pour élargir progressivement sa clientèle aux entreprises, aux particuliers et, consécration ultime, aux compagnies d'assurances. Il refuse de révéler son chiffre d'affaires, tout en concédant qu'il vit très confortablement.

Toujours basé à Detroit, Shepherd exerce en solo – dans tous les sens du terme, car il est veuf. « J'ai essayé de recruter des collaborateurs, raconte-t-il, mais j'ai réalisé que je n'étais pas fait pour travailler en équipe. Je préfère recourir à des experts ad hoc et m'appuyer sur des correspondants régionaux triés sur le volet. » Il s'agit, selon Bruce Valencia, d'une organisation très originale. « D'habitude, dès qu'un skip tracer *a un peu de succès, il se précipite pour constituer une équipe. Nick est un loup solitaire. Il accepte peu d'affaires et ne partage ses honoraires avec personne. »*

Bourreau de travail selon ses proches, Shepherd

n'avoue que deux hobbies : la boxe et l'écriture. Il rédige actuellement un manuel du skip tracer *basé sur son expérience hors du commun.*

Souhaitons à M. Shepherd que son passe-temps lui coûte moins cher que celui de Jerry Schultz.

La semaine prochaine : Allison Noyce, dresseuse d'alligators.

La photo accompagnant l'article représente un homme remarquablement quelconque d'une quarantaine d'années, qui arbore un pull en V et une coupe de cheveux militaire. Shepherd pose devant sa bibliothèque.

Je lis d'autres papiers, plus brefs. Ils brossent le portrait d'un professionnel redoutable, au sommet de son art. « Le meilleur d'entre nous », note sobrement le trésorier de la STAA. « Un tueur », commente avec moins de retenue le chef de la police de Californie. Un entrefilet dans *USA Today* m'apprend que Shepherd a fini par publier son livre, intitulé *L'art de la traque*. Je l'achèterai demain à la première heure.

Je me repasse les événements de la journée à la lumière de ce que je viens d'apprendre. Si, comme je le crains, Shepherd a placé les trois ou quatre villes bordant le parc sous surveillance, il est possible qu'un employé du Safeway m'ait reconnu, voire que les caméras aient enregistré mon passage.

Je dois partir du principe que Shepherd connaît le détail de mes emplettes. Je tire la chasse d'eau sur mes verres de contact. J'ébouriffe mes cheveux ; leur rendre leur couleur d'origine prendra hélas un peu plus de temps.

J'ai au minimum une demi-journée d'avance. Tout Sherlock Holmes qu'il soit, je ne vois pas comment Shepherd pourrait remonter jusqu'à cette chambre, où j'avais prévu, quoi qu'il arrive, de ne passer qu'une nuit.

Ce n'est pas ainsi que j'avais imaginé ma première soirée d'homme libre. Je croyais le plus dur derrière moi ; erreur : la partie ne fait que commencer.

Seule bonne nouvelle du jour : j'ai été prononcé légalement mort. Cela veut dire que, sauf à prouver que j'ai mis en scène ma disparition, Shepherd ne peut pas compter sur la collaboration de la police. J'en tire un réconfort minuscule – et sans doute illusoire.

Je ne ferme pas l'œil de la nuit.

CHAPITRE 17

Walker

Je libère ma chambre à 7 h 30, après avoir essuyé les surfaces sur lesquelles j'ai pu laisser mes empreintes.

J'achète un café et un bagel à un vendeur ambulant en attendant l'ouverture de Barnes & Noble. Quand le rideau se lève, je me faufile tête baissée dans le magasin et profite de ce que les employés prennent leur service pour localiser sans l'aide de personne le livre de Shepherd. C'est un ouvrage compact, de plus de trois cents pages, illustré de nombreuses planches en couleurs. La couverture rouge sang est bordée d'un fin liseré blanc, loin de la loupe de détective ou de la gravure de chasse à courre à laquelle je m'attendais. Sous le titre, en blanc lui aussi, figure le nom complet de l'auteur : Nicholas D. Shepherd. Celui de l'éditeur, Wilson Press, n'apparaît qu'au dos.

Je règle mon achat en farfouillant dans mon téléphone pour ne pas croiser le regard du caissier.

8 h 05. Je dois quitter la ville, mais où aller ? Réalisant que la réponse à cette question se trouve

dans le livre que je tiens à la main, je marche jusqu'à la bibliothèque municipale où je m'enferme dans une des stalles des toilettes, suspends mon sac à un crochet et m'assieds sur l'abattant.

Je tourne impatiemment la page de la dédicace (« À Peggy, pour l'éternité ») pour arriver à la préface. Elle tient en trois paragraphes.

Certains êtres sont nés pour fuir, d'autres pour les ramener au bercail. J'appartiens à la seconde catégorie.

Je ne juge ni les motifs des fugitifs ni ceux des familles ou des institutions qui souhaitent les retrouver. Chacun livre sa partie selon ses convictions morales, en utilisant les moyens à sa disposition. Les joueurs s'arbitrent eux-mêmes, sans recours possible si ce n'est, à l'occasion, celui de la justice. Le combat prend fin lorsque le chasseur a capturé sa proie ou, plus rarement, quand il suspend les recherches, jugeant démesuré leur coût humain ou financier.

Que le meilleur gagne !

Cette introduction me laisse perplexe. J'ai lu des dizaines de ces bouquins écrits par le pape de l'ultra-qualité ou l'ancien coach des Dallas Cowboys. Ils sont tous taillés sur le même patron. Après avoir énuméré ses titres de gloire (« j'ai remporté douze championnats », « j'ai réduit les accidents de travail dans nos usines de 83 % en cinq ans »), l'auteur tire les enseignements de sa carrière en mêlant anecdotes de terrain (« Je me souviens de ce match à domicile où nous étions menés 39 à 3 à la mi-temps. Quand les gars sont rentrés au vestiaire, ils avaient les genoux qui jouaient des castagnettes. Plutôt que de leur passer un savon, je les ai regonflés à bloc en trouvant un mot gentil pour chacun. Vous me croirez si vous voulez, ils ont marqué 50 points en deuxième période ») et adages ineptes (« on peut perdre de l'argent avec un bon produit mais on n'en a jamais gagné avec un mauvais »). Quelques références à Sun Tzu ou Clausewitz, des révélations croustillantes (« Jamal Alexander ne portait pas de slip sous son uniforme »), une pincée d'humour, un sourire Ultra Brite en couverture et le tour est joué.

À en juger par sa préface, *L'art de la traque* ne s'inscrit pas dans cette tradition. Le livre se divise en sept chapitres, aux titres, là encore, plutôt inhabituels :

1) Les règles
2) Le temps
3) L'espace
4) Le cyberespace
5) Le nécessaire
6) Le contingent
7) Les duellistes

Perché en tailleur sur la cuvette, je survole le premier chapitre. Shepherd y circonscrit son sujet.

« Mon propos se limite aux recherches menées sur le territoire des États-Unis d'Amérique. Se procurer des faux papiers ou franchir clandestinement une frontière présentent des aléas considérables. Si un individu est prêt à risquer sa vie sur un coup de dés, grand bien lui fasse. Je laisse les jeux de hasard à ceux qui ne peuvent compter sur leur ingéniosité pour triompher à la régulière. »

Je suis parvenu il y a belle lurette à la même conclusion. Négocier un passeport dans un club de striptease ou traverser le Rio Grande à la nage, très peu pour moi.

Les pages qui suivent sont du même acabit. Shepherd s'y montre extraordinairement sérieux, comme animé par un sacerdoce auquel il trouverait normal de consacrer chaque seconde de son existence. Il se place au-dessus de la mêlée et semble soucieux de ne paraître inféodé à aucune chapelle, comme lorsqu'il renvoie dos à dos les défenseurs du droit à l'oubli et les apôtres de la transparence. « Il ne m'appartient pas de décider si un entrepreneur ruiné ou un violeur repenti doivent pouvoir recommencer leur vie. Washington passe les lois, je m'y conforme. »

Il morigène plus loin les moutons noirs de la profession qui, quand ils ont retrouvé leur proie, offrent de la relâcher, moyennant paiement. « J'ai résilié mon adhésion à la STAA lorsque j'ai appris qu'elle fermait les yeux sur ces pratiques révoltantes. »

Shepherd se vante de ne travailler qu'au résultat, « un système à la fois plus sécurisant pour le client et plus rémunérateur pour moi en cas de succès ».

Du succès justement, il ne doute guère. « Si je suis si sûr de moi, c'est parce que la joute dans laquelle nous sommes engagés, le fuyard et moi, est fondamentalement asymétrique. Je peux multiplier les erreurs, lui a interdiction d'en commettre aucune. Je n'ai besoin de le coffrer qu'une fois tandis que lui doit m'échapper tous les jours. C'est pourquoi, contrairement à une opinion répandue, le temps joue pour moi – même si, le plus souvent, une à deux semaines me suffisent. »

L'évidence s'impose peu à peu : j'ai affaire à un illuminé, du bois dont on fait les gourous ou les prédicateurs.

Pour l'heure cependant, j'ai moins peur de lui que de ce qu'il a pu dire à Sarah.

Je poursuis ma lecture au milieu des bruits de chasses d'eau et de portes qui claquent. Entrant enfin dans le vif du sujet, Shepherd explique comment il se documente sur sa cible.

« Je veux tout savoir sur elle : si elle aime la neige ou le soleil, la viande ou le poisson, le tennis ou le base-ball. Car nous sommes prisonniers de nos habitudes, condamnés à reproduire les mêmes gestes, à soutenir les mêmes équipes, à hanter les mêmes lieux. » Et de citer le cas d'un type qui s'est fait coincer un cornet de frites à la main parce qu'il ne dînait que chez Chick-fil-A. Je prends note de rester à l'écart de mes cantines favorites.

Le chapitre suivant traite des rapports entre temps et espace. « À moins de posséder des faux papiers, le fugitif ne peut prendre l'avion. Il est limité aux transports terrestres, dont la vitesse excède rarement 100 km/h. Le bon *skip tracer* développe un talent particulier pour lire les plans. Il n'ignore pas que s'il faut deux heures pour rallier Philadelphie depuis New York, le réseau routier et les horaires de bus font que Kearney, Nebraska, et Wichita, Kansas, quoique séparées par la même distance à vol d'oiseau, sont en fait à huit heures l'une de l'autre. »

Pour corriger cette anomalie, Shepherd dit avoir fait développer un logiciel cartographique dans lequel l'écart entre deux villes est proportionnel à la durée du trajet. On peut se demander si c'était nécessaire dans la mesure où il se vante aussi d'avoir mémorisé le schéma des réseaux autoroutier et ferroviaire. Il maîtrise un nombre impressionnant de sujets : du retard moyen des bus Greyhound aux législations locales sur le vagabondage, en passant par la liste des loueurs de voitures qui se contentent d'une photocopie de permis de conduire (plus facile à maquiller).

Il possède de la même façon sur le bout des doigts les règles de fonctionnement des compagnies aériennes ou des chaînes hôtelières. Il sait que Marriott exige une carte de crédit, que les femmes de chambre des Ritz-Carlton prennent leur service à 7 heures et que les gérants des Motel 6 transmettent leurs registres chaque soir aux autorités locales. Pour des raisons évidentes, Shepherd ne s'étend pas trop sur le sujet. On comprend cependant entre les lignes qu'il entretient un réseau de correspondants au sein des principales enseignes. De cette manière, il ne spécule jamais dans le vide. « L'air de rien, cinq minutes peuvent faire la différence entre surprendre le fugitif dans son lit et apprendre qu'il vient de quitter l'hôtel sans laisser d'adresse. »

Un autre passage retient mon attention.

« L'argent est le nerf de la traque, comme il est celui de la fuite. En cas de disproportion de moyens entre le chasseur et sa proie, le plus riche l'emportera presque automatiquement. »

Ce dernier point aurait plutôt tendance à me rassurer. En théorie, Orbis peut dépenser jusqu'à trente millions pour me retrouver (moins la commission de Shepherd). Dans les faits cependant, je doute qu'elle engage plus de un ou deux millions.

J'en ai dix. Avantage bibi.

Shepherd poursuit : « Naturellement, cette règle ne vaut que si les deux parties jouent correctement leurs cartes. Le fugitif en particulier est condamné à ne jamais dormir deux soirs de suite dans le même lit. Qui se terre s'enferre. »

Je range le bouquin. J'en sais assez pour le moment. Et puis qui se planque aux chiottes n'est qu'une fiote.

Je profite d'une accalmie dans le ballet des pisseurs pour émerger de mon réduit.

CHAPITRE 18

Sarah

J'ai pris rendez-vous avec Shepherd.

Je suis décidée à lui avouer la vérité. À quoi bon nier l'évidence ? Je ne souhaite plus qu'une chose à présent : retrouver Walker et lui faire expier son crime.

Pour ne pas alimenter les rumeurs, je lui dis au téléphone que je préférerais le voir en dehors du bureau. Il me donne le numéro de la suite qu'il a prise au Hilton. Je monte au dernier étage, en me sentant vaguement en faute, comme si je m'apprêtais à rejoindre mon amant pour un 5 à 7.

Shepherd me reçoit dans le salon attenant à la chambre. Toujours très poli, il m'invite à m'asseoir et me propose un verre de vin, que j'accepte pour me donner du courage. Je fais le tour de la pièce tandis qu'il passe la commande par téléphone. L'objet le plus personnel est un ordinateur portable posé sur le bureau.

— Vous vouliez me voir ?

J'aurais préféré attendre le vin. Tant pis.

— Oui. Je n'ai pas été totalement honnête avec vous…

À mon grand étonnement, il m'interrompt.

— Madame Walker, je me dois de vous informer d'un point. Si vous veniez à identifier votre mari sur les images que je vous ai montrées, je serais obligé d'en référer à mon client, qui déposerait aussitôt une motion devant le tribunal. Le juge vous citerait à comparaître et vous forcerait à répéter ce que vous vous apprêtez à me dire. Orbis y verrait une raison suffisante de suspendre le paiement de l'indemnité, Wills perdrait trente millions et ni vous ni moi ne serions plus avancés.

Je le regarde, éberluée. Il poursuit.

— Ma mission consiste à retrouver votre mari, pas juste à prouver qu'il est encore en vie.

Je lui fais remarquer qu'Orbis se contenterait sûrement de mon témoignage.

— Mais pas moi, répond-il. Ils auraient dû y réfléchir avant de m'engager.

Je reste sans voix. Bien que ne connaissant pas le détail du contrat de Shepherd, je suis prête à parier qu'il prévoit un joli bonus en cas de succès. Un chasseur de primes qui renonce à ses honoraires, c'est une première.

Shepherd doit sentir mon malaise, car il reprend.

— J'ai déposé l'original de la vidéo dans le coffre de l'hôtel. Il y restera aussi longtemps que vous le souhaitez. J'espère, en attendant, pouvoir compter sur votre collaboration.

Je ne sais que penser. Pour un peu, je croirais

qu'il craint d'être privé du plaisir d'une bonne chasse à l'homme. L'arrangement qu'il me propose n'est toutefois pas pour me déplaire. Car si j'avoue avoir reconnu Walker, je perds toute chance de le retrouver.

J'assure Shepherd de ma coopération. Il se détend imperceptiblement.

— Bien. J'aimerais, pour commencer, avoir accès au bureau de Walker, à son agenda, ses ordinateurs, ses effets personnels et ses relevés de comptes bancaires.

— Vous aurez tout cela. En échange, j'exige de votre part la plus entière discrétion. Mes enfants ne doivent pas apprendre que vous enquêtez sur leur père. Idem pour les employés et les administrateurs de Wills.

Il incline la tête avec une déférence un peu désuète.

— Cela va sans dire. Les éléments que vous me fournirez ne sortiront pas de cette pièce.

On frappe à la porte. C'est le garçon d'étage. Mieux vaut tard que jamais.

Je trempe mes lèvres dans mon verre. Shepherd pose le sien devant lui. Je comprends qu'il l'a commandé pour ne pas me laisser boire seule. C'est idiot, mais cela me touche.

Je lui demande un point sur les recherches. Il m'avoue avoir perdu la trace de Walker.

— Un employé de Greyhound l'a reconnu à la gare routière de Colorado Springs. Il semble qu'il se méfie. Il a acheté trois billets pour Salt Lake City, Pueblo et Salina.

— Vous croyez qu'il vous sait sur sa piste ?

— Pas nécessairement. Disons qu'il prend ses précautions.

— Je suppose que vous avez envoyé des hommes dans les trois villes.

— Oui. Sans résultat jusqu'à présent. Votre mari a pu…

Je le coupe.

— Appelez-le Walker.

Arrêtez surtout de l'appeler mon mari.

— Comme vous voudrez. Je disais que Walker a pu descendre à n'importe quelle station sur ces trois lignes, acheter un quatrième ticket, voire emprunter un autre moyen de transport.

— Bref, il vous a échappé.

— Pour l'instant. Je le retrouverai, faites-moi confiance. Il commettra inévitablement une erreur.

— Je crains que vous ne le sous-estimiez.

— Avec tout le respect que je vous dois, madame, c'est vous qui me sous-estimez. Je n'ai jamais connu l'échec en quinze ans de carrière.

Je n'arrive même pas à le trouver présomptueux. Il exsude la confiance, une assurance tranquille dépourvue d'arrogance.

— Tenez, dit-il, Walker s'est connecté au livre d'or de Wills.

— Comment le savez-vous ?

— Oh, je ne peux pas le prouver. Il utilisait une adresse IP bidon. Mais j'en mettrais ma main à couper.

J'essaie de me rappeler ce qu'ont écrit les enfants. Joey séchait. Je l'ai aidé à aligner trois phrases. La dernière était prémonitoire : « Papa, quand est-ce que tu rentres ? »

Comment un père peut-il lire ces mots et se regarder dans la glace ?

Le pire n'est pas que j'ai épousé un monstre.

C'est que nous sommes encore mariés.

CHAPITRE 19

Walker

Je déménage tous les jours.

De Colorado Springs, j'ai fait du stop jusqu'à Cheyenne, Wyoming.

Rebelote le lendemain, direction Lincoln, Nebraska.

Le bus pour Kansas City.

Columbia, Missouri.

Et me voilà dans un gourbi insalubre à Louisville, Kentucky.

Mes journées sont réglées comme du papier à musique.

Je me lève à l'aube ; je me douche en vitesse, les yeux fixés sur la porte de la salle de bain ; j'essuie les empreintes digitales que j'ai pu laisser ici ou là et je quitte la chambre sans passer par la réception.

J'achète à manger dans la rue (pas de caméras de surveillance) puis je me rends à la gare routière en zigzaguant pour m'assurer que je ne suis pas suivi. Sur place, je charge un clodo de prendre au guichet des billets pour les trois ou quatre destinations que je lui indique. Si le temps s'y prête, je me promène ; sinon, je m'enferme dans les toilettes de la gare en attendant l'heure du départ. Je ne descends jamais à l'arrêt figurant sur mon billet.

Les bus actuels n'ont rien à voir avec les fourgons à bestiaux que je prenais, étudiant, pour rentrer à Pittsburgh. Ils sont climatisés, équipés du wifi, presque propres. Si je n'étais pas constamment occupé à surveiller les voyageurs qui montent et qui descendent, je crois même que je pourrais m'assoupir, bercé par le roulis et la monotonie des paysages du Midwest.

Une chose n'a pas changé, hélas : ce besoin irrépressible qu'ont mes congénères de meubler le silence à tout prix. Hier, une mamie a engagé la conversation avec moi – ou plutôt contre moi, attendu que je lui tournais le dos et faisais semblant de dormir. Tout y est passé, la météo, sa hanche artificielle, le prix des médicaments, son gendre en Afghanistan, sa petite-fille surdouée. Accablé, j'ai poussé un grognement, qu'elle a interprété comme une invitation à détailler les prouesses de la gamine. « Elle fait des opérations à trois chiffres dans sa tête. » « Comme 100 + 200 ? » n'ai-je pu m'empêcher de rétorquer.

Tous les sièges étaient occupés. Je suis descendu à l'arrêt suivant.

Demain, je ferai du stop, histoire de varier les plaisirs. Je soutiendrai stoïquement la conversation ; après tout, c'est un peu la règle du jeu. Je me suis composé un personnage : Gary Hancock, quarante-six ans, technicien de laboratoire à Seattle. J'ai pris deux semaines de congés pour aller voir ma fille Judy à Philadelphie. Je m'y rends en stop – « pour avaler du bitume et saluer mon paternel à Columbus » – et je rentre en avion. Comme il ne viendrait à l'idée de personne de tirer les vers du nez à un technicien de laboratoire, c'est moi qui mène la danse. C'est fou ce qu'on apprend sur les gens en les faisant parler de leur boulot. La plupart méprisent leur travail : ils y sont arrivés par hasard et n'en attendent qu'un chèque à la fin du mois. Parfois cependant, je tombe sur un passionné qui n'échangerait pas son job pour tout l'or du monde. Je l'interroge sans relâche, avide de comprendre les subtilités d'une profession (restaurateur, sage-femme, menuisier…) dont je ne soupçonnais pas la richesse. Ces rares rencontres me consoleraient presque des dialogues insipides qui constituent mon ordinaire.

Je me fais déposer aux abords du motel que j'ai sélectionné. Là commence la phase la plus périlleuse de la journée : convaincre un inconnu de me prendre une chambre à son nom. Je n'aborde pas n'importe qui. J'ai une préférence pour les hommes jeunes à la mine vaguement louche qui, même s'ils déclinent ma proposition, n'iront pas me dénoncer.

J'enjolive chaque fois mon boniment d'un détail supplémentaire. J'ai rendez-vous ce soir avec une dame, dont le mari nous soupçonne de lui faire porter les cornes. Trop pingre pour engager un détective, il est fichu d'appeler tous les établissements de la ville pour leur demander s'ils hébergent un certain Gary. Selon mon humeur, le conjoint est tantôt un culturiste cocaïnomane, tantôt un gratte-papier dépressif qui ne survivrait pas à l'infidélité de Janice (j'ai remarqué que laisser échapper le prénom de ma belle installait un climat de connivence). Si, à ce stade de l'histoire, mon interlocuteur n'a pas encore tourné les talons, je lui propose vingt dollars pour ses services, une somme en rapport avec le standing minable de l'hôtel. Après de longues palabres, je finis par lâcher le double, en gémissant comme si on m'arrachait un rein.

Il est alors 5 ou 6 heures. Je me claquemure dans ma piaule et je commence à préparer la journée du lendemain.

J'essaie de couvrir quatre à cinq cents kilomètres par jour sur des axes routiers importants et de faire étape dans des villes comptant au minimum une vingtaine d'hôtels. Je n'ai pas de but précis. Je me dirige pour l'instant vers le nord-est, dont la densité de population me rassure. Je bifurquerai sans doute à un moment vers le sud. Je m'interdis d'approcher des côtes, semblable à ces boxeurs qui, craignant d'être acculés dans les cordes, campent prudemment au centre du ring.

Je choisis avec soin l'endroit où je passerai la nuit, dans l'idéal un motel indépendant, de ceux qui se targuent encore en 2015 d'offrir à leur clientèle la climatisation et les chaînes du câble. Je lis les commentaires postés par les internautes. Au milieu de la litanie de leurs doléances (toilettes bouchées, insonorisation défectueuse…), je glane des renseignements précieux : le Rodeo Inn de Cheyenne est situé à deux pas d'un supermarché ouvert vingt-quatre heures sur vingt-quatre ; le Bright Star Motel de Louisville a une machine à laver et un sèche-linge en libre-service (près des distributeurs de boissons, se munir de monnaie) ; la gérante du Red Roof de Columbia a la déplorable habitude d'apporter des cookies à ses hôtes. Je mémorise les trois meilleures adresses.

Les premiers soirs, je regardais la télé en dînant. J'ai arrêté. Les actualités m'assomment, le baseball m'endort, les films sont constamment interrompus. Mes compatriotes passent en moyenne un mois par an devant les pubs (quand j'ai rapporté un jour cette statistique à un voisin, ce crétin en a rejeté la responsabilité sur les chaînes).

J'avale désormais mon repas devant le site de la STAA. Le fil me concernant s'enrichit chaque jour de quelques contributions qui ont tendance à confirmer mes supputations. Ignorant la décision du tribunal, Orbis se bat pour éviter de payer les trente millions de l'assurance-vie ainsi que les trois millions du turboprop (je n'y avais pas pensé).

Le dénommé BigBird a trouvé trace de quelques affaires similaires à la mienne dans les archives de l'association. En 1993 par exemple, la police a arrêté un chauffard dont on a découvert, après vérification, qu'il avait arrangé sa mort quinze ans plus tôt. Il a été condamné à rembourser l'indemnité qu'avait touchée sa famille (majorée des intérêts et d'un *pretium doloris*), et à cinq ans de prison ferme. Inutile de préciser que personne ne l'attendait à sa sortie.

Il se dit aussi que Shepherd a mobilisé une vingtaine d'agences locales dans le Midwest (mais a priori aucune à l'est du Mississippi, où je me trouve actuellement). Selon les estimations de Big-Bird, il aurait déjà dépensé un quart de million de dollars.

Aucun élément de réponse en revanche aux questions qui me travaillent : Shepherd a-t-il la preuve que je suis en vie ou se fie-t-il à sa seule intuition ? A-t-il fait part de ses soupçons à Sarah et, si oui, comment a-t-elle réagi ?

Je pense moins que jamais à rentrer. C'est trop tard, le mal est fait. Sarah m'a cru mort ; si elle apprend que je l'ai trompée, elle souffrira deux fois plus. Idem pour les enfants.

J'ai lu un jour qu'un tortionnaire qui n'obtient pas de résultats redouble généralement d'ardeur, moins par cruauté que pour recueillir les aveux qui lui permettront de se convaincre qu'il n'a pas torturé en vain.

Avoir commis l'abominable ne fait que renforcer ma détermination.

Je veux réussir, je dois réussir.

Je n'ai pas infligé tant de souffrances pour rien.

CHAPITRE 20

Walker

Le soir, j'étudie *L'art de la traque*, qui se révèle une mine d'informations prodigieuse.

Shepherd décrit avec un grand luxe de détails le réseau qu'il a mis en place au sein des chaînes hôtelières. Il surveille les sites internet que fréquentait le disparu (si des millions d'Américains visitent chaque jour Yahoo, seulement dix ou vingt d'entre eux se connectent le même soir à Facebook, Gizmodo et Goodreads), ainsi que les fils de discussion consacrés à l'enquête (car, de même que les assassins reviennent sur les lieux de leurs crimes, les fugitifs tendent à se délecter des spéculations qu'ils inspirent). Il a aussi des correspondants chez Google qui l'alertent en cas de recherche suspecte (par exemple, dans mon cas, « enquête sur la mort de john walker » ou « fraude à l'assurance wills »).

J'en tire quelques leçons évidentes : continuer à utiliser DuckDuckGo, ne pas réserver de chambre en ligne, privilégier les villes offrant au moins trois moyens de transport différents, rester à l'écart des sites de *Business Jet Traveler* ou IMDb, m'asseoir chaque fois que c'est possible dos au mur et face à la porté, repérer les escaliers de service, les immeubles à double entrée, les artères commerçantes.

Malgré les circonstances, je ne peux me défendre d'une certaine admiration pour Shepherd. Il est patient, il ne laisse rien au hasard, il considère toutes les possibilités, même les moins vraisemblables. Le champ de ses connaissances semble infini. Il sait comment brosser les polices locales dans le sens du poil, se procurer les plans d'un bâtiment public, deviner un mot de passe ou annuler une carte de crédit. Le code d'honneur des Indiens Navajos n'a pas de secret pour lui, pas plus que les pièces d'identité requises pour obtenir un extrait d'acte de naissance ou les obligations s'appliquant aux médecins qui soupçonnent leurs patients d'activités criminelles.

Je me demande pourquoi Shepherd a consigné, et surtout publié, le fruit de quinze ans d'expérience. Je ne l'imagine pas guidé par les raisons habituelles (s'enrichir, gagner de nouveaux clients...). Je serais presque tenté de croire qu'il souhaite que son livre atterrisse entre les mains de ses cibles. Volonté d'étaler sa supériorité ? De narguer sa proie ? De s'infliger un handicap ? Quel que soit son motif, j'ai du mal à me défaire de l'impression qu'il lit dans mes pensées, qu'aucun de mes faits et gestes ne peut le surprendre. Forcément, cela affecte mon comportement. Ce matin, par exemple, j'étais parti pour faire étape à Champaign, Illinois. Au moment où le bus s'ébranlait, je suis descendu sur un caprice et j'ai pris un billet pour Cincinnati. J'étais très fier de mon coup, jusqu'au moment où j'ai réalisé que Shepherd en était, d'une certaine façon, l'instigateur.

Au fond, ma seule chance consiste à changer durablement mes habitudes. Je porte des baskets montantes, un pantalon de survêtement que Sarah n'aurait pas toléré sur notre jardinier, un tee-shirt blanc et une chemise en toile kaki dont j'ai arraché les étiquettes. Je me laisse pousser la barbe ; je ne mange pour ainsi dire plus de viande ; je me suis mis à boire du thé. Ces efforts ont moins pour but de tromper la vigilance de Shepherd que de me contraindre à devenir un autre. Si je commence à suivre le tennis, je ne consulterai plus les résultats de football. Si je suis végétarien, je ne commanderai plus de côtelettes au restaurant. Qui sait, je boirai peut-être même un jour du Pepsi.

J'ai touché du doigt à Kansas City la discipline que va nécessiter ma transformation. Mon hôtel jouxtait un cinéma. Il était encore tôt, j'ai décidé de me payer une toile – la première depuis le crash. Après examen du programme, j'ai jeté mon dévolu sur *City of Glass*, le dernier Winston Donovan. Sur le chemin, je me suis souvenu que j'avais consulté les critiques de *The Stowaway* depuis la maison et qu'Andy m'avait offert les trois versions de *The Locked Room* pour la fête des pères. Si Shepherd me savait à Kansas City (une hypothèse certes peu probable, mais que je me refusais à écarter), une salle projetant le dernier film de mon réalisateur favori était l'un des trois ou quatre endroits où il aurait l'idée de me chercher. Arrivé au guichet, j'ai acheté un ticket pour une comédie qui s'est révélée d'une crétinerie abyssale. Pendant que se démenait à l'écran le plus épouvantable duo comique depuis Abbott et Costello, j'étais au supplice en pensant au chef-d'œuvre qui se donnait derrière la cloison.

Sur un autre sujet, je me suis retrouvé à sec. À raison de trois billets de bus, d'une chambre d'hôtel et de quelques faux frais, je dépense dans les quatre cents dollars par jour. Comme j'exclus pour le moment de retourner déterrer mon sac, j'ai appelé ma banque à Singapour pour qu'elle me vire neuf mille dollars dans une agence Western Union. George, mon chargé de compte, s'est enquis d'une voix suave de la pièce d'identité que je prévoyais de présenter au guichet. Je lui ai avoué que j'avais récemment perdu mon permis de conduire.

— Comme c'est ennuyeux, a-t-il dit sans parvenir à masquer une pointe de sarcasme. Voyez-vous, ce type de transferts obéit à des règles draconiennes. Il est de notoriété publique en effet que les utilisateurs récurrents de ce service se partagent en trois catégories : les sans-papiers, les djihadistes et les narcotrafiquants.

La conversation prenant un tour désagréable, je l'ai imploré de faire une entorse à son règlement.

— Ma foi, vu le solde de votre compte, je suppose que nous pouvons faire une exception. Je vais adresser le virement à notre représentant dans le

Missouri. Il donnera instruction au préposé de Western Union de vous remettre les fonds contre un simple mot de passe.

— Merci, vous me rendez un fier service.

— Pour information, la commission de Western Union se monte à quatre cent soixante-seize dollars.

5 % de frais pour deux écritures comptables. Si ce n'était pas du foutage de gueule…

— Quant à la nôtre, c'est un taux forfaitaire de 25 %, soit deux mille deux cent cinquante dollars.

— Vous plaisantez ? me suis-je étranglé.

— Jamais pendant mon service, monsieur.

— Vous êtes en train de me dire que les huit mille cinq cent vingt-quatre dollars que je vais recevoir m'en coûteront onze mille deux cent cinquante ?

— C'est très exactement cela.

Je l'imaginais se limant les ongles, les pieds sur son bureau, le combiné sur l'épaule.

— Ne pourriez-vous pas, à titre exceptionnel, réduire votre taux de commission ? ai-je demandé en imitant son ton affable.

— C'est malheureusement impossible…

— J'aimerais parler à votre supérieur.

— Il est en vacances. Non, la seule façon de minimiser les frictions consisterait à accroître la taille des virements, mais…

— Mais dans le cadre de la lutte contre le blanchiment, vous êtes obligés de déclarer aux autorités américaines les transactions en espèces supérieures à dix mille dollars.

— Je vois que vous maîtrisez la question, a-t-il rétorqué, me rappelant une nouvelle fois qui était le patron.

J'ai capitulé. À quoi bon m'échauffer la bile pour un sujet sur lequel je n'avais aucune prise ?

Une demi-heure plus tard, un employé de Western Union me tendait une enveloppe rebondie.

Il a paru étonné de ne pas me voir recompter mon fric.

CHAPITRE 21
Shepherd

Jeudi 15 octobre

Je suis convaincu – sans pouvoir le démontrer – que Walker a procédé à un nettoyage sélectif de sa correspondance avant de disparaître.

Ce week-end, j'ai épluché à l'aide du logiciel DeepMail ses boîtes aux lettres personnelle et professionnelle (respectivement quatre mille quatre cents et onze mille conversations sur les trois dernières années).

Messages brefs (rarement plus de quelques lignes), exempts de salutations. Walker coupe court au babillage de ses interlocuteurs, dédaigne les formules de politesse et ne souhaite pas les fêtes du calendrier. Un quart des e-mails se réduisent d'ailleurs à un seul mot : « Vu. »

Je n'ai rien trouvé de plus compromettant qu'un fil de blagues sexistes avec les anciens de sa fraternité et une commande de lingerie pour l'anniversaire de son épouse (détail confirmé par l'intéressée). Pas de maîtresse, de flirt, d'abonnement à des sites de rencontres ou de commentaires racistes. C'est simple, je n'ai jamais lu correspondance aussi aseptisée. De deux choses l'une : soit Walker faisait valider ses messages par un avocat, soit il a scrupuleusement effacé ceux qui risquaient de le trahir.

La moisson est à peine meilleure du côté de son historique de navigation. Comme tout le monde, il se connecte à Wikipédia, au site du *Wall Street Journal* ou à son compte bancaire. Il est abonné à plusieurs revues en ligne – *Business Jet Traveler*, *Aviation Week*, *Aerospace Manufacturing*… – qu'il lit de la première à la dernière ligne, principalement en semaine à l'heure du déjeuner. Il fréquente cinq sites de cinéma. Il aime Kubrick, Hitchcock, Scorsese, Cimino, Melville, Donovan. Il est allergique à *Star Wars*, aux films d'horreur, à Bergman, à Wenders – autant d'informations qui peuvent se révéler précieuses si nous parvenons à découvrir où il se cache. Il s'intéresse peu au sport pour un homme de son âge. Il suit les résultats des Steelers (rien d'étonnant pour quelqu'un originaire de Pittsburgh) et ceux des Wildcats (l'équipe de football de Northwestern). Un peu de basket au moment des play-offs. Ni base-ball ni hockey. Pas de sites pornos, de poker en ligne ou de profil Facebook.

Là encore, quand une chose est trop belle pour être vraie, c'est généralement qu'elle est fausse.

Samedi 17 octobre

Mme Walker (ou plutôt Sarah, comme elle m'a demandé de l'appeler) m'a donné lundi accès à l'ensemble des comptes bancaires du foyer. Le volume de transactions a rendu nécessaire l'utilisation des logiciels d'analyse SmartFin et Search4Record.

Les finances du ménage sont cependant moins compliquées que je ne le craignais. Les époux n'ont que des comptes joints, les deux principaux chez Wells Fargo et Bank of America. Walker gagne cinquante mille dollars par mois, Sarah ne perçoit pas de salaire. Une fois par an, le couple touche un énorme chèque de dividendes (quatorze millions l'année dernière). Il en met un tiers de côté pour payer ses impôts et en consacre une partie à racheter les parts d'actionnaires minoritaires. La moitié du solde (deux millions et demi de dollars en 2014) reste sur le compte, l'autre est virée sur un plan de retraite.

Les dépenses du ménage s'élèvent approximativement à deux millions par an.

J'ai fait observer à Sarah ce matin que son mari retirait chaque mois plusieurs milliers de dollars en liquide, une technique classique pour qui veut se constituer un pécule avant son départ. Le montant n'a pas eu l'air de la choquer. Walker est, à l'entendre, très généreux ; il a toujours un billet pour le pompiste, les livreurs, le voiturier, le mécanicien de l'aérodrome – tous ceux, au fond, qui lui simplifient la vie. Plus étonnant, il ne ramasse pas la monnaie dans les magasins ; il a calculé un jour le temps gaspillé à empocher les pièces et à se forcer à les réutiliser et a décrété que le jeu n'en valait pas la chandelle. De même, quand la queue n'avance pas au supermarché, il remonte la file, son panier à la main, dépose un gros billet devant la caissière et s'éloigne sans se retourner.

Selon mes calculs, Walker a pu mettre de côté entre mille et deux mille dollars par mois, une somme très insuffisante pour financer sa nouvelle vie.

Je n'ai pas repéré de flux vers des comptes offshore. Sarah m'assure n'en posséder aucun. Elle se fait un point d'honneur de payer ses impôts aux États-Unis. Walker a pu monter une structure à l'étranger dans son dos, mais avec quels fonds l'aurait-il dotée ?

Tout cela est trop lisse. Walker a de toute évidence bien préparé son coup. Sarah, qui est passée tantôt pour déposer de nouveaux documents, s'est gentiment moquée de moi : « Que vous soyez bredouille ne veut pas dire qu'il y a quelque chose à trouver. C'est avec ce genre de raisonnements que Bush a envahi l'Irak. » Je lui ai répondu qu'il existait d'autres techniques, plus difficiles à détecter, pour détourner de l'argent. Walker a pu facturer des clients à travers une société-écran, rançonner des fournisseurs, emprunter pour spéculer en Bourse. Sarah m'a promis de passer la comptabilité de Wills au peigne fin.

Grâce aux agendas conservés par son assistante, j'ai entrepris de reconstituer l'emploi du temps de Walker depuis trois ans. Il comporte pas mal de lacunes. Walker n'était pas tenu de déposer un plan de vol quand il pilotait à vue. Il lui arrivait aussi de bouleverser son planning en cas d'urgence. Ces déplacements de dernière minute n'étaient pas systématiquement consignés.

Je m'intéresse en priorité aux voyages à l'étranger. Walker s'est rendu à Londres en mai 2014, à Hong Kong et Singapour en décembre 2014, et à Saint-Martin en famille en mars dernier. Il a aussi couché une fois à Tampa et deux fois à Miami, d'où il a pu faire un saut de puce aux Bahamas ou aux îles Cayman.

Si je devais ouvrir un compte numéroté dans l'un de ces pays, je choisirais Singapour : formalités réduites au minimum, banques peu regardantes sur l'origine des fonds, taux d'imposition dérisoire. En revanche, je ne m'y cacherais pas, ne serait-ce que parce que Singapour et les États-Unis sont liés par un traité d'extradition.

L'historique de géolocalisation du téléphone portable de Walker apporterait sans doute la réponse à toutes mes questions, mais, à moins que je ne produise la vidéo du Safeway (ce à quoi je me refuse pour le moment), aucun juge ne m'accordera un mandat.

J'ai demandé à Sarah si Walker avait jamais exprimé le désir de partir s'installer ailleurs. La plupart des fugitifs se réfugient dans un endroit qu'ils connaissent (la station balnéaire où, enfants, ils passaient leurs vacances, une ville associée à un épisode heureux) ou dans un lieu mythique tel que Paris ou Bora-Bora.

— Non, a dit Sarah. Il était à l'aise partout.

— Pourrait-il vivre à l'étranger ? ai-je demandé.

— Bien sûr, m'a-t-elle répondu. Il parle correctement espagnol. Il se débrouillerait n'importe où.

Ne lui en déplaise, je vois plutôt Walker rester aux États-Unis et s'établir à terme dans une grande ville où il lui sera plus facile de demeurer anonyme. J'ai dressé une liste de candidates, en éliminant les lieux où il risquerait d'être reconnu (Tucson, Denver, Phoenix, El Paso, Dallas, Houston, Memphis, Oklahoma City, Pittsburgh et Philadelphie) et ceux qui abritent un grand nombre d'anciens de North-western (à savoir la région des Grands Lacs, New York, Washington DC, Los Angeles et San Francisco). Reste une trentaine d'agglomérations moyennes comme Charlotte ou San Antonio. C'est mieux que rien, mais à peine.

Pour être honnête, je commence à me faire du souci. J'ai bel et bien perdu la piste de Walker. Au soir de l'épisode du Safeway, j'ai punaisé au mur une carte des États-Unis, sur laquelle j'ai tracé les itinéraires qu'il avait pu emprunter. Après avoir réitéré l'exercice cinq jours de suite, mon dessin ressemble à une pieuvre étendant ses tentacules d'une côte à l'autre et du Canada jusqu'au Mexique. À l'heure où j'écris ces lignes, Walker peut aussi bien avoir rallié Portland, Oregon, que Portland, Maine ; skier dans le Colorado que bronzer sous un sombrero à San Diego. Mes correspondants ont beau faire le tour des gares routières et des cliniques de chirurgie esthétique à travers le pays, je ne me fais pas d'illusions, ils cherchent une aiguille dans une meule de foin.

Je dois reconnaître que Walker mène bien sa barque. Depuis sa boulette à Las Vegas, il réalise un sans-faute. Il a résisté à la tentation d'essayer de passer la frontière, de pirater les e-mails de Sarah ou de prendre contact avec moi. J'espère pour mon amour-propre qu'il dispose de moyens importants, car je ne me rappelle pas qu'une affaire m'ait donné autant de fil à retordre.

Je suis convaincu cependant qu'il finira par commettre une erreur. Son impunité va lui monter à la tête. Il baissera insensiblement sa garde, dormira deux nuits de suite dans le même hôtel, se connectera au site de Wills ou à la page Facebook de Jess. C'est aussi inévitable que de tomber sur le zéro si l'on joue assez longtemps à la roulette – une simple question de probabilités.

Ce jour-là, je lui fondrai dessus comme un aigle sur un mulot. Il n'aura même pas le temps de comprendre ce qui lui arrive.

Encore faudrait-il qu'Orbis me soutienne jusque-là. Je sens Linda Greene à deux doigts de capituler.

— Enfin Nick, m'a-t-elle dit ce matin, regardez les choses en face : la police a conclu à un accident, l'avion s'est volatilisé, le tribunal a prononcé le décès. Nous n'avons rien à nous mettre sous la dent, sinon votre intuition.

Je lui ai rappelé qu'elle avait jusqu'au 23 pour verser l'indemnité.

— Six jours, c'est énorme, ai-je plaidé.

— Ce qui est énorme, ce sont vos frais, Nick : huit cent mille dollars en deux semaines, j'ai cru m'étrangler en recevant votre facture !

Il y a quelques années encore, je lui aurais expliqué qu'on ne fait pas d'omelette sans casser des œufs. À présent, j'économise ma salive. Foutus ronds-de-cuir.

Nous sommes convenus de refaire le point demain. Linda a voulu m'amadouer.

— Je sais que vous vous préoccupez beaucoup de votre réputation. Si nous arrêtons les recherches, je vous promets de déchirer votre contrat. Ainsi, personne ne saura que vous avez échoué.

— Si, moi ! ai-je rétorqué en raccrochant, peut-être un peu plus brutalement que je n'aurais dû.

Je pourrais évidemment adresser la vidéo à Linda. Wills renoncerait à l'indemnité en échange du silence d'Orbis, je toucherais mon bonus tandis qu'Andy, Jess, le petit Joey et les employés de Wills continueraient de croire au mythe du surhomme foudroyé par le destin.

Je pourrais mais je ne le ferai pas. Walker est vivant, je le sens, je le sais. Tant que je ne l'aurai pas retrouvé, tant que je n'aurai pas compris pourquoi il a fui sa vie de rêve et comment il a réussi à m'échapper si longtemps, je serai incapable d'accepter une autre affaire.

CHAPITRE 22

Sarah

J'ai reçu ce matin un appel de Nick Shepherd, qui voulait me voir toutes affaires cessantes. « J'ai du nouveau, c'est important. » Je ne l'avais jamais entendu si agité.

En sortant de l'ascenseur, j'ai de nouveau pensé à toutes les femmes qui ont remonté ce couloir pour rejoindre leur amant à l'heure du déjeuner. Je les envie. J'ai l'impression que je ne pourrai plus faire confiance à un homme. Pas tant que je n'aurai pas compris pourquoi Walker m'a plaquée.

Shepherd a transformé sa chambre en QG de campagne. Des piles de cartons bloquent l'accès à la salle de bain, les murs disparaissent sous des cartes routières constellées de punaises multicolores. Après avoir balbutié une excuse et débarrassé un siège, il est resté debout, à patauger dans les relevés bancaires.

— Merci d'être venue si vite. Orbis suspend les recherches ; ils verseront l'indemnité sous huitaine.

— Vous ne leur avez pas montré les images du supermarché ?

— Non. Vous et moi sommes les seuls à les avoir vues.

— Pardonnez-moi Nick, je ne vous suis pas. J'ai lu que vous touchez 20 % des montants que vous faites économiser à vos clients. Vous êtes en train de me dire que vous êtes prêt à renoncer à six millions de dollars pour coincer un homme que vous n'avez jamais vu et dont rien ne prouve qu'il est encore vivant ?

— Il est vivant. Vous l'avez identifié sur la vidéo ; la caissière du Safeway, l'employé de Greyhound à Colorado Springs l'ont reconnu.

— Et quand bien même ? Il ne vous est rien.

Il s'est mis à faire les cent pas dans un océan de papier froissé.

— Il faut que vous compreniez quelque chose, Sarah. Je crois que chacun d'entre nous a un rôle sur cette terre. Appelez ça une vocation, un talent, peu importe. Le mien est de retrouver les gens. Je lui ai sacrifié ma vie de famille, mes amis, mes loisirs. Même si je le voulais, je ne pourrais pas retourner à mes affaires en sachant Walker en liberté.

— Quitte à tirer un trait sur six millions ?

— Je me fiche de l'argent. J'en ai plus qu'assez.

Je l'ai dévisagé, incrédule. Il était sincère, avec dans le regard cette intensité forcenée qui m'avait séduite chez Walker.

Je lui ai demandé ce qui le rendait si sûr de réussir.

— Mon expérience et vos moyens, a-t-il répondu. Une cavale coûte cher ; il faut constamment déménager, arroser des complices, multiplier les fausses pistes. Si, comme je le crois, Walker a des ressources limitées, il s'essoufflera avant nous.

— Vous voulez poursuivre les recherches ?

— Un mois ou deux, pas plus. Nous signons un contrat confidentiel, vous et moi ; de cette façon, si je retrouve votre mari, Wills ne devra pas rembourser Orbis.

Je n'en croyais pas mes oreilles.

— Vous me proposez un montage illégal ?

— Personne n'en saura rien.

— Je pourrais vous dénoncer à Orbis.

— Vous pourriez, mais vous ne le ferez pas.

— Et vos honoraires ? ai-je demandé, curieuse de voir jusqu'où il était prêt à aller.

— Je les divise par quatre, payables quand je vous aurai livré Walker. Les frais sont à votre charge. Comptez un demi-million par semaine.

J'ai sursauté.

— Tout de même !

— Au risque de me répéter, vous voulez l'asphyxier.

— En l'étranglant de mes mains, pas en l'ensevelissant sous les billets de banque !

Il a haussé les épaules d'un air peiné, comme s'il regrettait de s'être trompé sur mon compte.

J'ai dit que j'avais besoin de réfléchir.

— Prenez votre temps, a-t-il dit en s'agenouillant à mes pieds pour ramasser les documents qu'il avait piétinés.

Le moment de vérité est arrivé.

Orbis a jeté l'éponge, Shepherd est embourbé.

Si je veux tourner la page, c'est maintenant. Les enfants vont un peu mieux. Quand le conseil m'aura trouvé un remplaçant, je pourrai commencer à me reconstruire : lancer la fondation, reprendre une vie sociale. Qui sait, peut-être même rencontrer quelqu'un.

D'un autre côté, l'incertitude me ronge. Je veux connaître la vérité. Walker me doit des explications.

Je comprends maintenant pourquoi Shepherd est venu me trouver – et pourquoi je vais accepter sa proposition : nous sommes tous les deux incapables de vivre dans un monde où Walker est encore vivant.

CHAPITRE 23

Walker

Arrivé en début d'après-midi à Chattanooga, mignonne petite bourgade lovée dans une anse de la Tennessee River.

La pancarte du Days Inn annonce fièrement « une salle de bain séparée et du café à volonté ». Un jour, ils nous appâteront avec la promesse de draps propres.

Il est à peine 3 heures. Je pose mon sac et je sors me promener, avec mille dollars et ma clé USB en poche. Je porte un pantalon en toile beige, une chemise en jean et une casquette des New York Giants.

Le hasard me fait passer devant une école primaire à l'heure de la sortie des classes. Des dizaines de gamins de l'âge de Joey déferlent en braillant sur le trottoir. J'allonge le pas, en tournant la tête pour ne pas croiser leurs regards.

Je pense moins à Sarah et aux enfants dernièrement. Shepherd prend toute la place.

Je pousse la porte d'un bar, un de ces établissements abonnés aux chaînes sportives, qui servent du poulet frit et des nachos tièdes et dont les serveuses se prénomment Bonnie. Je m'assieds au comptoir, dans le virage, afin de pouvoir surveiller la porte.

— Belle journée, pas vrai ? me lance le barman.

Exceptionnellement, je lui réponds.

— Plus belle qu'à Memphis, en tout cas. J'y étais ce matin, il pleuvait des cordes.

En fait, j'ai passé la nuit à Charlotte, mais il n'a pas besoin de le savoir. Je commande une Miller (moi qui ne buvais que de la Budweiser) et des cacahuètes. Un client pousse la porte. Le serveur l'apostrophe gaiement.

— Hey Joe ! Ça fait une paie !

Le nommé Joe – la cinquantaine, visage de poivrot, bedaine triomphante – échange avec le barman une de ces poignées de main tarabiscotées qui devraient être interdites aux plus de douze ans. Il me demande la permission de s'asseoir à côté de moi, alors que le bar est presque vide. J'accepte à contrecœur. Ç'a toujours été mon problème : je suis trop bien élevé pour envoyer promener les gêneurs.

Il hisse son imposante carcasse sur le tabouret.

— Qu'est-ce que vous buvez ? Une Miller ? Ça ou de la pisse de nouveau-né, c'est pareil. Gordie, un gin-tonic. Et tu ne forces pas trop…

— Sur le tonic, c'est promis, dit le barman en attrapant une bouteille.

Joe tape sans se gêner dans mon bol de cacahuètes.

— Ah les bonnes femmes…, soupire-t-il.

Voyant que je ne relève pas, il change d'approche.

— Putains de gonzesses…

Je ne moufte pas davantage.

— Tu es marié, euh… ?

Je suis bien obligé de lui fournir un prénom.

— Gary.

Il n'attendait que ça. Il m'attrape la main et la secoue vigoureusement.

— Enchanté Gary. Moi, c'est Joe.

— J'avais compris.

Joe éclate de rire comme si j'en avais sorti une bien bonne. Et dire qu'il n'a même pas commencé à boire.

— Tu ne m'as pas répondu, tu es marié ?

— Non.

— Tu ne connais pas ta chance !

— Oh que si, dis-je dans une pathétique tentative pour écourter la conversation.

— Oh que non ! Regarde-moi par exemple. On s'est mariés à vingt-trois ans avec Molly. C'est pas qu'on était pressés, mais elle avait un polichinelle dans le tiroir. Bon, il nous arrive un garçon. Trois mois plus tard, voilà t'y pas qu'elle est à nouveau en cloque ! Tu parles d'une déveine…

— En effet.

— Après l'accouchement, je lui dis : « Molly, va falloir songer à mettre une bonde. » « T'inquiète, qu'elle me dit, ça m'amuse pas plus que toi. » Patatras ! Qu'est-ce qu'elle m'annonce deux mois plus tard, cette grosse vache ?

— Qu'elle est à nouveau enceinte ?

— Tout juste ! Ah, je te jure : trois mouflets en deux ans, je ne le souhaite à personne.

Vu son âge, les événements qu'il décrit, aussi regrettables qu'ils soient, doivent remonter à un quart de siècle. J'en déduis que le pire reste à venir.

— Trois grossesses, mon pote, ça te ravage une bonne femme. La mienne ne s'en est jamais remise. À trente ans, elle avait les seins qui pendouillaient et les fesses en peau d'orange. Elle s'est fait ligaturer les trompes. C'était ça ou me nouer le kiki, qu'est-ce que t'aurais choisi à ma place ?

— Sans doute la même chose.

— Bref, elle faisait plus exactement rêver la Molly. Alors que moi, j'étais encore pas mal. Et j'avais des besoins évidemment. Comme je dis souvent, faut bien faire boire les grands fauves !

Sur ce splendide trait d'esprit, il fait signe au barman de lui rafraîchir son verre.

— Coup de bol, je suis commandant de bord sur Delta, alors tu imagines si je vois passer des jolis petits culs.

— Commandant de bord ?

— Long-courrier. Le top du top : on est bien payés, on fait escale dans des palaces… Une fois que les mignonnes ont visité Big Ben ou la tour Eiffel, qu'est-ce qu'elles font à ton avis ? Elles s'envoient en l'air avec les pilotes (clin d'œil au cas où je n'aurais pas saisi le jeu de mots), en se disant que ça ne peut pas faire de mal à leur avancement. Bon Molly, elle, mes galipettes, ça l'amuse moyen. L'autre jour, voilà pas qu'elle me pousse une complainte…

Cette fois, je l'interromps.

— Quel appareil ?

— 767.

— Quelle version ?

— 300 ER.

— Motorisation ?

— Rolls-Royce. Tu es de la partie ?

— Non. Enfin, je veux dire si : je pilote en amateur.

— Ici, à Chattanooga ?

— À Seattle. Dis-moi, tu as fait toute ta carrière chez Delta ?

— Non, j'ai commencé chez American, sur 737…

Nous discutons aviation un long moment. Joe répond de bonne grâce à mes questions sur la dernière génération de simulateurs de vol et les manœuvres d'approche en cas d'intempéries. Je le recadre gentiment chaque fois qu'il ramène Molly dans la conversation. Il est sidéré par l'étendue de mes connaissances.

— Tu en sais plus sur les zincs que la moitié de mes collègues. Tu as combien d'heures de vol ?

— Trois mille.

— Tu dois lire des revues…

— Il faut bien s'informer.

Je lui pose une question qui me taraude.

— Tu n'en as pas marre de ton job ?

Joe fait signe à Gordie de lui remettre la même chose.

— Évidemment que si. Arriver deux heures à l'avance, se garer au parking de l'aéroport, passer la sécurité, c'est usant à la longue. Voler, par contre, ça reste un bonheur. Grimper au-dessus des nuages, longer les côtes, sortir le train, rebondir sur la piste, je ne m'en lasserai jamais. D'ailleurs, au bout d'une semaine de vacances, ça me manque.

— Moi aussi…

Il lève un sourcil. Il est moins rond que je ne l'avais cru.

— Qu'est-ce que tu veux dire « moi aussi » ? Je croyais que tu n'étais pas du métier.

J'essaie de me rattraper.

— Je n'ai pas volé depuis des mois. Figure-toi que j'ai laissé expirer ma licence.

— Tu n'as qu'à la renouveler.

— Bien sûr, mais tu sais ce que c'est : il faut un certificat médical, repasser un test…

— Les abrutis ! C'est typique de la FAA, ça : ils noient les amateurs sous la paperasse, alors que, franchement, il suffit de t'entendre cinq minutes pour savoir que tu touches ta bille.

— C'est aussi ma faute, dis-je, soucieux de ne pas attiser la fureur de Joe.

Il lampe, pensif, une gorgée de son gin-tonic. Soudain, son regard s'éclaire.

— Tu sais quoi ? On va aller à l'aéroport. Mon ami Chuck gère une flotte de Beechcrafts. Il acceptera sûrement de nous louer un coucou pendant une heure ou deux.

Je regarde ma montre.

— C'est gentil. Une autre fois peut-être. Il est tard.

La vérité, c'est qu'il s'est envoyé cinq verres et que sa conversation commence à me fatiguer. À cet instant, son téléphone sonne. Il me fait signe de l'excuser : c'est Molly. J'essaie d'imaginer une ménagère fanée assez désespérée pour supporter pareil boulet. Avant même qu'elle n'ouvre la bouche, Joe s'aplatit comme un paillasson. J'en suis gêné pour lui.

Il raccroche et tourne vers moi un visage radieux.

— Je peux rentrer ! Elle me pardonne. J'ai dû promettre des tas de trucs, mais je m'en fous : des petits lots, il y en aura toujours, alors que des comme Molly, on n'en fait plus.

Il se rappelle qu'il m'a fait une proposition.

— Désolé vieux, le devoir m'appelle, mais mon offre reste valable. Laisse-moi prévenir Chuck.

Sans écouter mes protestations, il joint son pote à l'aéroport.

— C'est arrangé. Il t'attend.

Je ne peux m'empêcher de demander :

— Ça ne le dérange pas que je n'aie pas de licence ?

— Tu as une licence, elle n'est juste pas à jour.

Je me laisse fléchir. De telles circonstances ne se représenteront peut-être jamais : un commandant de bord qui répond de moi, un loueur prêt à me confier un avion sans licence. Et puis, qu'est-ce que j'ai à perdre ?

— Je ne sais pas comment te remercier Joe. Laisse-moi au moins régler tes consommations.

Il proteste pour la forme. Nous échangeons nos numéros de téléphone ; j'en invente un à la volée.

Un taxi me dépose à l'aéroport voisin où Chuck, un jeune gars d'une trentaine d'années au menton en galoche, m'accueille à bras ouverts. Il note mon nom et une adresse à Seattle en faisant tourner son stylo comme un bâton de majorette. Il semble avaler mon excuse selon laquelle j'ai oublié mes papiers à l'hôtel.

— Un 58 Baron, ça vous va ?

— Parfait.

— Combien de temps ?

— Deux heures ?

— D'habitude, on facture quatre cents dollars de l'heure. Comme vous êtes un copain de Joe, je vous le laisse pour cinq cents les deux heures.

— C'est sympa, j'apprécie.

Il ajoute, l'air dégagé :

— Par contre, je ne vous cache pas que ça m'arrangerait si vous pouviez me régler en liquide.

— C'était prévu.

Je lui tends cinq billets de cent, qu'il ne fait même pas semblant de ranger dans la caisse.

— Merci. Le hangar se trouve à droite en sortant. Il n'y a qu'un coucou dedans, vous ne pouvez pas vous tromper.

Je m'éloigne en m'efforçant de cacher mon excitation. Si on m'avait dit ce matin que je volerais aujourd'hui…

Il est là, le petit frère du Bonanza sur lequel j'ai appris à piloter. J'en fais le tour en lui caressant les flancs, comme un pur-sang. Il a été repeint récemment.

Je monte à bord, inspecte l'habitacle. C'est la version six places. Les fauteuils auraient besoin d'un coup de jeune. Qu'importe, je ne suis pas là pour me prélasser à l'arrière.

Je m'installe dans le cockpit, étudie les instruments. À part la commande des gaz et le contrôle de l'hélice qui sont inversés par rapport au Bonanza, les tableaux de bord sont quasi identiques. Je savoure chaque ligne de la check-list. Rien à signaler. Je sors du hangar, demande à la tour la permission de décoller. Il fait un temps magnifique, je serai rentré avant la nuit, pas la peine donc de déclarer un plan de vol. L'autorisation arrive, je me positionne en bout de piste et je donne les gaz.

Le Baron a besoin d'à peine cinq cents mètres pour décoller. En moins d'une minute, je suis dans les airs. Je rentre le train et mets le cap au nord-est. Pendant un moment, je suis les boucles majestueuses de la Tennessee River. Pas un nuage, pas un avion pour me disputer le ciel. Je réalise à quel point voler m'a manqué.

Je vire vers l'est où s'étend la réserve de Chattahoochee. Je m'autorise une fantaisie et descends à deux mille pieds. Survoler la forêt me rappelle de mauvais souvenirs : le froid, la faim, la hantise des chiens. J'aperçois des promeneurs qui s'appuient sur des cannes. Je reprends instinctivement de l'altitude. Je ne veux voir personne. Les gens m'emmerdent.

J'aimerais vivre seul, entre ciel et terre.

Je me suffis à moi-même ; je suis ma propre boussole.

Une idée folle germe dans mon esprit : le Beechcraft a une autonomie de neuf cents nœuds ; en prenant plein nord, je pourrais être à Toronto en moins de quatre heures. Ce serait jouer un sale tour à Joe, mais bon, un type qui traite sa femme de grosse vache mérite-t-il des égards ?

Sans argent, sans papiers, je me demande comment je serais accueilli. À moins que je ne me pose dans un champ et que je fasse du stop…

Non, tant pis pour Toronto, je reste au pays. Pendant une heure, je quadrille la région en tous sens, du Tennessee à la Géorgie, de l'Alabama à la Caroline du Nord. Je survole des prairies, des autoroutes, des ruisseaux, des banlieues. Je pousse le Baron dans ses retranchements : je monte en chandelle, je pique du nez, je zigzague, bref je m'amuse comme un gosse.

Peu à peu, l'euphorie se dissipe pour céder la place à la crainte d'avoir commis une énorme bêtise. Et si Shepherd avait distribué mes photos dans les aéroclubs ? Lui qui pense à tout n'a pu négliger une piste aussi évidente.

J'essaie de chasser l'idée de mon esprit, mais le cœur n'y est plus. Je fais demi-tour. Le temps m'est compté. Si Shepherd a des hommes à Nashville ou Atlanta, je dispose d'une demi-heure au maximum. Et s'il a une équipe à Chattanooga, je suis cuit.

Je pousse le Beechcraft à fond. Un passage

au-dessus de l'aérodrome ne révèle aucun signe inhabituel. Je demande la permission d'atterrir. J'espère que je ne viens pas de sonner la fin de ma carrière de pilote. Les prisons fédérales offrent une vaste panoplie d'activités ; aux dernières nouvelles, l'aviation n'en faisait pas partie.

Je me pose comme un chef, ramène l'avion au hangar. Personne ne me tombe dessus. Je me détends un peu. Je retourne voir Chuck pour qu'il m'appelle un taxi. Il compose un numéro sur son portable et me demande où je veux aller.

— En ville, dis-je, fidèle à mon habitude d'en révéler le moins possible.

— Allô, c'est Chuck chez Business Wings. J'ai besoin d'une voiture. Oui, tout de suite.

Il raccroche.

— Combien de temps ?

— Huit minutes.

Je regarde ma montre. Mon angoisse est revenue.

Comme la majorité de l'humanité, Chuck a horreur du silence – et visiblement pas grand-chose à faire. Il se plante devant moi et mime, sans autre raison que celle de m'épater, quelques pas de boxe.

— Alors ?

— Formidable, dis-je, sans savoir s'il parle du Beechcraft ou de sa chorégraphie.

— Vous aviez déjà piloté un Baron ?

— Pas le 58.

— Il est un peu plus long, plus de place pour les bagages. Pour certains clients, ça compte.

— J'imagine.

— Le dernier modèle est équipé d'un système d'imagerie à infrarouge. Je l'ai essayé au salon de la NBAA à Orlando…

Je l'interromps.

— Il a bien dit huit minutes ?

— Huit à dix minutes. C'est la mauvaise heure. Vous ne voulez pas savoir ce que j'ai pensé du système à infrarouge ?

— Pas plus que ça.

Je n'ai pas pu m'en empêcher. À vivre comme un ours, je perds mes bonnes manières.

Chuck est déçu. En commercial chevronné cependant, il garde son sang-froid et change de sujet.

— Vous passez souvent à Chattanooga ?

— Ça m'arrive.

— Nous avons des formules adaptées aux clients occasionnels. Pour huit heures achetées, vous en recevez deux gratuites, à consommer dans les douze mois…

Sous son apparente décontraction, je le sens tendu. Essaie-t-il de me retenir ? A-t-il vraiment commandé un taxi ? Je me rends compte que je n'ai pas entendu la voix du standardiste à l'autre bout du fil. C'est peut-être moi qui deviens paranoïaque.

— Vous pourriez rappeler le taxi ? Je suis pressé.

— Si vous voulez.

Il compose le numéro en jetant à la dérobée un coup d'œil à l'horloge murale. Quand il commence à parler, je tends l'oreille. Une voix indistincte me parvient, encore que ça ne prouve rien. Chuck raccroche.

— Il ne va pas tarder. Comme je vous le disais, c'est la sortie des bureaux…

Je ne l'écoute plus. J'ai un mauvais pressentiment. Près de deux heures se sont écoulées depuis mon arrivée.

J'entends claquer une portière. Par la fenêtre, j'aperçois une Saab qui s'extrait d'une place de parking. Je me rue dehors et frappe au carreau de la voiture. Le conducteur, un barbu vêtu d'une combinaison de mécanicien, baisse sa vitre.

— Hé, attendez! s'écrie Chuck derrière moi. Votre taxi va arriver.

Sans me retourner, je demande au barbu s'il peut me déposer en ville.

— Sûr, dit-il en coupant sa radio. Grimpez.

Je ne me le fais pas dire deux fois. Je monte côté passager, nous démarrons. En m'appuyant contre le dossier, je remarque que ma chemise est trempée de sueur.

— À la bourre? demande mon chauffeur.

— On peut dire ça.

Il manœuvre en expert dans le dédale de l'aéroport. Nous longeons le terminal commercial, le parking des loueurs de voitures. Je suis notre progression sur le GPS. Encore quelques centaines de mètres et nous atteindrons la route 64 qui mène à Chattanooga.

— Merci, dis-je, envahi d'une vague de gratitude.

— Pas de quoi. Chuck peut être sacrément collant quand il s'y met.

Je ris, un rire de soulagement à l'idée que j'ai frôlé la catastrophe. Mais en suis-je bien certain ? Sur quoi se base mon raisonnement au fond ? Le bavardage de Chuck ? Un taxi en retard ? Plutôt maigres comme preuves. Encore que la circulation est fichtrement fluide. Heure de pointe, mon œil !

Nous nous arrêtons à un stop perpendiculairement à la départementale 64 qui relie Chattanooga à Trou-du-cul-la-ville. Mon chauffeur met son clignotant à droite, en attendant l'occasion de s'insérer dans le trafic.

— C'est bon de mon côté, dis-je.

— Après ces deux voitures.

Deux Range Rover noires foncent à tombeau ouvert sur la route de campagne. Au dernier moment, elles freinent brutalement et tournent en direction de l'aéroport. Sous la force centrifuge, la première dérape dans le virage et manque nous percuter. Le chauffard ne s'excuse même pas.

— Vous avez vu ça ? s'indigne mon voisin. Il aurait pu nous tuer !

Il doit me trouver un peu pâle, car il me demande si je vais bien. Je fais signe que oui. Rien n'est plus faux. D'après leurs plaques, les Range Rover viennent d'Atlanta. J'ai distingué au moins trois silhouettes dans chaque voiture. Les hommes de Shepherd.

Je les regarde s'éloigner dans le rétroviseur. Ils ne m'ont pas remarqué.

— On y va ? dis-je.

Mon chauffeur redémarre. Il tremble, encore sous le choc.

— Où je vous dépose ?

— Près d'un centre commercial si ce n'est pas trop vous demander.

Il me débarque quelques minutes plus tard. Je suis la Saab des yeux. Quand elle disparaît de mon champ de vision, je m'engouffre chez Bloomingdale's, traverse les stands des parfumeurs au pas de charge, sors par l'arrière et attrape un taxi.

Je dis au chauffeur de rouler. Discipliné, il se mêle au trafic pendant que j'étudie la carte sur mon téléphone.

— On va à Atlanta.

— Rien que ça ? rigole-t-il. Il y en a pour deux heures et demie.

J'ai laissé cent dollars au bar, cinq cents à Chuck. Je tire de ma poche trois des quatre billets de cent qu'il me reste.

— Ça suffira ?

Il fait ses calculs en continuant de conduire. Les gens capables de faire deux choses à la fois sont de plus en plus rares.

— Avec ça, dit-il, je m'arrête à Marietta. C'est dans la banlieue.

— Va pour Marietta.

Repasser à l'hôtel est évidemment exclu. Tant pis pour mon sac.

Je ferme les yeux pour laisser retomber l'adrénaline, en pensant à la tête de Shepherd quand il trouvera un exemplaire de son bouquin dans mes affaires.

CHAPITRE 24

Shepherd

Mardi 27 octobre

Vu Sarah ce matin pour la tenir informée des derniers progrès de l'enquête. Elle m'a reçu chez elle, où elle était clouée pour des raisons étrangères à cette affaire. Magnifique intérieur qui révèle à parts égales l'influence des deux époux (volets électriques et éclairage programmable d'un côté ; boiseries, tentures et œuvres d'art de l'autre).

Je lui ai dit que nous avions été à deux doigts d'épingler son mari.

— Dès l'épisode du Safeway, nous avons distribué sa photo auprès des aéroclubs et des loueurs d'avions privés, en promettant cinquante mille dollars à quiconque signalerait son passage. Hier à 16 h 10, un employé de l'entreprise Business Wings basée à Chattanooga a contacté mon correspondant à Atlanta pour l'avertir qu'un certain Gary Hancock ressemblant trait pour trait à la photo était en train de faire un tour en Beechcraft. Le temps que mes gars arrivent à Chattanooga, Walker avait filé. Notre informateur a tenté de le retenir, mais Walker se méfiait : il a pratiquement sauté dans la voiture d'un employé de l'aéroport qui rentrait chez lui. À cinq minutes près, nous le coincions.

— Vous avez interrogé le propriétaire du véhicule ?

— Il a confirmé que Walker était pressé. Il s'est fait déposer dans une artère commerçante, où nous supposons qu'il a pris un taxi.

— Vous supposez ?

— Nous n'avons pas encore retrouvé le chauffeur.

— Il n'est jamais allé à Chattanooga à ma connaissance. Moi non plus d'ailleurs.

— C'est une ville de taille moyenne, à l'écart des grands axes, où il ne risque pas d'être reconnu. Elle figurait sur ma liste de destinations possibles. Je crois que nous pouvons tenir pour acquis que votre mari n'y remettra pas les pieds de sitôt.

J'ai laissé à Sarah quelques instants pour digérer cette première vague d'informations avant d'en venir à la phase la plus délicate de l'entretien.

— Nous avons localisé l'hôtel où il était descendu, le Days Inn de Chattanooga. Il est arrivé en début d'après-midi, a fait prendre la chambre par un certain Luke Gilmore qui a réglé en cash. De là, il semble qu'il se soit rendu dans un bar, où il a noué connaissance avec un commandant de bord de Delta qui l'a aiguillé sur le loueur de Beechcrafts.

— Rien de tout cela ne lui ressemble. Il déteste

les motels, ne fréquente pas les bars et engage encore moins la conversation avec des inconnus.

— Le barman et le commandant de bord l'ont pourtant identifié. Mais il y a mieux : nous avons retrouvé ses affaires.

Sarah a blêmi. J'ai réalisé à cet instant qu'une partie d'elle continuait à nier l'évidence.

— Quelles affaires ?

— Un sac de randonnée au contenu éloquent : du linge, des affaires de toilette, de l'argent, un ordinateur…

Je lui ai tendu une liste détaillée. Elle l'a étudiée en secouant la tête.

— Vous vous trompez de bonhomme. La brosse à dents électrique, le déodorant en spray, les tee-shirts ras du cou, rien ne correspond.

J'ai vécu cette situation cent fois : le client qui, tout en me payant pour retrouver son conjoint, s'entête à croire à un malentendu. À mesure qu'elle parcourait la liste, je la voyais reprendre du poil de la bête.

— Jamais il n'achèterait un Dell ! Il est Apple jusqu'au bout des ongles.

— Il modifie ses habitudes.

— Une clé USB ? Que contient-elle ?

— Un programme permettant de naviguer anonymement sur internet.

— Trois mille dollars en cash ? Il ne va pas aller bien loin avec ça.

— Nous pensons qu'il a accès à un compte bancaire et qu'il procède à des retraits inférieurs à dix mille dollars.

— Pas d'objets personnels ? De photos de ses enfants ?

J'attendais cette question. C'est toujours le moment le plus difficile pour les familles, quand elles comprennent que le fugitif a définitivement coupé les ponts avec son passé.

— Non.

Sarah a encaissé le coup. Ses yeux se sont embués de larmes, ses épaules se sont affaissées. Soudain, elle a redressé la tête.

— Mais alors, qu'est-ce qui vous prouve que c'est lui ?

— Le dernier objet de la liste.

— *L'art de la traque* ?

— C'est un ouvrage que j'ai écrit sur mon métier. Il est bourré d'annotations manuscrites.

Je lui ai tendu le livre que j'avais reçu le matin par FedEx. Elle l'a saisi en tremblant, l'a feuilleté et s'est mise à pleurer. Si elle avait été mon amie et non ma cliente, je l'aurais prise dans mes bras pour la consoler. Au lieu de ça, je l'ai regardée sangloter, impuissant, en pensant que Walker devait être fou ou aveugle pour avoir abandonné une telle femme.

— Vous reconnaissez son écriture ? ai-je demandé quand elle a eu séché ses larmes.

— Oui.

Elle a lu un commentaire à voix haute : « Deux options : adopter les habitudes vestimentaires du plus grand nombre (tenues de saison, coupes à la mode, coloris neutres) ou choisir un style particulier en soignant les détails (par exemple : chemise en jean, stetson, bandana, bottes de cow-boy). »

— Ce salaud se soucie de sa tenue alors qu'il a abandonné sa famille !

— Il nous sait à ses trousses. Pour le moment, c'est tout ce qui compte pour lui.

Elle a parcouru la table des matières, visiblement intriguée.

— Pardonnez-moi de vous demander ça, mais quelle mouche vous a piqué de révéler vos méthodes dans un livre ?

C'est une question que je me suis posée plus d'une fois ces derniers jours. Sarah se serait peut-être contentée des réponses classiques (conquérir de nouveaux clients, justifier le niveau de mes honoraires…). J'ai préféré lui avouer la vérité.

— Par vanité. Pour étaler ma supériorité et effrayer mes proies.

— C'est réussi, a-t-elle ironisé. Je suis sûre que Walker est vert de trouille dans ses bottes de cow-boy.

Je comprenais sa colère. J'ai changé de sujet.

— Il a laissé ses empreintes digitales dans la chambre d'hôtel.

Comme Sarah ne réagissait pas, j'ai insisté.

— Le doute n'est plus permis.

Pour la première fois, je l'ai entendue se rendre à l'évidence.

— Vous avez raison, a-t-elle dit d'une voix blanche. Il est vivant.

— Cette fois, nous n'allons pas le lâcher. J'ai resserré la surveillance dans la région. Il n'a pas pu aller bien loin. En première analyse, je dirais Birmingham ou Atlanta. Nous allons nous concentrer sur les agences MoneyGram et Western Union, au cas où son argent se trouverait dans une banque étrangère.

Le moment était venu de prononcer les phrases que j'avais préparées.

— Vous l'avez compris, je souhaite mener cette affaire à son terme. Je manquerais cependant à mes devoirs en ne vous disant pas que nous avons désormais assez d'éléments pour aller trouver la police. Le soutien des autorités accroîtrait considérablement nos chances de succès.

Sarah s'est raidie.

— Pas question d'impliquer la police. Si quelqu'un casse le morceau, mes enfants apprendront toute l'histoire par la presse.

— Le risque existe en effet.

— Alors, nous mènerons l'enquête à notre façon.

Je me suis incliné, en notant le « nous ». De fait, je serais incapable de dire qui de nous deux est le plus déterminé à retrouver Walker.

CHAPITRE 25

Shepherd

Mardi 27 octobre (suite)

Le livre de Walker – ou plutôt le mien – est fatigué. Il a de toute évidence été lu très attentivement. Des pages sont cornées, des passages soulignés, les marges sont couvertes de commentaires souvent peu lisibles qui me donnent à penser qu'ils ont été écrits dans le bus ou le train.

Qu'en ressort-il?

1) D'abord, que Walker avait préparé son coup de longue date. Je déduis de ses notes qu'il dispose d'un compte à l'étranger contenant au bas mot plusieurs millions (pas d'informations sur le pays sinon qu'il se trouve dans un autre fuseau horaire).

2) Il a ouvert une boîte postale à Wichita, probablement le 3 février, date à laquelle j'avais noté un trou suspect dans son emploi du temps. Morrison s'est rendu sur place et a crocheté la serrure de la boîte aux lettres : elle ne contient que des messages publicitaires adressés à Gary Hancock et

plusieurs autres pseudonymes. Si je devais supputer sur l'utilisation qu'a faite Walker de cette boîte postale, je dirais qu'il s'en est servi pour commander des objets (armes ? faux papiers ?) qu'il ne voulait ou ne pouvait emporter avec lui. Le directeur du bureau de poste a refusé de répondre aux questions de Morrison sans voir un mandat.

3) Il exclut a priori de quitter les États-Unis. J'en veux pour preuve que dans la marge du passage « Se procurer des faux papiers ou franchir clandestinement une frontière présentent des aléas considérables. Si un individu est prêt à risquer sa vie sur un coup de dés, grand bien lui fasse. Je laisse les jeux de hasard à ceux qui ne peuvent compter sur leur ingéniosité pour triompher à la régulière », il a noté : « Ça tombe bien, je n'ai jamais mis les pieds dans un casino. »

4) Il n'a pas de voiture (« Trop dangereux », écrit-il en conclusion du chapitre 3 sur les moyens de transport).

5) Il s'est composé une demi-douzaine de légendes qu'il utilise à tour de rôle : Gary Hancock, technicien de laboratoire à Seattle ; Walter Pitts, professeur de mathématiques à Pittsburgh ; Roy Dickerson, vendeur de pièces détachées aéronautiques…

6) Il est conscient du danger auquel peut conduire un excès de rationalité. Il écrit : « Il faudrait dans l'idéal se déplacer selon un schéma strictement aléatoire » (ces deux derniers mots soulignés).

7) Il ne commettra aucune des bourdes plus ou

moins grossières qui permettent de résoudre neuf affaires sur dix. Il utilise Tails et DuckDuckGo. Il dort rarement deux soirs de suite dans le même État. Il fait prendre ses billets de bus ou ses chambres d'hôtel par des tiers. Il se méfie des caméras de surveillance. Il change régulièrement de téléphone. Il descend toujours avant l'arrêt figurant sur son billet. Il reste à l'écart des côtes. À ses commentaires, je devine qu'il appliquait la plupart de ces préceptes avant de lire mon livre. Je lui ai obligeamment fourni les autres.

8) Ses remarques en marge de la présentation de l'éditeur indiquent qu'il s'intéresse à moi. Il a entouré mon lieu et mon année de naissance (nous avons le même âge à un an près), noté que j'étais « quasi-autodidacte » (je n'en prends pas ombrage), que je travaillais pour les compagnies d'assurance et qu'en règle générale, j'opérais seul. Il a dû juger ma biographie trop succincte, car il l'a enrichie d'éléments glanés sur internet. « Marié à Peggy Islington, décédée en 1998 (leucémie). Habite à Detroit, maison estimée à un million. Ne donne pas aux partis politiques. Solvable. Pas de casier judiciaire. » Il se pose tout de même quelques questions : « Famille ? Amis ? Vices ? » Lancer une recherche Google sur mon nom afin de connaître précisément son niveau d'information.

9) Un dernier renseignement, peut-être le plus surprenant : Walker est un habitué du site de la STAA (auquel je ne me suis pas connecté depuis que j'ai résilié mon abonnement). Y faire un tour à l'occasion pour voir ce qui s'y raconte.

CHAPITRE 26
Walker

Greensboro, Caroline du Nord.

J'avais remis vingt dollars de plus à mon prête-nom pour qu'il me prenne une chambre un peu plus chouette à l'Econo Lodge. « Ils m'ont donné une suite au dernier étage », m'a-t-il dit en me tendant la clé. En fait de suite, un cagibi m'attendait derrière la porte. L'ordure avait demandé l'option la moins chère et empoché la différence.

Allongé sur le lit, je passe en revue les événements des derniers jours.

Ma sortie aérienne aura été un fiasco absolu. J'ai laissé derrière moi mes affaires et le livre de Shepherd annoté de ma main. Sarah sait désormais que je suis vivant. Elle dispose d'assez d'éléments pour faire annuler mon certificat de décès et lancer le FBI à mes trousses.

J'en suis encore à me demander comment j'ai pu cumuler autant de bévues en une après-midi.

Je laisse un spécimen de mon écriture dans une chambre d'hôtel dont Joey pourrait crocheter la serrure avec un trombone.

J'entre dans un bistrot à l'heure creuse.

Je m'assieds au bar.

Je taille une bavette avec un inconnu.

J'étale ma science aéronautique (« Je t'assure, Joe, le vol British Airtours qui a pris feu au décollage à Manchester en 85 était équipé de moteurs Pratt & Whitney ! »).

Je laisse un pourboire princier pour être sûr que le barman se souviendra de moi.

Je n'imagine pas que le meilleur *skip tracer* d'Amérique du Nord ait pu distribuer ma photo dans les aéroclubs.

Je loue un avion sans licence.

Je réserve deux heures de vol, histoire de donner le temps à mon loueur de rameuter la terre entière (penser la prochaine fois à lui tendre un mégaphone).

Je paie en billets de cent dollars qui semblent sortir du pressing.

J'attends d'être posé pour appeler un taxi.

Bref, un festival.

Je ne me reproche pas d'avoir noué la conversation avec Joe : il ne m'a pas laissé le choix. Par contre, je n'aurais pas dû aller à l'aéroport. L'envie de voler a été trop forte. Je ferai plus attention à l'avenir.

Le livre me préoccupe. Non, « préoccupe » est un euphémisme. Il m'obsède.

D'abord parce que mes annotations en disent énormément sur moi. À l'heure qu'il est, Shepherd sait que j'ai un compte à l'étranger (Dieu merci, je ne crois pas avoir mentionné Singapour), que je retire de l'argent chez Western Union (c'est la première chose que j'ai faite en arrivant à Marietta), que je n'ai pas de voiture, que je fais prendre mes chambres d'hôtel par des inconnus, et sans doute bien d'autres détails qui risquent de causer ma perte.

Ensuite parce que Shepherd sait maintenant avec certitude que j'ai lu son livre, alors que c'était l'un des rares avantages que j'avais sur lui.

Et enfin parce que j'ai perdu mes repères. Jusqu'ici, lorsque deux options s'offraient à moi, je choisissais celle à laquelle je pensais que mon adversaire s'attendait le moins. Quand, à Louisville, la logique aurait voulu que je rejoigne Indianapolis ou Cincinnati, j'ai mis le cap sur Chattanooga. Pendant que Shepherd me cherchait sur ESPN ou IMDb, je consultais Yahoo et Metacritic ; alors qu'il me guettait chez Outback Steakhouse, je dégustais des crevettes en face, chez Red Lobster. C'est en appliquant cette règle assez simple que j'ai réussi à lui échapper depuis quinze jours et que, sauf énorme boulette de ma part, je me sentais de taille à remporter la partie.

Que dois-je faire à présent ? Me teindre les cheveux ou les raser ? Continuer à manger des crevettes ou traverser la rue et commander un steak-frites ? M'obstiner à descendre dans des bouges ou prendre une suite au Four Seasons que Shepherd a depuis longtemps renoncé à surveiller ?

Ruminer ces chicaneries m'exaspère, surtout quand j'imagine Shepherd se livrant au même exercice. Je suis un homme d'action, moi, pas un coupeur de cheveux en quatre. J'ai peur en me creusant les méninges de perdre la clarté qui fait ma force. Et pourtant, je n'arrive pas à chasser l'image de Shepherd penché sur mon livre (ou plutôt le sien), reconstituant les bribes d'informations que j'ai semées dans les marges.

Tiens, une idée. Je me lève, allume mon ordinateur et me connecte au site de la STAA. Le forum est ouvert au public, mais il faut s'inscrire pour poster un message. Je me crée un profil, en prenant le premier pseudonyme qui me vient à l'esprit : Allen Foster, trente-huit ans, enquêteur à Jacksonville. Puis je lance une nouvelle discussion.

AllenFoster : Je suis en train de lire *L'art de la traque*, le livre de Nick Shepherd. Je ne peux pas m'empêcher de me demander ce qui a pris à ce type de partager ses secrets avec la terre entière. Quelqu'un a une idée ?

Je me relis pour m'assurer que mon message ne contient pas de termes ou de tournures susceptibles de m'identifier. J'appuie sur le bouton « Publier » et j'attends. Le forum est généralement assez actif à cette heure-ci. De fait, la première réponse arrive presque aussitôt. Plusieurs autres suivent.

BruceTheMan : Si je devais parier, je dirais pour se faire mousser auprès des assureurs. Il devait en avoir marre de pourchasser des escrocs à la petite semaine (comme moi !).

AllenFoster : Pourquoi les assureurs ?

BruceTheMan : Ce sont eux qui ont les grosses affaires – et le gros pognon.

AlexanderTheGreat : Je crois surtout qu'il aime voir sa bobine en librairie. Il paraît qu'il est assez imbu de sa personne.

AllenFoster : Tu l'as rencontré ?

AlexanderTheGreat : Non, j'ai lu son livre.

BruceTheMan : On a tous lu son livre, Alex.

Olie23 : Pour moi, il se positionne pour consoler les femmes abandonnées par leur mari. J'ai dans l'idée que c'est un chaud lapin.

BruceTheMan : N'importe quoi !

AllenFoster : Sérieusement, les gars…

BigBird : Sérieusement, mec, il faudrait lui poser la question, mais ce n'est pas le roi des relations publiques. Il a quitté l'association il y a des lustres.

Le forum s'éteint vers minuit. Je n'ai rien appris sinon que Shepherd est une énigme et qu'il essaie peut-être de séduire Sarah. Ce ne serait pas la pire chose qui pourrait leur arriver à tous les deux ; au moins, ils me lâcheraient les basques.

Une surprise m'attend le lendemain, sous la forme d'un nouveau message d'un certain Forest Neall.

ForestNeall : Je me garderais de sous-estimer l'intellect de Shepherd. Le connaissant un peu, il a sans doute considérablement enrichi son arsenal depuis la sortie de son livre. Il n'aurait du reste pas publié *L'art de la traque* s'il n'y avait trouvé son intérêt. Les droits d'auteur sur ce genre d'ouvrages étant notoirement dérisoires, je suis tenté de penser qu'il a glissé dans son texte quelques pièges si subtils que ses proies fonceront dedans tête baissée, alors même qu'elles croient s'éloigner du danger.

J'éclate de rire. Le message de Shepherd (car c'est évidemment lui qui se cache derrière cette anagramme de mon propre pseudonyme) est cousu de fil blanc. Pour rattraper sa bourde, il essaie de me persuader qu'elle s'inscrit dans un plan diabolique. Et cette façon de rouler des mécaniques («je me garderais de sous-estimer l'intellect de Shepherd»), c'est grotesque!

Plusieurs fois dans le bus qui m'emmène à Charlotte, je glousse intérieurement en repensant au texte de Shepherd.

Peu à peu cependant, je m'avise d'une incohérence majeure. Son esbroufe cadre mal avec ce que je sais de sa personnalité. Les articles que j'ai lus le décrivent réservé et secret, entièrement dévoué à son métier et fuyant la lumière.

Je tente un instant d'inverser les rôles. Admettons que je souhaite écrire un manuel dans le but d'y glisser des chausse-trappes qui mèneront les fugitifs droit dans mes filets. Mes lecteurs risquent de ne pas être dupes. Car qui pourrait croire que le Mozart du *skip tracing* révèle à ses proies les secrets pour lui échapper? Posé ainsi, le problème n'admet qu'une solution : je vais me faire mousser de façon à ce que le public mette mon comportement sur le compte de la mégalomanie.

En poussant ma réflexion, je repense à certains passages obscurs de *L'art de la traque*, à plusieurs raisonnements étrangement contre-intuitifs. Le troisième chapitre par exemple semble avoir pour seul but de nous convaincre que le bus constitue le moyen de transport le plus sûr pour les fugitifs. Et si c'était l'inverse ? Combien de passagers utilisent Greyhound chaque jour ? Cinquante mille ? Cent mille ? Dans tous les cas, une bagatelle par rapport à la voiture ou l'avion.

Je ne sais plus que croire. Tantôt je pense que Shepherd bluffe parce qu'il est désespéré, tantôt qu'il cherche à m'endormir en se faisant passer pour plus bête qu'il n'est.

Ne pas tomber dans son jeu.

Troisième partie

CHAPITRE PREMIER

Sarah

Cette fois, c'est fini. Je ne peux plus me raconter d'histoires : Walker est vivant. Il mange, il dort, il boit des coups avec des commandants de bord et, à ses heures perdues, il annote des bouquins.

Ma réaction quand j'ai reconnu son écriture m'a étonnée moi-même. Je n'aurais pas dû avoir si mal. Après tout, je savais qu'il était en vie. Au fond de moi cependant, j'imagine que j'espérais encore. Je me serais trompée, la caissière du Safeway, les employés de la gare routière, Nick, nous nous serions tous trompés.

Ma tête savait, mais mes tripes voulaient y croire.

Elles ont appris la leçon.

Le choc est encore plus terrible cette fois, car je suis seule à l'encaisser. La nouvelle de la mort de Walker a fait le tour de l'État, celle de sa trahison n'est arrivée que jusqu'à moi.

Pour ne rien arranger, la légende est en train de prendre forme sous mes yeux. Andy ce matin : « Tu te rappelles quand papa m'a porté sur son dos pendant quatre heures parce que je m'étais foulé la cheville ? Combien je pesais à l'époque ? Cinquante kilos ? » J'ai rétabli la vérité : en 2004, Andy avait sept ans, il pesait trente kilos et son père l'avait porté une heure et demie. J'ai regretté mes paroles à peine avaient-elles quitté ma bouche. À quoi bon abîmer le portrait qu'il se fait de son père ?

Idem chez Wills, où l'on me rebat les oreilles avec les exploits de Walker, en croyant me faire plaisir. « Ce système de pesage automatique ? Une idée de votre mari. Le regroupement des équipes de maintenance sur le site de Old Ridge ? Encore lui ! Ah, il va nous manquer ! »

Je lutte contre une furieuse envie de mettre les pieds dans le plat. « Comment, Joey ? Où ton père a rangé la caisse à outils ? Tu sais quoi, on va lui poser la question. »

Je me repasse en boucle le film de notre vie commune, en cherchant les signes avant-coureurs, les menaces voilées, les phrases à double sens.

Je me demande si Walker était sincère quand il se disait heureux.

Si, quand il me promettait que nous vieillirions ensemble, il avait déjà acheté son sac à dos.

S'il m'a au moins un peu aimée.

Il ne m'a pas seulement privée d'avenir, il m'a aussi volé mon passé. Même les bons souvenirs en sont peut-être de mauvais. Ma vie est devenue une mascarade où je ne suis plus sûre de rien, où le vrai et le faux se confondent.

J'ai joué hier avec l'idée de forcer Walker à revenir. Ce ne serait pas très difficile. Il suffirait de disperser sur les lieux de l'accident quelques indices suggérant que le turboprop a été saboté. La police ouvrirait une enquête. Les soupçons se porteraient sur moi : on m'accuserait d'avoir tué mon mari pour hériter de ses actions. En me voyant à la télévision, menottée entre deux gendarmes, Walker serait bien obligé de réapparaître pour me disculper.

Je ne mettrai pas mon projet à exécution ; cependant, l'avoir échafaudé m'a fait du bien.

Jouer la comédie m'épuise. Je ne suis pas faite pour ça. J'ai honte d'accepter les condoléances, de sourire poliment au récit d'une énième facétie de Walker, de fleurir sa tombe. Je m'avilis pour protéger la mémoire d'un imposteur.

Parfois je me raisonne : allons Sarah, courage, ça ne va pas durer longtemps.

Juste toute la vie.

Je traverse les journées dans une brume irréelle, en rêvant du moment où j'aurai couché Joey et où je pourrai enfin tomber le masque.

Je fixe le plafond une bonne partie de la nuit.

Dans ces moments, mes pensées reviennent à Walker – à l'homme que j'ai épousé, pas au salaud qui nous a abandonnés.

Sa solidité me rassurait. Avec lui, il n'y avait pas de problèmes, que des solutions. Voiture, vacances, fiscalité, quand il s'emparait d'un sujet, on n'en entendait plus parler.

Parce qu'il pilotait un avion et habitait une grande maison, les gens s'imaginaient qu'il avait des goûts de luxe. Erreur. Il se méfiait de la propriété comme de la peste. Combien de fois l'ai-je entendu dire que la possession aliène ? Qu'à force de compter son argent, on en devient l'esclave ? Si ça n'avait tenu qu'à lui, nous n'aurions pas acheté la maison de Seaside. « Je ne vois que des inconvénients à cette transaction », répétait-il comme si un projet immobilier s'évaluait sur de stricts critères rationnels.

Il possédait peu d'objets : la montre Breitling que je lui ai offerte pour son trentième anniversaire, un stylo, un sac de voyage en cuir, une tablette, son téléphone. C'était la croix et la bannière pour lui trouver un cadeau.

Je me souviens avoir demandé un jour à table ce que chacun sauverait de la maison en cas d'incendie. Les enfants se sont moqués de la longueur de ma liste, qui me semblait pourtant très raisonnable : les photos, mes cadeaux de fête des mères, mes bijoux, ma robe de mariée, la pendulette de Raymond et les aquarelles de Melissa. « Et toi papa ? » a demandé Joey. « Rien, a répondu Walker. Vous, c'est tout. » Il ne plaisantait pas. Les objets ne sont investis pour lui d'aucune sentimentalité. Peut-être lui manquons-nous un peu ; je suis certaine en revanche qu'il ne regrette ni la maison ni son bureau. Son avion peut-être. Ah ça, il l'aimait son joujou ! Ça a dû lui fendre le cœur de le fracasser contre la montagne.

Il détestait les contraintes, toutes les contraintes. Devoir aller en vacances à Seaside parce que nous y possédons une maison. Recevoir les notables d'Albuquerque sous prétexte que Wills est le plus gros contribuable de la ville. Faire semblant de consulter les administrateurs quand il avait déjà pris une décision. Assister aux compétitions de judo, parce que Joey n'aurait pas compris que son papa soit le seul à s'être fait porter pâle. Ces obligations que la plupart d'entre nous acceptent sans réfléchir, il les remettait constamment en cause. « Au nom de quoi devrions-nous adopter un cochon d'Inde ? » « Qu'on me montre la circulaire qui requiert ma présence à la kermesse de l'école de Jess ! » Parfois il s'entêtait ; le plus souvent, il s'inclinait.

Il chérissait sa liberté par-dessus tout. Il aurait tué pour la préserver.

Tué ou abandonné sa famille.

Les discussions oiseuses, les bonimenteurs l'insupportaient. L'expression « beau parleur » constituait pour lui l'insulte suprême. Les commerciaux de Wills ont interdiction de pérorer dans le vide. Ils doivent justifier leurs arguments par des faits, des chiffres. Quand les vendeurs d'UPS promettent « une qualité de service incomparable », les nôtres s'engagent à livrer plus de 98 % des plis avant 11 heures du matin. Ça n'a l'air de rien, mais ça change tout.

Je me laisse parfois distraire ; Walker, lui, ne connaissait qu'une trajectoire : la ligne droite. Quand il avait pris une décision, il la mettait aussitôt à exécution, sans se préoccuper des réactions qu'elle susciterait. Une minute, il était encore ouvert à toutes les options et la suivante, il avait tranché.

Il ramenait tout au temps, « la seule chose au monde que l'argent ne peut pas acheter ». Il savait le coût de chaque tâche, d'aller acheter un gallon de lait au Safeway (« entre huit et dix minutes selon les feux ») à réserver un billet d'avion (« le site de Delta est deux fois plus rapide que celui de United ») en passant par une soirée entre amis (« quand Stephanie a servi le café au salon, j'ai su qu'on en reprenait pour trois quarts d'heure »). À l'entendre, ses collaborateurs, ma mère, nos amis, les imbéciles du club conspiraient à le ralentir. « Ces gens n'ont donc rien à faire ? » s'étonnait-il au moins dix fois par jour.

J'essayais de lui faciliter la vie par tous les moyens. Maria faisait son lit, Isabella repassait ses chemises, José tondait la pelouse. Il aurait dû déléguer davantage, même lui en convenait, mais il n'arrivait pas à sauter le pas. Alors, il pestait. Contre les grands-mères qui roulaient au milieu de la route, les livreurs en retard, les serveuses qui n'apportaient pas l'addition.

Sa vie était une course qu'il ne pouvait pas gagner.

Et que nous avons tous perdue.

Je remercie le ciel d'avoir mis Nick Shepherd sur mon chemin. Je n'ai pas honte de pleurer devant lui, il connaît mon secret. Il me pose beaucoup de questions sur le couple que je formais avec Walker, c'est un homme qui sait écouter.

Il n'arrive toujours pas à comprendre comment ce salopard a pu nous planter.

Il n'est pas le seul.

CHAPITRE 2

Shepherd

Dimanche 1er novembre

Je crois avoir aperçu Walker hier.

On célébrait Halloween, une des rares fêtes qui, selon Sarah, trouvent grâce à ses yeux. Chaque année, les époux tiraient au sort pour savoir à qui reviendrait le privilège d'emmener Joey faire le tour du quartier et qui resterait à la maison pour accueillir les gamins du voisinage. Walker gagnait si souvent que Sarah le soupçonnait de tricher.

Ne pouvant exclure qu'il essaie de revoir ses enfants dissimulé derrière un masque, j'ai décidé de les suivre, en promettant à Sarah que, si je reconnaissais Walker, je ne chercherais pas à l'appréhender sous les yeux de sa famille.

Il me fallait un costume passe-partout. La vendeuse du magasin de jouets m'a recommandé son best-seller, une panoplie composée d'une combinaison, d'une cape et d'un masque, tous les trois réversibles, représentant d'un côté Batman et, de l'autre, son meilleur ennemi, le Joker.

À la tombée de la nuit, j'ai emboîté le pas à Sarah, Jess et Joey, un peu engoncé dans ma tenue de Batman. Joey s'était déguisé en corsaire (marinière, bandeau sur l'œil, foulard noué sur la tête, sabre en plastique), Jess en sorcière (teint blafard, pèlerine noire, long chapeau pointu). Andy était sorti avec sa petite amie.

Conformément à la tradition, Sarah désignait une maison, Joey frappait à la porte, prononçait la formule magique, enfouissait sa main dans un saladier débordant de friandises et déversait son butin dans une taie d'oreiller. Plus sélective, Jess brassait le contenu du plat à la recherche de ses bonbons favoris. La plupart des voisins n'ayant pas encore eu l'occasion de lui présenter leurs condoléances, Sarah avait le plus grand mal à prendre congé.

Tout en gardant un œil sur les enfants, je surveillais les adultes isolés, en particulier ceux dissimulés sous un masque. Peu nombreux, ils semblaient uniquement animés par le désir de participer à la fête. Je ne négligeais pas les familles pour autant, Walker ayant pu embaucher des figurants pour brouiller les pistes.

Soudain, un homme déguisé en squelette est sorti d'une voiture. Son costume moulant trahissait des mensurations proches de celles de Walker. Je l'ai rattrapé d'un bond, ai posé ma main sur son épaule et lui ai demandé l'heure. Il a poliment relevé son masque pour me répondre. Fausse alerte.

J'ai repéré peu après, sur le trottoir d'en face,

un individu au comportement suspect. Il déambulait au hasard, s'arrêtant de temps à autre sous des prétextes futiles (nouer ses lacets, rajuster son costume…). Sa taille, son poids correspondaient à ceux de Walker. Il portait le même costume que j'avais sur le dos, côté Joker.

Un coup d'œil en direction de Sarah m'a montré qu'elle avait oublié ma présence. Elle caressait un chien, accroupie sur le perron d'une voisine, pendant que Joey rajustait son bandeau qui lui glissait sur les yeux.

J'ai traversé la rue, en tournant le dos à Sarah de façon à ce que, si ma cible devait détaler, elle s'enfuie dans la direction opposée.

Me voyant marcher sur lui, le Joker s'est raidi. Il a regardé aux alentours, hésitant manifestement sur la conduite à tenir. Tout à coup, il s'est retourné et a pris ses jambes à son cou.

« Enfin ! » ai-je songé en me lançant à sa poursuite.

Je l'ai suivi dans une rue sombre en pensant qu'il connaissait le quartier comme sa poche et qu'il n'aurait aucun mal à me semer. Au premier carrefour, il a piqué à droite, ce qui, si mes repères étaient corrects, allait le ramener sur Acevedo, une artère plus fréquentée. J'ai repris espoir.

En débouchant sur Acevedo, j'ai craint de l'avoir perdu. Mais non ! Il disparaissait derrière le Dunkin Donuts, à une trentaine de mètres de là.

— Arrêtez-le ! ai-je crié en repartant de plus belle. Stoppez le Joker !

Les passants se sont écartés devant moi, hilares,

croyant à un jeu ou à une animation de la ville : Batman poursuivant le Joker le soir d'Halloween, la bonne blague ! Non, la blague, c'est que j'avais ce soir-là des équipes dans trente villes des États-Unis et que j'étais seul à courser Walker.

Je lâchais du terrain. Signe qu'il était en meilleure forme physique que moi, il courait sans se retourner, comme s'il se sentait capable de tenir ce rythme pendant des heures.

— Arrêtez cet homme ! ai-je hurlé à pleins poumons, ne m'attirant encore que des regards amusés.

Craignant peut-être qu'un badaud ne me prenne au mot et n'essaie de l'immobiliser, le Joker s'est enfoncé dans une allée latérale, moins passante. Nous nous sommes bientôt retrouvés dans un dédale de rues sombres où toutes les maisons se ressemblaient et où chaque intersection offrait trois options également probables. Je l'ai perdu de vue.

En reprenant mon souffle, j'ai pensé que la soirée n'était pas finie. Walker n'allait pas renoncer à son projet aussi facilement.

Pour ne pas lui faciliter la tâche, je me suis abrité derrière une voiture pour retourner mon costume.

CHAPITRE 3

Walker

Jackson, Mississippi. 31 octobre.

J'ai été nostalgique toute la journée. J'adore Halloween, cette fête païenne où les gosses sont rois, où petits et grands se déguisent et s'empiffrent de sucreries. Je confesse qu'il m'est arrivé de tricher pour gagner le droit de sortir avec Joey (moi qui jette la monnaie à la poubelle, j'ai toujours une pièce avec deux côtés face dans ma poche).

Les veillées d'Halloween comptent parmi les rares bons souvenirs de mon enfance. Kathleen marchait à petits pas pour ne pas abîmer sa robe de princesse cousue par tante Jane. Je me foulais moins que ma sœur : chirurgien, cow-boy, aviateur, mes costumes demandaient (déjà) un minimum de travail.

J'avais développé une manie qui horripilait ma mère. Je notais dans un petit carnet l'heure de chaque arrêt, le type de bonbons (Lifesavers, réglisse, Milky Way…) et la quantité que la maîtresse de maison nous laissait fourrer dans notre sac. Dès la mi-octobre, je commençais à planifier ma tournée en fonction des informations recueillies les années précédentes. Je connaissais les adresses où il fallait se pointer avant la cohue, les hommes qui n'aimaient pas les restes et bourraient nos poches de Skittles, les traquenards à éviter à tout prix, comme la bicoque de ce grand-père qui donnait un tube de Smarties aux gamins capables de citer l'étymologie du mot « Halloween » et un piteux caramel mou aux autres. Les kilos de bonbecs que je rapportais de mes expéditions me duraient jusqu'à Noël.

À cette heure, Jess et Joey doivent être en train de se préparer. Sarah aura insisté pour qu'ils ne changent rien à leur routine. Après la maison des Johnson, où Wendy les accueillera avec un brownie sorti du four, ils descendront Dogwood, s'arrêteront chez les Reyes, Mme Cooper, le colonel Hugues. Ils s'armeront de courage avant de pénétrer dans le manoir hanté, où Joey hurlera quand un zombie caché sous l'escalier lui attrapera les chevilles. Jess se moquera de lui mais ne sera pas beaucoup plus faraude.

Je me fais du mal. Bien que j'arrive d'habitude à tenir ce genre de pensées à distance, voir ces mômes sérieux comme des papes dans leurs déguisements de shérifs me rend mélancolique.

Je décide qu'une promenade en ville me changera les idées. Pour peu que je porte un masque, je ne crains pas grand-chose.

Je marche jusqu'à une de ces échoppes temporaires qui débitent des diadèmes *made in China* et des capes de Dark Vador au kilomètre. Afin de ne pas éveiller l'attention, je demande au vendeur son modèle le plus populaire. Il me tend une combinaison et un masque réversibles.

— Batman d'un côté, le Joker de l'autre, dit-il. Nous en avons vendu des wagons.

Je prends une chambre au Super 8 Motel. J'enfile en vitesse ma tenue de Joker (le côté moralisateur de Batman m'assomme), glisse trois mille dollars et ma clé USB dans mon slip et sors dans la rue. Il est 18 heures ; la nuit tombe.

Le fond de l'air est délicieusement doux. Cela me perturbait quand je sonnais aux portes avec les enfants à Albuquerque. À Pittsburgh où j'ai grandi, il pouvait neiger le jour d'Halloween. Ma mère me forçait alors à passer un blouson par-dessus mon costume ; Kathleen, elle, avait droit à un cardigan en alpaga.

Je me mêle avec délice à la foule. La plupart des gens sont déguisés ou portent au moins un accessoire – des oreilles de Mickey, un nez rouge, la moustache de Groucho Marx… Les promeneurs se retournent sur un groupe de petits vieux travestis en Hells Angels. Ils ont tout l'attirail : blousons de cuir, santiags, chaînes et même, pour les plus consciencieux, de faux tatouages.

Je savoure le plaisir simple de flâner le nez au vent en regardant les passants dans les yeux. Je croise un astronaute, des infirmières, un Batman, des Harry Potter en pagaille. Mon coup de blues est passé. J'ai bien fait de rester en ville ;

l'ambiance de la banlieue m'aurait rappelé Albuquerque.

Des clameurs me parviennent. En remontant à leur source, je tombe sur une parade hétéroclite. Une fanfare ouvre le cortège, suivie de majorettes, de vétérans brandissant des drapeaux et d'un escadron de soldats impériaux de *Star Wars* (beurk !). Un speaker juché sur un char aux couleurs des Mississippi State Bulldogs appelle les spectateurs à rejoindre le cortège. Sans réfléchir, je me glisse entre une fée Clochette et un sosie de Barack Obama.

Je me laisse porter par la marée humaine, dans une insouciance béate. Pour la première fois depuis l'accident, j'ai physiquement conscience de ma liberté. Je défile sous les vivats, noyé dans la foule, sans m'inquiéter d'être reconnu. Shepherd me paraît très loin.

Soudain, je sursaute. Parmi les spectateurs massés sur le trottoir, un homme déguisé en Batman se trémousse au son de la musique. C'est le deuxième Batman que je rencontre. Je ne jurerais pas qu'il s'agit du même bonhomme, encore qu'il me semble reconnaître la silhouette. Une voix intérieure me souffle qu'un détective se serait placé derrière moi et de côté. À moins justement que Shepherd, sachant que j'ai lu son livre, n'ait pris le contrepied de sa procédure habituelle.

N'importe, je ne fais ni une ni deux, je m'extrais du cortège et pique un sprint en direction de l'université. Des pas retentissent derrière moi. « Comment m'a-t-il retrouvé ? » ai-je le temps de penser.

J'enjambe une barrière, slalome entre des poubelles, tourne au coin d'un immeuble. J'hésite à me cacher, je continue à courir. Shepherd est encore à mes trousses. Au moins, il est seul. Il crie : « Arrêtez-le ! Stoppez le Joker ! » Je ne reconnais pas sa voix. « Évidemment, imbécile, où l'aurais-tu entendue ? »

Il ne gagne pas de terrain, je crois même qu'il en perd. J'essaie de trouver le bon train : trop lent et il me rattrapera, trop rapide et je ne tiendrai pas la distance. Ma cheville me lance, moi qui l'espérais guérie. Tant pis, j'accélère. Je ne me suis pas donné tant de mal pour me faire serrer par un type déguisé en Batman.

Ses cris continuent à me parvenir : « Arrêtez cet homme ! » Personne, heureusement, ne semble le prendre au sérieux. Je pénètre sur le campus de l'université, il est presque désert. J'estime à l'oreille mon avance à une cinquantaine de mètres. Je longe le gymnase dans lequel un trio de goliaths soulèvent de la fonte. J'arrive devant la cafétéria, je monte un escalier, débouche sur un terre-plein planté d'un lampadaire providentiellement éteint.

Sur ma droite, une ouverture, sans doute un accès au réfectoire. Profitant de ce que je suis hors de vue de mon poursuivant, je m'engouffre dans le bâtiment. Je tire la porte derrière moi, dévale une dizaine de marches, me rue aux toilettes et m'enferme dans une stalle en tremblant.

J'en sors une heure plus tard, habillé en Batman.

CHAPITRE 4

Shepherd

Lundi 2 novembre

Cette course-poursuite restera l'un des échecs les plus cuisants de ma carrière. Je ne me rappelle pas avoir éprouvé un tel sentiment d'humiliation depuis ce jour où un assureur véreux que j'avais arrêté à La Nouvelle-Orléans m'a proposé sa Rolex en toc pour le laisser filer.

Je n'ai pas osé raconter ma mésaventure à Sarah. À quoi bon ?

Cette fois, je n'ai pas retrouvé les affaires de Walker. Fort de la leçon de Chattanooga, l'animal s'est gardé de prendre une chambre dans les environs. Il aura entreposé son sac dans une consigne automatique ou l'aura caché dans un jardin public.

J'ai relu hier les annotations qu'il a portées dans les marges de *L'art de la traque*. Il a vraiment tiré la quintessence de mon livre. Pour chacune de mes ruses, il a élaboré une parade. Je ne peux plus compter sur une erreur. Walker n'a pas mon expérience, mais, sur le plan théorique, il en sait désormais presque autant que moi. Car, nonobstant mes vantardises sur le site de la STAA, mes techniques n'ont guère évolué. Quant aux chausse-trappes dont j'aurais truffé mon texte, elles n'ont jamais existé.

Il fallait s'y attendre, l'étude des logs du forum n'a rien révélé. Walker utilise un service de proxy qui masque son adresse IP.

Le voir appliquer mes préceptes à la lettre m'amène à me demander si je ne devrais pas en changer. Dois-je continuer à le chercher dans les hôtels pouilleux ou distribuer sa photo dans les palaces ? À surveiller le site de *Business Jet Traveler* ou les nouveaux abonnements à *Badminton Weekly* ?

S'il est aussi intelligent que je le crois, il se pose forcément les mêmes questions.

Je sais qu'il est vivant.

Il sait que je sais.

Je sais qu'il sait que je sais.

J'ai bâti ma carrière sur l'asymétrie de l'information ; j'en sais toujours plus que mes proies. Walker a comblé son handicap. Nous luttons dorénavant à armes égales.

Cela me fait penser à ce jeu pierre-feuille-ciseaux, également appelé shifumi, dont raffole Nathan. Les deux adversaires choisissent simultanément un coup parmi les trois possibles. Les ciseaux battent la feuille en la coupant ; la feuille bat la pierre en l'enveloppant ; la pierre bat les ciseaux en les émoussant. En toute logique, chaque joueur devrait gagner un tiers des affrontements, or certains parviennent à remporter 35, 40, voire 45 % de leurs matches. J'écrase moi-même Nathan grâce à une poignée de trucs élémentaires. Quand il perd avec un coup par exemple, il rejoue presque immanquablement ce coup au tour suivant. Par curiosité (et non, je m'empresse de le préciser, pour accroître ma domination sur mon neveu de sept ans), j'ai approfondi la question. Apparemment, les joueurs abusent de la pierre (35,4 % des cas) et négligent la feuille (29,6 %) ; ils adoptent trop souvent le coup qui les a battus au tour précédent ; après deux mains identiques, ils ne reconduisent la même figure qu'une fois sur quatre, et non une sur trois comme le voudrait le hasard.

Quiconque possède ces quelques principes est assuré, sur la durée, de l'emporter. À moins bien sûr que son rival n'ait feuilleté les mêmes études, auquel cas chaque joueur tend à l'autre les pièges dans lesquels il craint lui-même de tomber, tels des duellistes qui partageraient la même botte fétiche.

À un certain niveau (car il y a des compétitions de shifumi comme il existe des tournois de puzzle ou d'avalage de hot-dogs), les joueurs abandonnent toute velléité de stratégie et s'efforcent de rendre leurs séquences aussi désordonnées que possible. Or rien n'est plus difficile que de simuler le hasard ; même le générateur de nombres aléatoires d'Excel n'y parvient, paraît-il, pas complètement. Un amateur néerlandais croyait avoir résolu le problème en mémorisant dix mille décimales de pi. Avant de livrer une partie, il faisait rouler quatre dés à dix faces pour choisir son point de départ dans la séquence. Il jouait ciseaux si la première décimale était un 1, un 4 ou un 7 ; feuille en cas de 2, 5 ou 8 ; et pierre en cas de 3, 6 ou 9. S'il tombait sur un 0, il passait à la décimale suivante. Ses matches étaient, de l'avis des spécialistes, fort ennuyeux à regarder : il perdait rarement et quand il s'imposait, c'était par la plus petite des marges (jusqu'à ce qu'un chercheur du MIT perce sa ruse à jour et lui inflige une raclée retentissante).

Walker va-t-il laisser les résultats du base-ball lui dicter son itinéraire ? Tirer un code postal dans un chapeau ? Visiter le lieu de naissance des interprètes du hit-parade du 23 janvier 1979 ? C'est sans doute ce que je ferais à sa place.

Cette mission ne ressemble à aucune autre. J'ai écrit plus haut que Walker et moi luttions désormais à armes égales ; c'est faux : il a pris la main. Il a assimilé mon expérience quand je n'ai lu que les messages insipides qu'il a bien voulu laisser sur son ordinateur. Il sait où me trouver tandis que j'ignore où il se cache. Il est maître de ses choix alors que je dois rendre des comptes à ma cliente.

Je me targue dans *L'art de la traque* de me mettre à la place de mon adversaire. C'est le moment de le prouver. Pour devancer les coups de Walker, je dois penser comme lui.

Entrer dans sa tête.

CHAPITRE 5

Shepherd

Mardi 3 novembre

Mon serveur de fichiers a été hacké.

En 2007, j'ai embauché trois collaborateurs pour m'aider à développer mon affaire. Comme nous étions toujours par monts et par vaux, j'ai fait installer un serveur à mon domicile, de façon à avoir accès à toute heure à l'ensemble des rapports d'enquêtes et des ressources de l'agence. Chacun de nous disposait également d'une adresse construite sur le modèle prénom@shepherdllc.com.

Quand j'ai réalisé que j'aimais trop ma liberté, j'ai remercié mes employés, purgé leurs boîtes aux lettres et révoqué leurs privilèges d'accès. J'ai moi-même changé d'adresse e-mail, le nom de domaine shepherdllc.com suggérant une organisation plus importante qu'elle ne l'était réellement.

J'ai, en revanche, conservé le serveur de fichiers, très pratique en déplacement. Je ne me soucie plus de saturer la mémoire de mon disque dur. Je peux aussi partager d'un clic une photo avec un collègue ou envoyer mes factures depuis la salle d'embarquement d'un aéroport.

Ce matin quand je me suis connecté, le dossier Walker ne figurait plus dans le volume des affaires en cours. Ce n'était guère alarmant en soi : un prestataire extérieur sauvegarde le contenu du serveur quatre fois par jour. Pensant que j'avais déplacé le dossier par erreur, j'ai lancé une recherche extensive sur le disque. En vain. Pris d'un pressentiment, j'ai ouvert la bibliothèque de photos où j'ai copié la semaine dernière plusieurs clichés de Walker. Ils avaient disparu. Un portrait de mes neveux importé hier était encore là.

J'étudierai plus tard comment Walker – car l'identité de l'intrus ne fait aucun doute – a enfoncé mes défenses. Priorité à l'évaluation des dégâts.

Ils sont épouvantables. Non seulement Walker a mis la main sur l'intégralité des documents le concernant (y compris ce journal), mais il a aussi, selon toute probabilité, copié mes e-mails et les dossiers dont il a jugé le titre alléchant. Si tel est le cas, il possède la liste de mes partenaires dans les cinquante États, de mes contacts au sein des compagnies aériennes, des chaînes hôtelières et des loueurs de voitures. Il détient ma comptabilité, la situation de mes finances personnelles, ma (maigre) correspondance privée et mes notes en vue de la deuxième édition de *L'art de la traque*.

Passé le reste de la matinée à changer mes mots de passe et annuler mes cartes de crédit.

Walker peut se vanter d'avoir réussi ce qu'aucun autre n'avait fait avant lui : il m'a poussé dans les cordes.

Gagner aux points ne m'intéresse plus. Je dois lui faire mordre la poussière.

CHAPITRE 6

Walker

Maintenant, ça suffit. Fini de tergiverser, je passe à l'action.

Mon gymkhana d'Halloween a achevé de me convaincre. J'ai quitté Jackson déguisé en Batman, une main devant, une main derrière. Pris le bus de nuit jusqu'à Abilene. Racheté un ordinateur. Appelé mon escroc de banquier à Singapour. Lâché deux cents dollars à une nounou portoricaine qui n'en croyait pas sa chance pour qu'elle se présente à ma place au guichet de Western Union. Racheté le bouquin de Shepherd pour constater que je le connais par cœur.

J'arrive aux limites de ma stratégie. Si je n'en change pas, Shepherd me coincera tôt ou tard. Les dés sont pipés en sa faveur : il a le temps, l'argent, l'expérience. Surtout, il aime la chasse. Je le soupçonne de se délecter de notre petite joute. Et comme il ne s'avouera jamais vaincu, cette mascarade peut durer longtemps.

À moins que.

Je me suis enfui pour recommencer ma vie, pas

pour détaler comme un chevreuil. Il est temps de retourner le fusil contre son propriétaire. Mais avant cela, je dois trouver le défaut de sa cuirasse.

J'ai la soirée devant moi. Plutôt que de lancer une énième recherche sur DuckDuckGo, je pianote, une fois n'est pas coutume, «nick shepherd skip tracer» dans Google. Les réponses se comptent par centaines. Je les étudie une à une.

Un article paru dans *Forbes* en 2005 m'apprend que Shepherd a fait son lycée à la Winans Academy à Detroit, qu'il est sorti troisième de l'école de police et qu'il travaille *pro bono* pour une association de femmes battues. Il est très remonté contre le programme de surveillance de la NSA, qu'il qualifie d'«odieuse atteinte aux libertés individuelles». Décidément, on aura tout entendu.

Dans le portrait que lui a consacré le *Detroit Free Press* en 2007, il pose assis sur un bureau, entouré de trois collaborateurs au sourire crispé. Il livre au détour de ses réponses plusieurs détails personnels, dont, si j'en crois mon expérience avec les journalistes, 25% sont probablement faux. Il est gaucher. Il a une sœur prénommée Kate. Il a eu un chien. Il roule (ou roulait à l'époque) en Lexus. Il pratique la boxe deux fois par semaine. Il parle couramment espagnol et baragouine l'allemand (on se demande où il l'a appris). Sa femme, Peggy, était originaire du Vermont, où ses parents élevaient des vaches. J'enregistre ces informations disparates, sans bien savoir ce que je cherche.

À la douzième ou treizième page de résultats, je tombe sur une annonce de recrutement passée par

Shepherd en février 2007. Les candidats sont invités à envoyer CV et lettre de motivation à nick@shepherdllc.com. Je frétille : c'est la première adresse e-mail que je récupère.

Je tape « www.shepherdllc.com » dans mon navigateur. Un message personnalisé rouge et blanc m'informe que le site n'est plus en service, ce qui implique qu'il l'a jadis été et surtout qu'il est encore hébergé quelque part. Je note au passage que le graphisme de la page imite celui de la couverture de *L'art de la traque*.

J'ouvre le terminal de mon ordinateur et *ping* le nom de domaine de façon à obtenir l'adresse IP du serveur. Ma curiosité se mue en excitation quand je constate que celui-ci est situé dans le centre-ville de Detroit : se pourrait-il que Shepherd héberge son site internet à son domicile ? Il ne serait pas le premier.

À ce stade, ma position s'apparente à celle d'un cambrioleur qui connaît l'adresse de sa cible, mais n'a pas les clés. Heureusement, un ordinateur, comme une maison, a des accès, qu'on appelle des ports. Quand l'utilisateur surfe sur la Toile ou envoie des e-mails, il ouvre (ou, plus exactement, les applications ouvrent pour lui) les ports ad hoc pour communiquer avec l'extérieur.

Mes week-ends passés à sécuriser le réseau informatique de Wills paient enfin. Je télécharge un logiciel gratuit conçu pour repérer les ports ouverts de n'importe quel ordinateur relié à internet. Il en trouve deux : le 80 (dédié au protocole http, autrement dit à la publication d'un site web) et le 21 (réservé au protocole ftp). Cette deuxième découverte m'électrise. Si Shepherd a ouvert le port 21, c'est sans doute pour accéder à distance aux fichiers entreposés sur le serveur.

Je me prends à rêver. Fouiller dans ses dossiers. Lire ses notes. Et naturellement, laisser une trace de mon passage.

Plein d'espoir, j'entre l'adresse IP suivie du suffixe :21 dans le navigateur. Comme je m'y attendais, une boîte de dialogue surgit pour me réclamer un mot de passe. L'identifiant, lui, est déjà renseigné : nick.shepherd.

C'était trop beau. Mon équipée s'arrête là. Je ne me vois pas deviner le mot de passe de Shepherd.

Je lis, par acquit de conscience, un article écrit par un expert en sécurité informatique. Sans grande surprise, je découvre que la complexité d'un mot de passe croît de façon exponentielle avec sa longueur et l'éventail de caractères utilisés. À titre d'exemple, une chaîne constituée de six lettres minuscules admet environ trois cents millions de combinaisons possibles (26 à la puissance 6). Autoriser l'usage des majuscules porte ce nombre à vingt milliards, celui des chiffres et des caractères spéciaux à sept cents milliards. Chaque caractère supplémentaire fait grimper ces totaux dans des proportions stupéfiantes. Ainsi, le nombre de variations d'une chaîne de douze lettres utilisant l'ensemble des touches du clavier s'écrit avec pas moins de vingt-quatre chiffres.

Cette surenchère se justifie par les gains de performance continus des microprocesseurs. À l'heure où j'écris ces lignes, une machine bien configurée peut tester jusqu'à cinq millions de combinaisons par seconde, assez pour venir à bout de n'importe quel mot de passe de six caractères en moins d'une journée. Craquer une chaîne de treize caractères prendrait en revanche dix fois l'âge de l'Univers.

La plupart des gens privilégient des chaînes courtes, dépourvues de chiffres ou de signes de ponctuation. Ils abusent des prénoms, des noms de lieux ou des séquences triviales comme ABC ou 456. Et, bien entendu, ils réemploient les mêmes mots de passe d'un site à l'autre. Plutôt que de mémoriser une fois pour toutes 7u58Xys_*vT!a, ils déclinent le nom de leur chat à toutes les sauces. En conséquence, les hackers testent d'abord les variations contenant des mots et des dates qui revêtent une signification spéciale pour leur cible.

Et si Shepherd avait incorporé des éléments de son histoire personnelle dans son mot de passe ? Il se trouve qu'une entreprise israélienne a justement conçu un programme reposant sur ce postulat : l'utilisateur soumet jusqu'à cinq cents noms propres ou dates, qui sont testés en priorité dans toutes les combinaisons possibles. Aux dires du fabricant, le temps de traitement s'en trouve réduit dans des proportions spectaculaires.

N'ayant rien à perdre, j'achète le logiciel avec une carte prépayée. Je dresse la liste des indices que j'ai rassemblés au gré de mes recherches, en essayant de procéder avec méthode.

Je commence par l'enfance de Shepherd : son année de naissance, les prénoms et dates d'anniversaire de ses parents, les écoles qu'il a fréquentées, l'adresse de la maison familiale.

J'enchaîne avec l'état civil complet de Peggy, sa commune d'origine (Danby, Vermont), la date du mariage (22 juillet 1995), le lieu de la lune de miel (Barcelone), la plaque d'immatriculation de la Honda du couple (que je déchiffre à l'arrière-plan d'une vieille photo postée sur Facebook par une amie de Peggy).

J'élucubre sur le thème de la boxe (swing, uppercut, Everlast, Mohamed Ali, Cassius Clay, Foreman, Kinshasa, Tyson, Frazier, Liston, Marciano, Hagler, Dempsey, Robinson, Holmes, Holyfield…). Je cherche en vain le numéro de matricule de Shepherd à l'école de police, me contente de son année de sortie (1993) et du nom du bâtiment des études (Hoover Hall). J'ajoute pour faire bon poids une brochette d'équipes sportives, à commencer par celles basées dans la région des Grands Lacs, les présidents du XXe siècle, quelques chanteurs de ma jeunesse, les cinquante dernières années et les noms de chien les plus répandus (Max, Buddy, Jack, Bella, Lucy…).

J'en suis rendu à quatre cent trente entrées ; c'est plus qu'assez. Je lance la requête, sans trop y croire. Je me brosse les dents devant l'écran, hypnotisé par les rouages de toutes les tailles qui s'emboîtent et s'écartent selon un algorithme impénétrable.

Quand mes gencives se mettent à saigner, je m'arrache à ma chaise et je vais me coucher.

CHAPITRE 7

Walker

Je n'en reviens pas, ça a marché !

À 5 h 37, après quatre-vingt-huit milliards de tentatives, le logiciel a décroché la timbale : Danby@}1991*. Il s'est aussitôt déconnecté, conformément à mes instructions.

Danby@}1991* : la commune de naissance de Peggy et… 1991. Qui sait ce qui s'est passé cette année-là ? Leur premier baiser ? Une saison des Lions un peu moins lamentable que d'habitude ? À dire vrai, je m'en fiche.

Trop excité pour m'habiller, je m'assieds en caleçon devant mon ordinateur et tape l'adresse IP du serveur. La boîte de dialogue apparaît. Je saisis le mot de passe le cœur battant, redoutant je ne sais quelle catastrophe et prêt à tout débrancher, comme dans *Matrix*.

Ça y est, je suis à l'intérieur. Je lance l'explorateur de fichiers. Comme je m'y attendais, les dossiers sont impeccablement étiquetés. Je copie un par un les quatre qui m'intéressent en regardant par-dessus mon épaule comme si Shepherd pouvait à tout moment faire irruption dans la chambre. Le tout prend moins de dix minutes, pendant lesquelles je ne touche à rien, de peur de ralentir le transfert.

Fini. Je me déconnecte, ouvre un fichier au hasard pour m'assurer que le format a été préservé, et remballe mon matériel. Je m'habille en vitesse, effectue une dernière inspection de la chambre et file attraper un bus pour Tulsa.

Plus tard, assis à l'arrière du car d'où je peux surveiller les autres passagers, je rallume mon ordinateur. Je lis pendant sept heures d'affilée, ignorant le pépiement de mes voisins et les pauses régulières sur les parkings de McDonald's.

J'ai vraiment touché le gros lot. Non content d'utiliser ce serveur pour ses affaires, Shepherd y stocke aussi ses e-mails, un dossier relatif à ses finances personnelles et plus de trois mille photos.

Je commence par ces dernières. L'écrasante majorité met en scène la dénommée Peggy. On se croirait dans un mauvais roman-feuilleton : Peggy en maillot de bain, Peggy mange des churros, Peggy à l'hôpital, Peggy perd ses cheveux, Peggy monte au ciel... Les couleurs fanées, la résolution suggèrent que les clichés ont été pris avec un appareil argentique et numérisés ultérieurement. Les quelques photos restantes montrent une femme épaisse présentant un air de famille avec Shepherd, entourée de trois gamins assez laids.

Je découvre, en épluchant sa comptabilité et ses avis d'imposition, que ce brave Shepherd roule sur l'or. Ses revenus sont en progression constante. En

2014 par exemple, les neuf missions qu'il a facturées lui ont rapporté presque sept millions de dollars. Comme il a l'air plutôt économe, il a amassé au fil des ans une pelote d'une vingtaine de millions.

Passons aux choses sérieuses. Les missions sont regroupées par année. Chacune a droit à un dossier contenant au minimum une copie de la lettre d'engagement, des éléments de documentation (photos du fugitif, extrait de casier judiciaire, spécimen d'écriture, etc.), un état des frais engagés et un journal de bord. Les dossiers en cours reçoivent la couleur rouge ; une fois soldés, ils passent au vert.

Mon dossier est le seul rouge.

Il contient de nombreuses photos à l'utilité discutable, sauf si Shepherd s'intéresse à ma technique d'allumage du barbecue.

Je comprends mieux en revanche pourquoi il tente de reconstituer mon emploi du temps avant ma disparition : il veut savoir si j'ai aménagé une planque, consulté un chirurgien esthétique ou acheté une voiture d'occasion. Je passe un moment à déchiffrer ses supputations. « 17 nov. : W se présente à 13:30 au bureau de Dallas de Johnson & Johnson. La secrétaire lui annonce que son interlocuteur, malade, vient de rentrer chez lui. W ronchonne (pour la forme ?) et se retire. Son RDV suivant est à 16:00. Qu'a-t-il fait pendant ces deux heures ? » Il a recensé, dans le même esprit, les pays dans lesquels je me suis rendu depuis dix ans ; il a décortiqué mes finances (il me soupçonne de détenir un compte dans les Caraïbes) ; et enfin, il s'est convaincu que l'insignifiance de mes e-mails constituait la preuve évidente de ma rouerie.

Je lis avec gourmandise l'évaluation psychologique qu'il me consacre le 10 octobre, sept jours à peine après mes funérailles.

Individu au QI exceptionnel, doté d'une volonté de fer. A hissé en quinze ans son entreprise au rang de premier employeur du Nouveau-Mexique, dans une industrie cyclique dominée par des concurrents formidables. Polyvalence fonctionnelle rare à ce niveau de responsabilités; selon Mme Walker, il en remontrait à tous ses vice-présidents. Soif de réussite pouvant s'expliquer par des origines modestes et le sentiment que ses parents lui préfèrent sa sœur Kathleen. Hétérosexuel, athée, de sensibilité républicaine sur les sujets économiques (favorable à la baisse du taux de l'impôt sur les entreprises et à la réduction du poids du gouvernement) et démocrate sur les questions de société (partisan du droit à l'avortement et de la légalisation du mariage homosexuel). Marqué par la lecture à l'adolescence de La grève *et imprégné de la philosophie objectiviste d'Ayn Rand. Être fondamentalement rationnel, montrant peu d'émotions, y compris dans le cercle privé. Très efficace, calculateur prodige, remarquablement organisé, expert dans l'art de compartimenter ses activités. Ne revisite pas ses décisions mais sait admettre ses erreurs. Obsédé par le temps, dont il tient une comptabilité minutieuse, il a peu d'amis, fuit les bavards, ne prononce jamais un mot de plus que nécessaire et se moque de l'avis d'autrui. Bien marié pour autant que je puisse en juger. Aucune rumeur d'infidélité ou de dissension entre les époux. Dit adorer ses enfants et le prouve en étant très présent dans leur vie. Seul hobby connu, le pilotage peut être vu à la fois comme un moyen de gagner du temps et une échappatoire (un sanctuaire loin des soucis du quotidien).*

Pas mal Nick, pas mal du tout.

Je m'attarde sur ce que Shepherd appelle son journal de bord, dans lequel il consigne les progrès de son enquête. Je réalise qu'il a été plusieurs fois à deux doigts de me coincer. Il raconte comment il a retrouvé ma trace à Las Vegas (ne plus préparer l'appoint dans les magasins) puis à la gare routière de Colorado Springs ; comment il m'a traqué dans le Wyoming quand j'étais dans le Missouri ; et comment ce macaque de Chuck a empoché cinquante mille dollars pour m'avoir dénoncé.

Plus étonnant, Shepherd était à Albuquerque le soir d'Halloween. Il écrit avoir coursé un type qui me ressemblait. Mais alors, qui m'a poursuivi à Jackson ? Curieux.

Je lis les retranscriptions de ses entretiens avec Sarah, sans pouvoir m'empêcher de remarquer qu'ils sont de plus en plus cordiaux. Ils se retrouvent à l'hôtel, dans des cafés. Shepherd prend des nouvelles de Joey, complimente Sarah sur la façon dont « elle tient le coup ». Il l'écoute se lamenter sur ma trahison, l'ingratitude des enfants, la santé de sa mère. Sa patience force mon admiration, il mériterait une médaille.

J'apprends pêle-mêle que Joey fait pipi au lit,

que Jess est en train de monter un film à ma gloire, qu'Andy a bouclé son dossier pour Northwestern et que le conseil d'administration de Wills a confirmé l'attribution du contrat à Robinson. Je me force à assimiler ces informations – qui sait si l'une d'elles ne me sauvera pas la vie un jour– mais je ne les laisse pas m'affecter. Je n'ai pas le luxe de me haïr.

Sarah n'a, à l'évidence, toujours pas compris pourquoi je suis parti. Elle évoque nos différences de caractère, la maison de Seaside, son refus de vendre à FedEx, sans voir qu'ils constituent autant de symptômes d'un mal plus profond : mon sentiment d'être piégé et d'abdiquer peu à peu le contrôle de ma vie.

Le dernier document, intitulé « Dans la peau de Walker », est de loin le plus fascinant. En s'appuyant sur mon profil psychologique, Shepherd s'essaie à penser comme moi, dans l'espoir, j'imagine, d'anticiper mes mouvements. Il y parvient à plusieurs reprises, quand il reconstitue le raisonnement qui m'a conduit à choisir le massif du Sang-du-Christ pour crasher le turboprop ; lorsqu'il écrit : « Rester à l'écart des côtes, des frontières, des îles, des villes auxquelles on accède par une voie unique, un tunnel ou un pont » ; ou plus loin : « Changer mes habitudes, y compris les plus insignifiantes : ma façon de me raser, de boutonner ma chemise, de beurrer mes tartines. Devenir un autre. »

Même quand il fait fausse route (par exemple, quand il se convainc que je vais épier les enfants le jour d'Halloween), il voit juste sur certains détails. « Sarah emmènera Jess et Joey faire la tournée habituelle parce que la vie continue. C'est le soir ou jamais. Porter un déguisement intégral me permettra de passer inaperçu. D'après le vendeur de Party City, le plus populaire cette année est un costume réversible : Batman d'un côté, le Joker de l'autre. Ça va être vite vu. Je ne peux pas saquer les redresseurs de torts. Le Joker, lui, ne compte que sur son intellect. »

Pour instructive qu'elle soit, cette lecture me met mal à l'aise, comme si Shepherd se glissait sous ma peau et se frayait insidieusement un chemin jusqu'à mon cerveau. La dernière entrée du journal n'est du reste pas loin de refléter exactement ma pensée.

J'ai cru qu'il me suffirait de fuir constamment pour brouiller les pistes. Erreur. Shepherd ne jettera jamais l'éponge. Il dépensera jusqu'à son dernier centime pour me retrouver, me forçant à en faire autant pour lui échapper. Le temps joue pour lui. Dans un mois, dans un an, dans dix ans, croyant la menace écartée, je m'établirai dans une petite ville du Mississippi. J'achèterai une voiture d'occasion, je boirai des coups en terrasse, j'irai au cinéma le vendredi – tous ces bonheurs minuscules dont j'ai été privé si longtemps. Et puis un jour, je verrai un étranger en costard discuter avec le shérif. Je repenserai à cette berline noire immatriculée dans le Nouveau-Mexique, aperçue sur le parking de Home Depot. Les questions indiscrètes du coiffeur, un sous-entendu bizarre de ma logeuse me reviendront en mémoire et je n'aurai d'autre choix que de décamper en pleine nuit, de précipiter ma bagnole dans un ravin et de reprendre une vie d'errance.

Shepherd est le seul obstacle à se dresser encore entre moi et la liberté. Le mettre hors d'état de nuire. Mais comment ?

Mais comment ?

CHAPITRE 8

Sarah

Je vois Nick presque tous les jours à présent. C'est devenu une habitude : il passe après le déjeuner, je prépare du café, nous papotons et déjà, Joey rentre de l'école. Dans un sens, ce n'est pas plus mal : j'essaie d'espacer mes visites au bureau. Avec son tact légendaire, Jimenez m'a dit que ses gars n'aimaient pas me sentir dans leur dos. Message reçu.

Nick a changé d'angle. J'ai l'impression qu'il a renoncé à coincer Walker par les techniques de police habituelles. Fini les questions sur son ordinateur, ses cartes de crédit, la date d'expiration de son passeport. Nous parlons sport, films, voitures, éducation. Je ne suis pas dupe : je sais qu'à travers nos conversations, il tente de mieux cerner la personnalité de Walker. Ça ne me dérange pas. Il fait son boulot et tant qu'à financer ses recherches, autant que j'y prenne un peu de plaisir. Le Dr Adelmann a raison, j'ai besoin de parler.

J'ai parfois du mal à comprendre ce que cherche Nick. Il m'a, par exemple, cuisinée sur la santé de Sandra et Ed – envisagent-ils de s'installer à Albuquerque, visitent-ils des maisons de retraite ? – et sur la fondation – combien allons-nous distribuer chaque année, en quoi consistait le rôle de Walker ? À l'inverse, il n'a pas paru très curieux de savoir pourquoi nous avions encouragé Andy à postuler à Northwestern plutôt qu'à Duke. Je n'ose pas lui demander d'explications. Je ne voudrais pas qu'il pense que je remets en cause ses méthodes.

Il en revient sans cesse au couple que je formais avec Walker (le mot « mari » est banni de notre vocabulaire). Il veut savoir qui portait la culotte (il est trop poli pour le formuler en ces termes, c'est moi qui décode). J'ai répondu que Walker n'était pas précisément du genre carpette.

— Vous non plus, a-t-il remarqué.

Nous avons ri tous les deux.

— Disons que nous avions chacun nos domaines de compétences. Passant plus de temps à la maison que Walker, je prenais une foule de décisions seule. Mais je le consultais sur tous les sujets importants : l'orientation des enfants, les travaux, les vacances…

— Vous le *consultiez* ?

— Ce n'est peut-être pas le bon mot. Je lui suggérais une ligne et il me donnait son feu vert.

— Et s'il n'était pas d'accord ?

— Ça n'arrivait pas souvent – heureusement du reste, car il détestait ferrailler. Comme j'avais potassé le sujet et pas lui, il me faisait presque toujours confiance.

— En somme, vous preniez la majorité des décisions du foyer.

— Ça l'arrangeait, croyez-moi. Il ne se battait pas pour s'occuper des courses ou des cadeaux des maîtresses.

Nick a médité ma réponse, avant de reprendre.

— Vous parliez de vos domaines de compétences respectifs. Quel était celui de Walker ?

— Mais Wills, évidemment ! Il avait la haute main sur tous les aspects de la société.

— Tout en rendant des comptes au conseil d'administration.

— Comme dans toutes les entreprises !

— Mais toutes les entreprises n'appartiennent pas à la femme du patron.

Le ton de Nick était dénué d'ironie. Je lui ai demandé de s'expliquer.

— La répartition des tâches que vous décrivez est typique des familles où l'un des conjoints reste à la maison. Chacun des époux a l'impression de consentir un sacrifice et attend quelque chose en retour. Celui qui travaille tient à affirmer ses prérogatives parentales sur quelques questions-clés, tandis que le gardien du foyer, parce qu'il considère que ses efforts sont insuffisamment reconnus, estime qu'en cas de désaccord, sa voix devrait être prépondérante. Dans votre cas, vous contrôliez la sphère de la maison et celle du travail.

— Je ne me suis jamais opposée à une décision de Walker ! me suis-je défendue.

— Parce qu'il ne proposait que celles qu'il savait que vous accepteriez.

— Sur quoi vous basez-vous pour affirmer ça ?

— Ses e-mails par exemple. Il souhaitait vendre à FedEx, vous l'en avez empêché.

— Je ne l'en ai pas empêché, je lui ai dit que j'étais contre !

Je me suis rendu compte que je jouais sur les mots. Me voyant ébranlée, Nick a repris.

— J'espère que vous ne croyez pas que je vous juge. Au contraire, je suis très admiratif de ce que vous et… de ce que vous avez réussi à construire. Simplement, mon métier m'a appris que les conjoints ont rarement la même lecture de leur mariage.

— Vous pensez que je le menais à la baguette ?

— Pas du tout. Pardonnez-moi de changer de sujet. Pourquoi êtes-vous entrée chez Wills ? J'imagine que vous auriez pu travailler n'importe où.

Je lui ai demandé en riant s'il voulait la version courte ou la longue.

— J'ai tout mon temps.

— Alors, va pour la longue ! J'ai étudié la finance à North- western. Sans fausse modestie, j'étais une assez brillante élève…

— Je n'en doute pas, a dit Nick d'un ton galant.

— À ma sortie de la fac, j'ai reçu des offres de plusieurs firmes de Wall Street. J'étais sur le point d'accepter celle de Goldman Sachs quand papa m'a appelée. Il était catastrophé : l'IRS lui réclamait plus d'un million de dollars – une somme énorme pour Wills à l'époque – pour une histoire tordue d'amortissements accélérés. Son banquier, ses auditeurs, ses avocats lui conseillaient de payer, mais il ne leur faisait pas confiance. Il m'a suppliée de lui donner un coup de main. On était en juin, je me suis dit que Goldman attendrait bien la rentrée. Et puis mes parents venaient de payer mes études, c'était bien le moins que je pouvais faire pour eux. J'ai repris le dossier à zéro, recalculé les amortissements camionnette par camionnette, pour constater que, si notre directeur financier s'était trompé, l'IRS aussi. Nous avons transigé à quatre-vingt mille dollars. Je n'ai jamais vu papa si heureux de signer un chèque ! Il a insisté pour me verser un bonus : mon premier salaire ! Dans la foulée, il a viré son comptable et m'a proposé sa place.

— Il savait pourtant que vous vous apprêtiez à déménager à New York.

— Oui. Il était entendu entre nous que je reviendrais un jour travailler à ses côtés. Il savait aussi que je tenais à faire mes premières armes dans une entreprise où je ne serais pas la fille du patron.

— Pourquoi alors avoir accepté son offre ?

— Parce qu'en plongeant mon nez dans les livres de comptes, je me suis aperçue que les finances de Wills étaient sous-administrées. Nous n'étions pas couverts contre les fluctuations du prix du carburant, nos clients nous payaient à soixante jours, nous achetions nos véhicules au prix catalogue, bref nous laissions beaucoup d'argent sur la table. Dans un métier aussi intensif en capitaux que le transport express, notre gestion approximative finirait tôt ou tard par brider notre croissance.

— Et donc, vous êtes restée…

— Oui. Je ne veux pas que vous vous mépreniez : j'adorais mon job. J'encadrais une équipe, j'avais de grosses responsabilités pour mon âge et papa me traitait comme ses autres collaborateurs.

— Vous habitiez chez vos parents ?

— Non, Dieu merci ! J'avais pris un appartement en ville, à deux pas du jardin botanique. Un jour, j'ai annoncé à mon père que j'avais rempli ma mission et que je partirais dès que j'aurais recruté et formé mon successeur. La semaine suivante, Walker poussait la porte de Wills…

— Et ?

— J'ai dit peu après à papa que j'avais changé d'avis et qu'à la réflexion, j'aimerais participer à l'expansion de l'entreprise. Il m'a décoché un clin d'œil malicieux. « Bien sûr, ce n'est pas tous les jours qu'on a l'occasion de conquérir le marché de l'Oklahoma ! »

— Walker et vous avez donc travaillé côte à côte ?

— Plus tard oui, pas à l'époque. Walker a débuté aux opérations ; il était basé à l'entrepôt. Puis il est passé au commerce. Papa en a fait son bras droit quand je suis tombée enceinte d'Andy.

— Vous allez peut-être me trouver indiscret, mais avez-vous envisagé d'engager une aide maternelle afin de poursuivre votre prometteuse carrière ?

J'ai souri devant le tact de Nick, qui me posait une question délicate tout en me laissant l'option de ne pas y répondre. Cet homme est plus fin qu'il n'y paraît.

— J'ai voulu offrir à Andy, et plus tard à Jess et Joey, la chance que j'ai eue d'avoir été élevée par ma mère. Je respecte et j'admire infiniment les femmes qui parviennent à concilier carrière et famille. Pour autant, je n'ai jamais aspiré à rejoindre leurs rangs. Je suis trop entière, je ne sais pas diviser mes forces ; alors à choisir, je préfère inspirer des regrets aux actionnaires de Wills qu'à mes enfants. Et puis, soyons honnêtes, il m'aurait suffi de lever le petit doigt pour retrouver mon poste. C'est un confort qui n'est pas donné à beaucoup de femmes.

— Vous avez repris du service à la mort de votre père…

— Je n'ai pas vraiment eu le choix. Walker était sur tous les fronts, il avait besoin d'une adjointe compétente qui ferait passer les intérêts de Wills avant les siens. Par chance, Andy et Jess étaient déjà scolarisés.

— Adjointe, c'est ainsi que vous définiriez votre rôle auprès de lui durant cette période ?

J'ai haussé les épaules.

— Je pourrais vous dire que nous codirigions l'entreprise ou qu'il ne prenait aucune décision sans mon accord, à quoi cela m'avancerait-il ? Oui, je travaillais pour lui, je n'ai pas honte de le dire.

— Même si, d'un autre côté, c'est lui qui travaillait pour vous ?

— Si vous voulez. Je ne le vois pas ainsi.

— Quel genre de patron était-il ?

J'ai pris le temps de réfléchir.

— Il dégageait une assurance inouïe. S'il annonçait que le marché des petits colis allait croître de 10 % l'année suivante, le moindre chauffeur le croyait dur comme fer.

— Il lui arrivait bien de se tromper ?

— Rarement. Et si nous lui faisions remarquer a posteriori que les expéditions n'avaient progressé que de 7 %, il répondait que la faillite d'un sous-traitant de Boeing nous avait coûté 2 % et que la saison des tornades plus longue que prévu expliquait le point restant.

— Vous voulez dire qu'il se cherchait des excuses ?

— Walker ? Jamais. Non, il tirait les leçons de ses erreurs afin d'affiner ses modèles. Certains dirigeants fonctionnent au jugé ou à l'intuition. Lui ne croyait qu'à la raison. Il répétait que tout problème peut se réduire à une équation plus ou moins complexe. Comme ce n'était pas forcément le genre d'équations qu'on peut confier à un ordinateur, il emmagasinait les paramètres, laissait décanter et revenait avec la réponse.

— Expliquait-il comment il était parvenu au résultat ?

— Non, il y voyait une perte de temps. Nous devions lui faire confiance. C'était le problème avec Walker, personne ne pouvait entrer dans sa tête.

Nick s'est penché en avant, l'air subitement très intéressé.

— Que voulez-vous dire ?

— Il est plus intelligent, plus rapide que vous et moi. Nous le ralentissons, tous autant que nous sommes. Il ne voit pas l'intérêt de nous élever à son niveau – ou peut-être a-t-il jugé une fois pour toutes que nous en sommes incapables. Alors, plutôt que de nous décortiquer ses raisonnements pas à pas, il ferme les écoutilles et il avance.

— Ça rend le dialogue difficile…

— Difficile ? Impossible, oui ! Que je lui parle des peines de cœur de Jess ou de l'Alzheimer de maman, il me regardait d'un air accablé. Quand je le sommais de répondre, il articulait trois paroles qui montraient qu'il ne m'avait pas écoutée.

— Son entourage le ralentit, dites-vous. Mais où court-il ?

— Si je le savais !

— Et lui, en a-t-il une idée ?

— Non. À vingt ans, il voulait bâtir une entreprise et fonder une famille – enfin, je le croyais.

— Il a fait les deux. Quoi d'autre ? Aider son prochain ?

— Il est aussi avare de son temps que généreux de son argent.

— Créer ?

— Il n'a pas de dons artistiques particuliers.

— Méditer ?

— Il ne tient pas en place.

— Jouir de l'existence ?

— « Jouir » et « Walker » sont deux mots que je me garderais d'associer dans la même phrase.

Réalisant que ce que je venais de dire pouvait prêter à confusion, j'ai rougi. Nick, en gentleman, a feint de ne pas le remarquer.

— Voyager ?

J'ai secoué la tête.

— Il emporterait ses problèmes avec lui.

Nick était suspendu à mes lèvres. Enfin un homme qui sait écouter.

Il était tard. Sur une impulsion, je l'ai retenu à dîner.

CHAPITRE 9

Sarah

Nous passons à la cuisine, où Joey apprend ses leçons au comptoir. Je lui présente Nick comme un expert de la compagnie d'assurances de Wills, ce qui sonne mieux que de dire qu'il enquête sur la disparition de son père.

Je propose une bière à Nick, qui l'accepte. J'en décapsule une aussi pour moi. Je cherche une raison de trinquer, n'en trouve pas. Nick vient à ma rescousse.

— À vous et à votre famille, dit-il en choquant sa bouteille contre la mienne.

J'ouvre le frigo, en sors un oignon, trois poivrons, deux tomates. Joey lève le nez de ses devoirs et s'exclame :

— Des pâtes aux poivrons, terrible !

Je m'excuse auprès de notre invité.

— Ce n'est pas de la grande cuisine, mais c'est tout ce dont je suis capable un soir de semaine.

— Ça a l'air succulent. Comment puis-je vous donner un coup de main ? En mettant le couvert peut-être ?

— Joey va s'en charger. Pas vrai, Joey ?

— Sûr, dit mon bonhomme, trop content d'avoir un prétexte pour fermer ses cahiers.

— Et si j'épluchais l'oignon ? insiste Nick.

— Vendu.

Je lui tends un couteau et une planche. En un tour de main, il a émincé l'oignon à la perfection. Comme je le sens lancé, je dépose les poivrons devant lui. J'ai à peine le temps de laver et trancher les tomates qu'il veut savoir où je range mes poêles.

Il s'installe d'autorité devant la cuisinière, fait revenir oignon et poivrons à l'huile d'olive, sale, poivre.

— Vous n'auriez pas une gousse d'ail par hasard ? me demande-t-il.

En fouillant dans mes placards, je trouve un pot en verre dont je vérifie en douce la date de péremption. Nick chausse ses lunettes et déchiffre l'étiquette d'un air soupçonneux.

— C'est mieux que rien, dit-il en incorporant une cuillerée d'ail pilé dans la préparation. Et si je puis me permettre, il est temps de lancer les pâtes.

Je mets l'eau à bouillir, vais chercher une bouteille de chianti dans le cellier. À mon retour, je trouve la table dressée. Tandis que la sauce mijote, Nick a droit à la question que Joey pose à tous les visiteurs.

— Qui est votre superhéros préféré ?

Nick réfléchit longuement, comme si sa réponse engageait l'avenir du monde libre.

— Nite Owl, finit-il par lâcher.

— Jamais entendu parler.

— Normal, il n'est pas trop connu. Dans la vie, il s'appelle Hollis Mason. Il est policier à New York. On le surnomme Nite Owl parce qu'il se lève aux aurores pour être le premier à la salle de gym.

— C'est quoi son superpouvoir ?

— C'est justement ce que j'aime en lui : il n'en a pas. C'est un excellent détective, un athlète, un boxeur de première…

Devant l'air déçu de Joey, il ajoute :

— Il a coffré autant de crapules que Superman, tu sais ?

— Qui par exemple ?

— Screaming Skull, Captain Axis…

— Bof, dit Joey.

— Attends. À quarante-cinq ans, il quitte la police pour ouvrir un garage et écrire ses Mémoires. Il les intitule *Under the Hood* (*Sous le capot*), un titre sacrément malin si l'on y réfléchit bien. Suite à la publication, un certain Daniel Dreiberg lui rend visite et lui demande la permission d'endosser le nom et l'apparence de Nite Owl, afin de poursuivre son combat.

Voyant que Joey a décroché, je me mêle à la conversation.

— Vraiment ? dis-je en touillant les pâtes. Et que répond Mason ?

Nick se tourne vers moi.

— Il accepte – une décision qui aura des conséquences funestes. Peu après en effet, Dreiberg, accoutré en Nite Owl, sort de prison un autre justicier, Rorschach. Les Knot-tops, un gang de skinheads ennemis de Rorschach, jurent d'avoir la peau de Nite Owl. Ignorant que Mason a pris sa retraite, ils frappent à sa porte un soir d'Halloween. Mason ouvre, croyant avoir affaire à des enfants déguisés. Les Knot-tops lui tombent dessus. Malgré une défense héroïque, il périt sous les coups.

Je m'exclame :

— Elle est affreuse, votre histoire !

— Oui et non. Mason connaissait les dangers ; il n'avait pas de famille ; il excellait dans son métier ; sa création lui a survécu…

— N'empêche que ce n'était pas un superhéros, le coupe Joey.

— On peut en débattre, répond Nick. Il a montré autant de courage que Hulk ou Daredevil. Personnellement, j'estime qu'il n'est pas nécessaire d'avoir un superpouvoir pour être un superhéros. J'irais même jusqu'à soutenir que c'est plus glorieux.

Sur ces entrefaites, les spaghettis sont prêts. J'envoie Joey chercher son frère et sa sœur. Nick verse la sauce, une moitié au fond du plat, l'autre par-dessus les pâtes. Rien à dire, j'ai affaire à un pro.

Les grands font leur entrée. Je leur donne un peu plus de détails qu'à Joey :

— Nick travaille pour Orbis, l'assureur de Wills. Il m'est d'une aide précieuse en ce moment.

Cette présentation vague semble leur suffire. Nous prenons nos places habituelles. Nick reste debout ; je lui désigne le siège de Walker en bout de table. Jess se tourne vers moi, interloquée. Je hausse les épaules et tends le plat à notre hôte.

— Après vous, dit-il d'un ton qui ne souffre aucune contestation.

Il débouche la bouteille de chianti et m'interroge du regard pour savoir s'il doit proposer du vin à Andy. Je secoue la tête. Il remplit deux verres, un pour moi, un pour lui. Comme à l'hôtel, il ne touchera pas au sien.

Je demande à chacun des nouvelles de sa journée. Jess, qui a eu une brochette de bonnes notes, est aussi radieuse qu'on peut l'être avec une couche de farine sur le visage. Andy a officiellement déposé son dossier de candidature à Northwestern. Joey, qui a récemment découvert le flipper, me supplie de lui offrir le modèle Batman pour son anniversaire qui approche.

Nick me complimente sur les pâtes, feignant d'oublier que mon rôle s'est limité à allumer le feu et sortir la passoire. La conversation languit. Pendant un moment, je crains d'avoir commis une erreur. Nick est le premier étranger à dîner à la maison depuis l'accident. Sentant comme moi un malaise s'installer, Andy demande à notre hôte en quoi consiste son poste chez Orbis.

— J'évalue les risques de sinistre qu'encourent nos assurés. Par exemple, tu sais peut-être que Wills s'engage à indemniser ses clients en cas de retard de plus de vingt-quatre heures. Imagine qu'une tornade cloue tous les avions au sol pendant deux jours. À combien se monteraient les dommages à ton avis ? Cinq cent mille dollars ?

Cinq millions ? La prime d'assurance sera plus élevée dans le deuxième cas.

Nick ment avec un aplomb confondant. Pour ne pas l'obliger à baratiner toute la soirée, je lui tends une perche.

— Vous exercez ce métier depuis peu, n'est-ce pas ?

Il se tamponne les lèvres avec sa serviette avant de répondre.

— Absolument. Dans une vie précédente, j'étais *skip tracer*.

— *Skip tracer* ? demande Jess.

— Je recherchais des personnes ayant disparu – de leur plein gré, je précise : des criminels en attente de leur procès, des adolescents fugueurs, des hommes divorcés qui refusaient de payer la pension alimentaire…

Joey, pris d'un respect nouveau pour Nick, lui demande comment il s'y prenait pour coincer les fugitifs.

— Oh, j'utilisais toutes sortes de techniques : des bases de données spécialisées, les réseaux sociaux. Certains fugitifs continuent de se connecter sur leur page Facebook, d'autres se croient très malins et se choisissent une nouvelle identité parfaitement évidente.

— Par exemple ?

— Eh bien, admettons que tu t'appelles M. Abbott et que tu veuilles changer de nom. Quel est celui à ne surtout pas prendre ?

— Costello, dit Jess.

J'explique à Joey qu'Abbott et Costello formaient un duo comique célèbre dans les années 50. Nick continue.

— Parfois, la famille sait où se cache le disparu. J'appelais alors les parents en leur servant un bobard : « Je dois de l'argent à votre fils, où puis-je le contacter ? » « C'est lui qui va vous contacter », répondait souvent mon interlocuteur, ignorant que c'était un jeu d'enfant pour moi de localiser un appel. J'ai tenu tous les rôles : avocat, employé de la loterie, copain de régiment, compagnon de cellule, révérend…

Andy devance ma question.

— Ce n'est pas illégal ?

— Parfois. Rarement en fait. Profiter de la crédulité des gens n'est pas un crime. Je lançais mes lignes et j'attendais que le poisson morde à l'hameçon. Tiens, une fois je devais retrouver un type qui avait plumé son associé. Avant son départ, il avait vendu sa voiture, vidé son compte en banque, résilié ses abonnements… Quand j'ai appris qu'il voyageait fréquemment sur American Airlines, j'ai su que je le tenais. De fait, une semaine plus tard, il a appelé la compagnie pour transférer ses miles vers un compte à son nouveau nom. Vois-tu, les fugitifs n'arrivent pas à se résoudre à laisser trois sous derrière eux. Souvent, ce sont leurs habitudes qui les perdent. J'ai arrêté un braqueur au concert de son groupe de techno préféré ; un faussaire qui, même en cavale, ne roulait qu'en Porsche 911 ; un pyromane qui commandait toujours sa boisson favorite chez Starbucks : un café au lait entier avec deux sucres roux, une pointe de cannelle et de la chantilly allégée.

Joey, captivé, touche à peine à ses pâtes, pourtant délicieuses.

— Mais si une personne n'est pas recherchée par la loi, de quel droit la traque-t-on ? demande Andy.

— Bonne question. Contrairement à certains de mes collègues, je refusais une mission chaque fois que j'avais des raisons de douter des intentions de mon client. Si, par exemple, une femme battue avait faussé compagnie à son mari, il ne fallait pas compter sur moi pour la ramener au bercail.

— Et quand la sécurité du fugitif n'était pas en jeu ? s'entête Andy.

— J'acceptais le dossier. Question de philosophie personnelle : tu as le droit de fuir, j'ai celui de partir à ta recherche.

— Avec ce raisonnement, remarque Jess, il est impossible de disparaître.

— Peut-être un individu n'a-t-il pas le droit de couper entièrement les ponts, dis-je.

— Comment ça ? s'exclame Jess. Bien sûr qu'on a le droit ! C'est notre vie, c'est nous qui décidons.

— Pas si tu es marié et si tu as des enfants, la corrige Andy.

Je me garde d'intervenir. Nick croise mon regard, il n'aime pas la direction que prend la discussion. Je demande qui reveut des pâtes.

— Vous semblez adorer votre ancien métier, dit Andy en se resservant. Pourquoi l'avoir quitté ?

— Je n'avais plus de vie. Entrer dans la tête de

mes proies m'épuisait. Je me vidais peu à peu de ma personnalité.

— Vous deviez beaucoup voyager. Ce n'était pas trop dur pour votre famille ?

— Je n'en ai pas. Je suis veuf.

Voyant Joey perplexe, Nick précise.

— Ma femme est morte. D'une leucémie, une maladie du sang.

Joey me regarde, horrifié, comme chaque fois qu'il est confronté à la mort.

— Pardonnez-moi, dit Andy, j'ignorais.

— Nous sommes désolés, ajoute Jess.

— Merci, dit Nick. C'était il y a longtemps, vous savez.

Comme personne ne dit rien, il continue.

— Nous habitions Detroit. J'étais flic, Peggy étudiait l'urbanisme. Elle était constamment fatiguée, mais comme elle travaillait beaucoup, nous n'y prêtions pas attention. Un de nos amis, toubib, la trouvait tout de même très pâle. Il l'a forcée à aller faire des examens. Elle avait une leucémie aiguë myéloblastique, la pire.

— Comment ça s'attrape ? demande Joey.

— Personne ne le sait. Un jour tu es sain et le lendemain tu es malade. Des ganglions apparaissent sur ton corps, tu saignes de partout, tu as des migraines terribles.

— Ça se soigne ?

— Un peu mieux aujourd'hui. Tu prends des médicaments très puissants qui te fichent K.-O. et te donnent la nausée. Tu perds tes cheveux.

— C'est affreux, dit Joey.

— Oui. En même temps, tu ne peux pas le voir comme ça, sinon tu as perdu d'avance. Peggy a été hospitalisée. J'allais la voir matin et soir après mon service. Elle était très stoïque. Le traitement a bien marché, à une réserve près : Peggy ne pourrait plus avoir d'enfants. Elle est rentrée à la maison, elle a même repris ses études. D'après son docteur, elle avait à ce moment-là deux chances sur trois de s'en sortir.

On entendrait une mouche voler. Jess et Joey ont les yeux humides. Andy prend sur lui, comme d'habitude, mais il n'en mène pas large.

Nick boit une gorgée d'eau pour se donner le courage de poursuivre.

— Elle a rechuté. Fatigue, hémorragies, ganglions sont revenus, identiques, comme si l'année écoulée n'avait été qu'un sursis, une pause dans la dégringolade. Même avec de nouveaux soins, les chances de Peggy ne dépassaient plus une sur quatre. Elle a refusé le traitement. Elle n'avait plus la force d'affronter une autre chimiothérapie. J'ai tenté de la faire changer d'avis, mais elle voulait mourir. Elle m'a conjuré de la quitter, de ne pas attendre sa mort pour commencer à vivre le reste de ma vie.

— C'est ce que vous avez fait ? demande Jess.

J'interviens.

— Jess, enfin ! Excusez-la, Nick.

Notre invité lève la main en signe d'apaisement.

— Laissez, Sarah. Non, je n'ai pas baissé les bras. J'aurais pu, honnêtement, personne n'aurait osé me le reprocher. Pas la deuxième fois, pas quand Peggy elle-même avait capitulé. Et pourtant, j'ai senti qu'il fallait que je reste. C'est drôle comme certaines décisions s'imposent à nous. Ça ne s'explique pas.

Son ton est curieusement absent. Il est visible qu'il n'est pas revenu sur cet épisode depuis longtemps. Je crains ce qui reste à venir. Comme s'il avait lu dans mes pensées, Nick écourte la fin de son histoire.

— J'ai demandé mon transfert dans l'équipe de nuit pour pouvoir passer mes journées à son chevet. Elle est morte paisiblement quatre mois plus tard.

Joey sanglote. Il se réfugie sur mes genoux. Nick émerge de sa rêverie et se confond en excuses.

— Je suis désolé, je ne sais pas ce qui m'a pris de vous raconter tout ça.

— Au contraire, dis-je, vous nous avez donné une belle marque de confiance.

— Vous avez été très courageux, dit Jess.

Je n'en crois pas mes oreilles : aucun adulte n'a trouvé grâce aux yeux de ma fille depuis Che Guevara !

— C'est pendant que je veillais Peggy que j'ai commencé à envisager de changer de carrière, dit Nick. Le lendemain de l'enterrement, j'ai démissionné de la police et lancé mon affaire. Tiens, il faut que je vous raconte mon premier dossier, un croupier albinos que j'ai coincé à Disneyland ! Il avait détourné…

Et le voilà reparti dans une anecdote impayable. Andy et Jess sont suspendus à ses lèvres. Je me lève pour aller coucher Joey, qui m'arrache la promesse de lui acheter les aventures de Nite Owl.

Je réchauffe une tarte aux pommes. Andy ne semble pas pressé de monter, bien qu'il ait des devoirs pour demain. Nick nous régale de plusieurs récits plus cocasses les uns que les autres, raconte comment il a poursuivi un violeur en traîneau à chiens en Alaska et s'est fait embaucher comme homme de ménage dans une clinique de chirurgie esthétique pour confondre un trafiquant de drogue. Malgré un tableau de chasse ahurissant, il reste modeste et ne se donne pas toujours le beau rôle, témoin cette fois où il a suivi une après-midi durant un doberman à qui son maître avait fait avaler la balise GPS fixée sur sa voiture.

Conscient qu'il est la vedette du dîner, Nick essaie de changer de sujet, mais Jess et Andy le ramènent invariablement au *skip tracing*. « Bon, c'est la dernière », dit-il à plusieurs reprises avant de se lancer dans une nouvelle histoire encore plus rocambolesque que les précédentes.

Les enfants passent une chouette soirée, moi aussi ; la première depuis l'accident.

Je pense qu'à cet instant, Walker se brosse les dents dans une chambre d'hôtel.

Pour un peu, je m'en ficherais.

CHAPITRE 10

Walker

Il était une fois une souris qui en avait ras le bol de fuir devant le chat. Alors, une nuit, elle s'introduit dans l'ordinateur de son ennemi et passe à l'attaque.

Jeudi : je fais livrer le dîner préféré du chat dans sa suite – gambas grillées, steak-frites sauce au poivre, île flottante. Un seul regret : ne pas être là pour voir sa tête quand il ouvre la porte au garçon d'étage.

Vendredi : j'engage un détective. Sa mission : surveiller l'occupant de la chambre 813 du Hilton d'Albuquerque. Il m'enverra ses rapports à l'adresse suivante : nick@shepherd-llc.com.

Samedi : j'expédie une boîte de chocolats accompagnée d'une carte d'anniversaire à Kate Bloom, née Shepherd. « Mon cœur déborde d'amour pour toi, sœurette. Tu es un cadeau du ciel. » (Avec un peu de chance, il ne peut pas l'encadrer.)

Dimanche : je me présente à la réception du Days Inn de Cincinnati et demande la plus belle chambre de l'établissement. « Je paie cash et je m'appelle Shepherd. Notez-le dans votre registre, s'il vous plaît. »

Lundi : rebelote au Quality Inn de Columbus, sous le nom de Herder, le pseudo favori du chat.

Ces extravagances me coûtent cher, d'autant que je ne relâche pas mes standards en matière de sécurité. J'ai encore remplacé mon ordinateur, j'achète les tickets de bus par trois, j'agite des liasses de billets sous le nez des routiers. Je claque un fric pas possible, mais je m'en fous. Je veux que Shepherd ait un aperçu de ce qu'il fait subir à ses proies. Qu'il change de numéro de téléphone, qu'il regarde dans son rétroviseur, qu'il se retourne dans la rue. Je t'ai dans ma lunette, mon coco.

Avec la mine d'informations dont je dispose, je pourrais être bien plus vicieux. Communiquer l'adresse de Shepherd aux caïds qu'il a envoyés à l'ombre. Publier sa liste de clients sur le forum de la STAA. Révéler aux banques ou aux compagnies aériennes l'identité de ses indics. Je me retiens. Pas par gentillesse, mais pour signaler à mon adversaire que je ne serais pas opposé à un pacte : il me fiche la paix, je lui laisse la vie sauve. Une transaction commerciale entre hommes d'affaires raisonnables.

J'ai longtemps cru que je risquais plus gros que Shepherd, j'avais tort. J'ai dit adieu à ma famille, à mon travail, à mon argent ; je n'ai pas de papiers, pas de toit, pas de voiture ; je ne suis pas libre de mes mouvements.

Je n'ai plus rien à perdre – j'ai déjà tout perdu.

CHAPITRE 11
Shepherd

Mardi 10 novembre

Walker est sorti du bois. Depuis quelques jours, il multiplie les provocations idiotes. Il m'a fait servir un festin à mon hôtel (sans pousser la politesse jusqu'à régler la note). Il a envoyé des chocolats à Kate pour son anniversaire (savait-il qu'elle est diabétique ?). Comble de l'insolence, il a mis un détective à mes basques en lui demandant de m'adresser son rapport (du travail de cochon entre parenthèses).

Je remonte toutes les pistes, par acquit de conscience. Sans surprise, Walker a passé les appels depuis son ordinateur et a réglé les chocolats avec une carte prépayée achetée il y a trois semaines dans la banlieue d'Atlanta. Il a raconté au détective chargé de me surveiller que je tournais autour de sa femme et qu'il craignait pour sa sécurité.

Qu'essaie-t-il de me dire à travers ces démonstrations puériles ? Que le rapport de forces a changé ? Croit-il que je l'ignore ?

Et ces insinuations scabreuses à propos de Sarah ! Comme si j'avais déjà laissé mes sentiments interférer avec une enquête.

Enfin, pour désagréables qu'elles soient, ces niches font mes affaires. Car, à vouloir ainsi attirer mon attention, Walker va commettre une imprudence, j'en mettrais ma main au feu.

Mercredi 11 novembre

Qu'est-ce que je disais ! J'apprends par mon correspondant chez Days Inn qu'un certain Nick Shepherd a passé la nuit dans leur établissement de Cincinnati. La réceptionniste a identifié Walker ce matin. Il a payé en liquide et a épelé son nom à deux reprises. Il a libéré sa chambre peu avant 7 heures. Je demande une copie des enregistrements de vidéosurveillance.

À quoi joue-t-il en se présentant ainsi en personne au comptoir d'un hôtel d'une chaîne nationale ? Veut-il se faire pincer ? Me met-il au défi de l'arrêter ?

Je fais le point au téléphone avec Lorenzo et O'Malley. Pour notre malheur, Cincinnati se trouve à moins de cinq heures de route d'une douzaine de métropoles : Chicago, Indianapolis, Columbus, Cleveland, Toledo, Louisville, Lexington, Nashville, Saint Louis, Pittsburgh, Detroit et Springfield. Nous déployons quatre-vingts hommes. J'appelle mes contacts au sein des chaînes hôtelières, en leur fournissant le signalement de Walker ainsi qu'une liste des pseudos qu'il risque d'utiliser : Shepherd, Hunter, Villalobos, Hancock, Fanshawe, Danby…

Je refuse à contrecœur une invitation à dîner de Sarah pour passer la soirée au téléphone avec O'Malley. Le lot de fausses alertes habituel. Hyatt nous signale deux Shepherd à Toledo et Pittsburgh, Marriott un troisième à Cleveland ; aucun ne ressemble à Walker. Un étudiant se fait pincer en train de prendre une chambre pour un type douteux qui l'a abordé dans la rue. Vérification faite, l'individu en question organisait une partie fine.

Je vais me coucher à 4 heures du matin. Une alerte à l'incendie me réveille. Je somnole jusqu'à l'aube. Quand je comprends que je ne réussirai pas à me rendormir, j'allume la liseuse et j'attrape l'exemplaire de *L'art de la traque* qui ne me quitte jamais. À peine l'ai-je ouvert que je me rue sur le téléphone.

Il est 8 heures à Chicago. O'Malley est déjà à son bureau. Je lui demande s'il a reçu le listing définitif des réservations de la veille.

— À l'instant, me répond-il. Aucune correspondance sur les noms que tu m'avais donnés.

— J'en ai oublié. Essaie Sheepman.

J'entends ses gros doigts voler sur le clavier.

— Aucun Sheepman.

— Regarde Herder.

Nouveaux cliquetis.

— J'en ai un ! Nicholas Herder, à l'Hampton Inn de Columbus.

— C'est lui, dis-je sombrement. Sheepman et Herder sont deux pseudos que je cite dans mon bouquin. J'aurais dû y penser.

— S'il fait la grasse matinée, on peut encore le coincer.

— Envoie une équipe, mais à ta place, je n'y compterais pas trop.

Je raccroche, furieux contre moi.

Jeudi 12 novembre

Midi. Nouveau conseil de guerre avec O'Malley et Lorenzo. La situation se présente à peine mieux qu'hier. Walker dispose toujours d'autant d'options. En mettant le cap au nord, il peut même rallier Buffalo et la frontière canadienne. O'Malley est partisan de reconduire les mesures de la veille, Lorenzo de mobiliser des renforts. « Avec cent bonshommes de plus, plaide-t-il, il ne pourra pas nous échapper. » Je refuse au prétexte (fallacieux) que ma cliente n'autorise aucune dépense supplémentaire. Mon expérience m'a surtout appris qu'une débauche de moyens peut se révéler contre-productive. Walker se paie ouvertement ma tête ; s'il souhaitait passer inaperçu, il continuerait d'appliquer les méthodes qui lui ont si bien réussi. Pour des raisons qui m'échappent, on dirait qu'il me donne une chance de le capturer. À moi de la saisir.

J'explique à mes associés que nous allons concentrer nos ressources sur la région de Detroit, où je soupçonne Walker de préparer une visite. Une équipe planquera devant mon domicile, les autres quadrilleront les endroits habituels. Nous dépêchons dix unités dans les villes alentour : Ann Arbor, Dearborn, Novi, Troy, Flint et Lansing.

O'Malley et Lorenzo approuvent mon plan – comme si j'avais besoin de leur accord.

J'appelle Sarah pour m'excuser encore de lui avoir fait faux bond hier soir. Elle me fait promettre de revenir dîner prochainement. « Joey vous réclame. Il a dévoré les aventures de Nite Owl. » Je ne lui dis rien de la débâcle de la nuit, ni de la veillée qui se prépare, sans bien m'expliquer pourquoi. Peur de lui donner de faux espoirs peut-être, ou, au contraire, de l'alarmer. Je n'ai jamais mené une mission aussi vaine : ramener un mari à sa femme qui ne lui pardonnera jamais d'être parti. Mais il ne m'appartient pas de juger les motifs de mes clients.

14 heures : nos équipes sont en place. La fastidieuse routine consistant à faire la tournée des hôtels et des fast-foods pour distribuer la photo de Walker commence. Les hommes sont remontés à bloc. Ils sentent l'odeur du sang.

J'ai transmis à O'Malley une liste de pseudonymes étoffée, tout en doutant que Walker utilise trois fois de suite le même procédé. Si je devais parier, je dirais qu'il va glisser un message dans ma boîte aux lettres ou déposer un bouquet sur la tombe de Peggy.

Les heures défilent. Bien que nous n'ayons encore rien à nous mettre sous la dent, je suis étrangement confiant. Nous surveillons les arrivées de trains et de bus, nous distribuons des milliers de photos : les fondamentaux du métier ont repris leurs droits. Walker nous a bernés une fois, il ne gagnera pas toujours. Les lois de l'Univers sont contre lui.

16 h 15 : ils l'ont localisé à Lansing ! Flores et Stewart sortaient d'un McDonald's au troisième étage d'une galerie commerciale sur East Michigan quand ils ont aperçu Walker dans la queue du cinéma AMC, le nez dans son téléphone. Flores a pris place dans la file tandis que Stewart appelait O'Malley.

Cinq minutes nous suffisent pour arrêter notre plan. Stewart va se poster à la sortie du multiplexe sur Jerome Street. Flores, lui, ne lâchera pas Walker d'une semelle ; il s'assiéra derrière lui et n'interviendra qu'à notre commandement. Je me frotte les mains : les séances durent au minimum deux heures, soit plus de temps qu'il n'en faut aux équipes de Flint, Troy, Novi et Ann Arbor pour converger sur place. Je vois mal cette fois comment il pourrait nous échapper.

Flores nous tient informés par texto. Walker a pris un billet pour *Black Knight, White Pawn*, un film indépendant, en course pour les Oscars. Ni pop-corn ni soda ; un arrêt aux toilettes puis il se dirige vers la salle 4 où sa séance est sur le point de commencer. Il observe les alentours, sans paranoïa excessive non plus.

Flores s'installe trois rangs derrière Walker, qui s'est, comme par hasard, assis au bord d'une allée.

Il va garder les yeux fixés sur sa nuque jusqu'à l'arrivée de la cavalerie.

Quelques minutes se passent, pendant lesquelles mes pensées vagabondent. J'essaie d'imaginer la réaction de Sarah quand elle apprendra que nous avons capturé Walker. Va-t-elle le livrer à la justice ? L'accabler de son mépris ? Dans les deux cas, je crains que notre relation n'ait pas grand-chose à y gagner.

16h35 : message de Flores : « Il a pris la fuite. À ses trousses. » Lorenzo étouffe un juron. J'enrage ; à part enjoindre à Stewart de rester à son poste, je ne peux rien faire. Appeler Flores ne servirait qu'à le ralentir. L'équipe la plus proche se trouve à huit minutes d'East Michigan ; faute de savoir ce qui s'est passé, je ne vois même pas ce que je pourrais leur donner comme consignes.

L'attente recommence. Je songe à cette expérience de pensée dite du chat de Schrödinger que j'ai lue un jour dans le *Reader's Digest*. On enferme un chat dans une boîte, à l'intérieur de laquelle un interrupteur quantique (ne me demandez pas ce que ça veut dire) a une chance sur deux de libérer un poison mortel. Si j'ai bien compris les règles de la physique quantique, tant qu'un observateur n'a pas soulevé le couvercle de la boîte, l'interrupteur est simultanément ouvert et fermé – ce qui signifie, par voie de conséquence, que le chat est à la fois vivant et mort.

Dans l'attente du prochain rapport de Flores, Walker est à la fois libre et en captivité.

16 h 55 : l'incertitude aura été de courte durée : il est libre.

Flores nous livre son récit. Le film avait commencé depuis dix minutes quand Walker s'est brusquement levé et a remonté l'allée latérale pour se diriger vers l'entrée (et non la sortie, où l'aurait cueilli Stewart). Ce faisant, il est passé à côté de Flores.

Conformément aux usages de la profession, Flores a attendu que Walker pousse la porte pour le prendre en chasse. Quand il a débouché dans le hall quelques secondes plus tard, Walker avait disparu.

— Il avait pu s'engouffrer dans une autre salle ou courir vers l'entrée du cinéma, suppute Flores. Pensant qu'il serait toujours temps d'inspecter les salles, je me suis précipité vers les caisses : personne n'avait remarqué d'homme au pas de course. Revenant sur mes pas, j'ai ratissé les toilettes, un local technique, une pièce utilisée pour les goûters d'anniversaire. J'ai distribué des photos aux contrôleurs et aux employés de la buvette, j'ai même pris un escalier de service menant aux cabines de projection : Walker n'y était pas.

Dommage. C'est là que je l'aurais cherché. Je demande à Flores si les vêtements de Walker sont réversibles.

— Je ne crois pas, répond-il. Il porte un jean foncé, une canadienne bleu marine et une casquette des Buffalo Bills.

— Il a pu se débarrasser de la canadienne et de

la casquette. Vous avez observé ses chaussures? C'est la pièce la plus difficile à changer.

— Noires.

— Mais encore? Baskets? Bottines? Mocassins?

Il l'ignore. Encore un qui n'a pas lu mon bouquin.

— Qu'avez-vous fait ensuite?

— Comme les renforts n'arrivaient pas, j'ai dû prendre une décision. L'entrée du complexe se trouve au troisième étage d'une galerie commerciale. J'ai pensé que si Walker avait réussi à sortir du cinéma, il était sans doute pressé de retrouver la rue. J'ai couru jusqu'à la cage des escalators. En me penchant, j'ai cru l'apercevoir entre le premier étage et le rez-de-chaussée.

— Cru? demande O'Malley.

— J'étais presque à sa verticale. Il portait une polaire grise.

— Pas de casquette?

— Un bonnet. Gris lui aussi. Et des lunettes, enfin, il m'a semblé.

Les employés du cinéma se méfiaient d'un fugitif en canadienne bleu marine et casquette. Au lieu de quoi, ils ont vu passer un homme en gris coiffé d'un bonnet, avec, si ça se trouve, un anneau dans le nez.

Flores poursuit.

— J'ai dévalé les escalators. Le rez-de-chaussée est occupé par un supermarché Target et une vingtaine de boutiques…

— Quel genre de boutiques? glapit O'Malley.

— Des fringues principalement. Pourquoi ?

— À cause des cabines d'essayage, voilà pourquoi !

Je les rappelle à l'ordre :

— Au fait messieurs ! Le temps presse.

— C'est un Super Target, reprend Flores, que je sens se décomposer. Le grand format. Impossible à quadriller seul.

— Une seule rangée de caisses néanmoins.

— Oui, qui fait cinquante mètres de long, avec des accès à la rue des deux côtés.

Je comprends qu'on ne va pas s'en sortir : trop de monde, trop d'espace, trop d'options.

— Bref, dis-je, il vous a filé entre les doigts.

— Oui, admet Flores, penaud.

Je n'arrive même pas à lui en vouloir. Il n'était tout simplement pas de taille.

— C'est foutu, dis-je. On remballe.

CHAPITRE 12
Walker

Voyez-vous ce malappris ? Je lui offre une porte de sortie honorable, il me la claque à la figure ! Ah, qu'il ne compte plus sur moi pour envoyer des chocolats à sa frangine (qui, si j'en juge par les photos, ne m'a pas attendu pour s'encrasser les artères). Tu veux la guerre, Nicky ? Tu vas l'avoir. De la bonne grosse guerre à l'arme lourde, dont on risque fort de t'évacuer entre six planches.

J'avais pourtant trouvé de bon augure qu'il ne réagisse pas à mes provocations. Car il fallait le faire quand même, m'inscrire sous son nom à Cincinnati, endosser un de ses pseudos à Columbus, tirer la langue aux caméras de surveillance… S'il tolérait mes gamineries, me disais-je, c'est qu'il était ouvert à une forme de paix des braves. Tu parles.

Retour sur les événements.

De Columbus, je prends le bus jusqu'à Lansing, où un quidam me réserve une chambre au Red Roof Inn. Je laisse mon sac à l'hôtel et je pars à l'aventure. Je me balade sur East Michigan, au chaud sous ma canadienne, quand je passe devant une galerie commerciale abritant un multiplexe. Douze salles, ce serait bien le diable si je ne trouve pas un film correct, d'autant qu'on approche de Noël, la saison des candidats aux Oscars. Allez, je monte.

Après avoir écarté les dessins animés, les histoires de panpan, d'horreur et de superhéros, il ne reste pas grand-chose. Je prends un ticket pour *Black Knight, White Pawn*, une production néo-zélandaise que le *New York Times* a portée aux nues : une partie d'échecs aux implications cosmiques entre deux champions que tout oppose.

Comme chaque fois que je pénètre dans un lieu public, je repère les issues. Les multiplexes ont ceci de pratique qu'ils possèdent une entrée, une sortie, un grand nombre de salles, des toilettes, des pièces réservées aux employés. Celui-ci est en outre situé dans une galerie commerciale, qui comporte elle-même un supermarché, des dizaines de boutiques, deux colonnes d'ascenseurs et des escalators.

Je ne baisse pas ma garde pour autant. Je n'achète pas de pop-corn, je m'assieds au sixième rang en partant de la sortie, au bord de l'allée, mon manteau sur le dos et une bombe lacrymogène sur les genoux.

Le film commence. Je suis tout de suite fixé : c'est une daube. J'ai un radar pour ce genre de navets : la caméra qui tremble (pendant que le réalisateur se tripote, à n'en pas douter), les dialogues verbeux, la musique qui souligne l'action avec la subtilité d'un vendeur de *timeshare*... Pendant un moment, je m'accroche à l'espoir que je vais rigoler. Même pas. Quand le joueur sénégalais vêtu en blanc tire les noirs, laissant les blancs à son adversaire slave habillé en noir, je décide de jeter l'éponge et de tenter ma chance dans une autre salle.

Je remonte l'allée en regardant machinalement les spectateurs. L'un d'eux, assis en bout de rangée, attire mon attention. La trentaine, hispanique, un nez en lame de couteau. J'ai déjà croisé ce type. Et comment ! Il conduisait la Range Rover qui a failli nous percuter à Chattanooga.

Shepherd a retrouvé ma trace.

Par miracle, j'arrive à conserver mon calme. Je dispose d'un minuscule avantage : mon bonhomme n'a pas vu que je l'avais reconnu. Il va me suivre, mais il n'est pas là pour m'arrêter, sans quoi j'aurais déjà les menottes aux poignets.

J'ai cinq secondes pour réfléchir à mon prochain coup.

Je pars du principe que le gaillard va se ruer à ma poursuite dès que j'aurai quitté la salle. J'aurai trop peu d'avance pour atteindre l'entrée du cinéma. Quelles sont mes autres options ? M'enfermer aux toilettes ? C'est le premier endroit où il me cherchera. Me cacher dans un placard à balais ? Je n'en ai pas aperçu. Et j'ignore où se trouve l'escalier qui mène aux cabines de projection.

J'arrive à la porte. Je décide de m'acheter du temps en me réfugiant dans une des salles voisines. Mais laquelle ? Je choisis la solution la moins intuitive : je vais revenir dans la même salle, par la seconde entrée. C'est a priori celle où il me cherchera en dernier. Je n'ai de toute façon pas l'intention de m'éterniser ; j'ai juste besoin d'une minute ou deux pour rassembler mes esprits.

Je pousse la porte. En trois bonds, j'atteins l'autre entrée. Je reste quelques instants tapi dans l'obscurité, prêt à sauter à la gorge de quiconque franchirait le seuil, avant de m'asseoir au milieu d'une rangée vide.

Je suis tendu mais je n'ai pas peur. Le stress me réussit. Il exacerbe mes qualités : ma rationalité, mon esprit de décision.

Récapitulons.

Premièrement, Shepherd explique dans son bouquin que ses hommes travaillent en binôme. Supposons qu'un des gars m'ait reconnu. Tandis qu'il me suit à l'intérieur du cinéma, logiquement son comparse se poste à la sortie.

Deuxièmement, si mon loustic n'est pas passé à l'action, c'est qu'il attend des renforts. J'ai peu de temps devant moi.

Troisièmement, je dois changer d'apparence. Heureusement, je ne me déplace plus sans une poignée d'accessoires. J'enfile un bonnet en laine, une paire de lunettes à monture en écaille, des écouteurs ; je me colle tant bien que mal une moustache postiche sous le nez. Ma métamorphose achevée, je roule la canadienne en boule sous un fauteuil et je me lève, tandis qu'à l'écran les deux joueurs martyrisent leur horloge. Le Sénégalais couche soudain son roi en signe de défaite. « Ce roque reviendra te hanter, Iliakov», prophétise-t-il, la bave aux lèvres.

Je colle un œil au hublot de la porte. Le verre dépoli m'empêche d'y voir avec netteté. Au bout du couloir désert qui mène aux caisses, je distingue la silhouette d'un homme. Bien qu'il me soit impossible d'apercevoir son visage, je présume, à son air désemparé, qu'il s'agit du sbire de Shepherd. Il n'est pas armé ou, en tout cas, n'a pas sorti son engin. Il ouvre brusquement un placard, le referme aussi sec. Il me tourne le dos à présent.

Ça y est, il a pris une décision. Il entre dans les toilettes – impossible depuis l'endroit où je suis de dire s'il s'agit de celles des hommes ou des femmes. J'égrène mentalement les secondes : 12, 13, 14, 15… Il ressurgit, bredouille. Le moment est venu. Il va inspecter les autres toilettes. Celles des femmes comptent plus de stalles. Autrement dit, selon celles par lesquelles il a commencé, il va mettre plus ou moins de quinze secondes. J'ai pissé avant la séance; j'essaie de me souvenir à quel niveau du couloir se trouvaient les chiottes.

Pas le temps de cogiter. À peine mon bonhomme a-t-il poussé la porte que je me rue dehors. Je passe en coup de vent devant les toilettes (des femmes!), puis ralentis à l'abord de la buvette. Un vendeur de hot-dogs me regarde de travers. Je commence à me dandiner au son de la musique imaginaire des écouteurs; face à cette vision d'horreur, il retourne à ses saucisses.

Je m'éloigne en sifflotant.

Ne pas courir. Je gagne d'un pas vif l'escalator, plus sûr que l'ascenseur, descends les trois étages sans lever la tête et me dirige vers la sortie de la galerie commerciale. Quelques mètres devant moi, un agent de sécurité converse avec un homme vêtu d'un blouson bleu marine. Le vigile parle dans son talkie-walkie, comme s'il réclamait des instructions. Bien qu'il s'agisse sûrement d'une coïncidence, je ne peux pas prendre le risque. Je fais discrètement demi-tour, entre dans le Super Target. J'attrape un panier pour me donner une contenance. Tant qu'à faire, j'y entasse un nécessaire de toilette, des sous-vêtements, deux chemises, un coupe-vent et un sac de voyage. Caché derrière un portant, je surveille les caisses un moment afin de repérer celle qui avance le plus vite. Pas de trace de mes poursuivants. Je prends place dans une file.

Dans la queue devant moi, un moutard assis dans un caddie chargé à ras bord fait une scène monstre à sa mère. Quand les sœurs aînées entrent dans la danse en se mettant à jeter des friandises dans le chariot, je vois l'occasion d'intervenir.

— Eh bien eh bien, que se passe-t-il ici ?

— C'est maman qui veut pas m'acheter un yoyo ! braille le gosse qui pourrait jouer dans une pub pour une marque de préservatifs.

— Tu en as un à la maison, dit sa mère.

— Il marche pas.

Je lui demande s'il l'a montré à sa maman pour voir si elle pouvait le réparer.

— Non, répond la mère.

— Elle saura pas, dit le môme, décidément à baffer.

— Si ça se trouve, dis-je, il est juste déroulé.

J'ai glissé l'air de rien un paquet de bonbons dans mon panier. Je m'adresse aux deux grandes.

— Vous m'aiderez avec mes M&M's ?

J'explique à la mère, qui se confond en excuses, que notre santé mentale à tous les deux vaut bien un dollar.

Quand arrive mon tour, je tends trois billets de cinquante à la caissière. J'enfile le coupe-vent par-dessus ma polaire, fourre mes achats et mon bonnet dans le sac et partage les bonbons entre les gamins.

— Je ne sais pas comment vous remercier, dit la mère, confuse.

— Il n'y a pas de quoi. Tenez, laissez-moi pousser votre caddie jusqu'à la sortie.

Je ne lui donne pas vraiment le choix. Nous passons devant le vigile comme une gentille petite famille.

CHAPITRE 13

Walker

J'ai compris quelque chose aujourd'hui : je ne ferai pas l'économie de supprimer Shepherd.

Je ne peux pas recommencer à zéro chaque semaine, abandonner mes affaires, raser perpétuellement les murs. Je vais y laisser mon temps, ma santé, mon fric.

Craindre à tout moment pour sa liberté, c'est l'avoir déjà perdue.

Shepherd l'aura voulu. Il ne sait pas s'arrêter.

Le pire, c'est que je l'entends d'ici se justifier. « Votre mari vous doit des comptes, chère Sarah. Et puis, je n'ai jamais laissé tomber une affaire. »

Je relis son carnet de bord, mon profil psychologique. La note dans laquelle il essaie de forcer mon cerveau me soulève le cœur. Je lui reconnais le droit d'user de méthodes policières – c'est un limier après tout. Mais qu'il veuille penser comme moi, anticiper mes mouvements, me faucher ma femme, là je m'insurge ! C'est de l'effraction mentale.

Je ne me laisserai pas oblitérer.

Il ne peut exister deux versions d'un même homme.

Un de nous deux va devoir mourir.

CHAPITRE 14

Sarah

J'ai invité Nick à déjeuner à la maison. Il a insisté pour apporter le repas.

— Vous êtes sûr ? lui ai-je dit. Vous avez peur que je vous empoisonne ?

— Nullement, a-t-il répondu. Mais je crois qu'en ce moment, vous avez mieux à faire que la tambouille.

La prévenance de cet homme m'émerveille. Malgré le côté prince charmant de Walker, je savais ce que lui coûtait chacune de ses attentions. Une heure pour réparer mon ordinateur, un aller-retour en ville pour m'acheter la paire de chaussures sur laquelle il m'avait vue m'extasier. Je ne sens pas cela avec Nick. J'aime croire qu'il me rend service car ça lui fait plaisir.

Il est arrivé avec une moussaka et du tzatziki.

— Je me suis rappelé vous avoir entendue dire que vous adorez la cuisine grecque.

— Tellement que je dois avoir une bouteille de retsina au frais. Vous m'accompagnerez si je l'ouvre ?

— Bien sûr.

— Vraiment ? Vous n'avez pas touché à votre chianti l'autre soir.

Il a souri.

— Rien ne vous échappe. Je préfère le blanc en effet.

Nous sommes passés dans la cuisine. Nick a mis la table tandis que je faisais griller du pain pour le tzatziki. Il se souvenait où nous rangeons les couverts.

Nous nous sommes assis dans une lumière miraculeuse, typique de l'automne au Nouveau-Mexique, quand les températures baissent, mais que le soleil brille plus fort que jamais. Nick a servi le retsina. Au moment de trinquer, je lui ai annoncé la nouvelle.

— J'ai lancé le recrutement du successeur de Walker.

— Félicitations ! Vous avez donc renoncé à diriger l'entreprise vous-même ?

— Oui. Entendre les anciens collaborateurs de Walker me chanter ses louanges m'aurait horripilée. De toute façon, je continuerai à présider le conseil.

Pour être tout à fait honnête, j'ai ajouté :

— Il y a aussi que Walker a mis la barre très haut. La comparaison n'aurait sans doute pas été à mon avantage. Cette industrie est terrible, vous savez : les erreurs ne se voient pas tout de suite, mais elles ne pardonnent pas.

— Je comprends. Vous avez d'autres projets ?

— M'occuper de maman. De la fondation aussi.

J'avais dit aux enfants qu'elle porterait le nom de leur père ; ça ne va pas être facile de faire machine arrière.

— Rien ne vous y oblige.

— À nommer la fondation en son honneur ?

— À revenir sur votre décision.

J'ai répliqué, en me confectionnant une tartine de tzatziki, qu'à la lumière des événements récents, j'aurais du mal à associer le nom de Walker à une entreprise philanthropique.

— Avec tout le respect que je vous dois, Sarah, je pense que vous vous trompez de combat. Débaptiser la fondation ne servirait à rien, sinon à peiner les enfants. Les salariés de Wills, vos clients, vos partenaires s'étonneraient que vous ne saisissiez pas cette occasion d'honorer la mémoire de celui qui a tant fait pour l'entreprise et pour la région.

— J'aurais l'impression de perpétuer un mensonge.

— Vous perpétuez un mensonge. Selon toute probabilité, vous le perpétuerez jusqu'à votre mort. Cela ne fait pas de vous une hypocrite pour autant. J'y vois au contraire le sacrifice ultime. Que gagneriez-vous à ruiner la mémoire de Walker ?

— Le sentiment de réparer une injustice ?

— À quel prix ? Vos enfants vous bombarderont de questions. Un jour, excédée, vous lâcherez la phrase de trop, qui les traumatisera à jamais. Pardonnez-moi si je sors de mon rôle, mais je pense que votre souci de les protéger doit l'emporter sur la colère que vous ressentez, à juste titre, envers Walker.

La tirade de Nick m'a prise de court. Il ne m'aurait pas parlé ainsi il y a seulement une semaine. En même temps, son ton amical montrait assez qu'il ne voulait que mon bien. J'en ai profité pour ramener la conversation au sujet qui m'obsède.

— Pourquoi nous a-t-il quittés ? Dites-moi le fond de votre pensée, Nick, je vous en supplie.

Nick a bu une gorgée de vin, a raclé machinalement une tartine trop grillée avec son couteau. Il réfléchissait. Bien que je lui aie déjà posé cette question à d'innombrables reprises, il avait jusqu'ici refusé d'y répondre. Ce jour-là, devant une coupelle de yaourt aux concombres, il a enfin consenti à me livrer son avis.

— Je crois qu'il est parti parce qu'il se sentait prisonnier.

— Prisonnier ? De quoi ? Personne n'était plus libre que lui.

— Détrompez-vous. Chaque lien que nous contractons, chaque obligation que nous endossons, bride notre liberté. Les époux se promettent fidélité et assistance. Les parents s'engagent à pourvoir aux besoins de leurs enfants. L'acheteur d'une maison s'endette pour vingt ans. Voiture, résidence secondaire, portefeuille boursier, autant de fils à la patte, de servitudes volontaires. La possession aliène, disait Walker, or votre famille possède beaucoup. Il n'exerçait par ailleurs pas n'importe quelle profession. Le chef d'entreprise porte sur ses épaules un fardeau écrasant. On lui demande de dégager des bénéfices, d'assurer l'emploi, de surclasser la concurrence, de trouver de nouveaux débouchés. Parce qu'on le paie royalement, on en attend des miracles. Les actionnaires, les salariés, la municipalité s'habituent à des profits en croissance régulière, sans réaliser que chaque marche est un peu plus haute que la précédente et réclame un supplément de volonté, d'ingéniosité, d'âpreté.

Comme je restais muette, Nick a poursuivi.

— Famille, travail, crédits immobiliers, la majorité d'entre nous s'accommodent de ces contraintes. Mieux, en restreignant le champ des possibles, elles nous rassurent. Pas Walker. Disposer de son temps, c'était s'arroger des droits sur lui, envahir son espace vital. Il l'a toléré pendant vingt ans et puis, un jour, il en a eu marre et il est parti.

— Mais il n'avait pas le droit ! Les enfants avaient encore besoin de lui. Quand votre femme était malade, vous êtes bien resté à ses côtés.

— Les situations ne sont pas comparables. Peggy était condamnée ; c'était une affaire de mois, d'une année au plus. Walker, lui, savait que son cas n'allait pas s'améliorer, qu'aux remises de diplômes des enfants succéderaient les baptêmes des petits-enfants, qu'aux conseils d'administration de Wills s'ajouteraient ceux de la fondation, qu'un jour il serait forcé de se présenter à la mairie ou à la présidence de la chambre de commerce pour protéger les intérêts de l'entreprise qu'il avait bâtie. Il a eu l'impression que son avenir était écrit et qu'il ne tenait plus la plume depuis longtemps. La nasse s'était refermée sur lui ; il n'en sortirait qu'avec brutalité, en tranchant les filets qui l'enserraient.

— Mais vous, vous n'avez pas abandonné votre femme ! Vous aviez le choix et vous êtes resté.

Nick s'est levé. Il a versé distraitement la barquette de moussaka dans une casserole, a allumé le feu. Il pesait ses mots pour ne pas me blesser.

— Non, je n'avais pas le choix. Ma personnalité a dicté ma décision aussi sûrement que la personnalité de Walker a dicté la sienne. Je le connais à l'évidence moins bien que vous, mais je l'ai beaucoup pratiqué dernièrement. Je crois que c'était pour lui une question de vie ou de mort. Que la perspective de mener cette existence un jour de plus lui a semblé intolérable. Son acte n'était pas dirigé contre vous ou les enfants ; il a voulu sauver sa peau.

C'était trop facile : Walker avait sauvé sa peau ; et la mienne, et la nôtre, y avait-il seulement pensé ?

— Il aurait dû m'en parler. Nous aurions trouvé un arrangement.

— Si j'ai bien compris, il a essayé. À sa façon, qui n'est pas la vôtre. C'est un homme d'action, plus que de paroles. Vous l'avez dit vous-même, il n'aime pas les grands discours. Il a longtemps pris sur lui. Quand il est devenu évident que les choses ne changeraient pas, il a dû commencer à jouer avec l'idée de disparaître. À fureter sur internet. À lire des livres spécialisés. À recenser ce dont il aurait besoin. À choisir l'endroit où il crasherait son avion.

— À petit-déjeuner avec les enfants le jour de l'accident, n'ai-je pu m'empêcher d'ajouter. Ça ne lui arrivait jamais.

— Au risque de vous irriter, je suis obligé de dire qu'une chose me frappe : il a tout fait pour vous épargner.

Je ne pouvais tout de même pas laisser passer ça.

— Là Nick, vous y allez un peu fort.

— Non, réfléchissez. Il est parti sans emporter un sou. Il a renoncé aux adieux qui l'auraient apaisé, mais vous auraient mis la puce à l'oreille. Il s'est arrangé pour que Wills ait de quoi encaisser son départ.

— Il nous a épargnés ? ai-je répété, ébahie.

Nick a tardé à répondre, comme s'il craignait que sa franchise ne lui coûte cher.

— Disons qu'il a fait tout ce qui était en son pouvoir pour ne pas vous blesser. D'ailleurs, sans les caméras de surveillance du Safeway, il y serait parvenu.

— En somme, il n'a pas eu de chance.

— Il faut bien admettre que cette vidéo n'a servi personne, sinon moi en me donnant une raison de vous revoir.

Il a prononcé ces paroles le dos tourné, la moussaka ayant apparemment grand besoin d'être remuée à cet instant précis. Il a éteint le feu et versé le contenu de la casserole dans un plat. En s'asseyant, il a dit :

— Vous n'avez rien à vous reprocher, Sarah. Absolument rien. Ce que vous avez à offrir n'intéressait plus Walker. Je parie que vous êtes restée telle que vous étiez à vingt ans. C'est lui qui a changé, ou alors il se connaissait mal à l'époque.

J'ai réfléchi aux paroles de Nick. Vraies ou pas, elles me faisaient du bien. C'était déjà pas mal.

— Vous vous êtes aussi marié très jeune. Vous aimiez Peggy ? ai-je demandé.

— Je crois. Honnêtement, je ne sais plus. C'est si loin. Elle a été diagnostiquée très vite. Dans tous mes souvenirs ou presque, elle est alitée. La maladie régissait nos existences. Nous vivions au rythme des analyses, des séances de chimio. Cela ne laissait guère de place aux sentiments.

Une note de mélancolie dans son ton m'a dissuadée d'insister. Pendant un moment, nous avons mangé en silence. La moussaka était somptueuse. Je n'ai pas pu m'empêcher de revenir à la charge.

— Pensez-vous que vous seriez encore marié à Peggy si elle avait survécu ?

Il a repoussé son assiette devant lui, nous a resservi de vin en prenant son temps. Il mûrissait chacune de ses paroles aujourd'hui. Cela donnait à notre conversation un tour étrangement grave.

— Qui sait ? a-t-il enfin répondu. Peut-être, comme le suggérait Andy, Peggy n'aurait-elle pas supporté mes déplacements incessants. Peut-être me serais-je ennuyé à mourir dans un emploi sédentaire. Peut-être nos centres d'intérêt auraient-ils irrémédiablement divergé ou nous serions-nous querellés à propos de l'éducation des enfants.

Ces questions m'ont longtemps obsédé ; je ne me les pose plus. Elles ne servent à rien. Je crois que l'amour est un miracle, le fruit d'une subtile alchimie entre deux esprits, deux corps, des lieux, une époque, un contexte. Votre mari a été follement épris de vous. Il a grandi, vous aussi ; Wills, Albuquerque, le monde ont changé. Walker a eu besoin d'autre chose, que vous ne pouviez pas lui apporter. Il est parti, à sa façon, rude, tranchante, en essayant de vous protéger. Ce n'est ni de votre faute, ni de la sienne ; c'est juste ainsi.

J'ai gardé le silence. Que répondre à ça ? La dernière phrase de Nick résonnait dans ma tête. Si ni Walker ni moi n'étions coupables, alors qui l'était ?

— Personne, a dit Nick, comme s'il avait lu dans mes pensées. Personne n'est coupable.

Je me suis levée pour dissimuler mon trouble. J'ai allumé la machine à café, attrapé deux tasses. Puis je me suis rassise et j'ai dit à Nick :

— On va arrêter les recherches.

Il n'a pas eu l'air surpris.

— J'allais vous le conseiller.

— J'ai ma réponse. Je sais pourquoi il est parti.

Nick a hoché la tête.

— Vous ne gagneriez rien à le revoir.

— Je m'en rends compte. Naturellement, je vous dédommagerai.

— C'est hors de question.

— J'insiste.

— Vous m'insulteriez.

Je ne l'avais jamais vu aussi sérieux.

— Nous fêtons l'anniversaire de Joey demain

soir, ai-je repris. Les enfants et moi serions très heureux si vous pouviez vous joindre à nous.

Un grand sourire a illuminé son visage.

— Ça, j'accepte !

En prenant le café, nous avons évoqué les feuilletons télé que nous regardions dans notre enfance. Nick a vanté les mérites de *L'homme qui valait trois milliards,* je lui ai opposé ceux de *La petite maison dans la prairie*. Nous nous sommes rejoints sur *MacGyver* et *L'homme de l'Atlantide*. Pas une fois le nom de Walker n'a été prononcé.

En rangeant la cuisine après le départ de Nick, je me suis surprise à siffloter le thème de *Starsky et Hutch.* Pour la première fois depuis l'accident, je me suis sentie libre, légère. Apaisée.

Walker, je rêvais de te revoir une fois pour te dire tes quatre vérités. J'y renonce. Je crois que c'est mieux ainsi. Après une empoignade mesquine, nous nous serions séparés, tristes, amers, durablement cabossés. Pour quel bénéfice ? Un soulagement éphémère, suivi d'années à tenter d'oublier les paroles blessantes que j'aurais essuyées comme celles que j'aurais prononcées ?

Non merci. Je vaux mieux que ça – et toi aussi.

Adieu Walker. J'essaierai de ne pas penser à toi, même si je doute d'y parvenir. Je ne chercherai pas à te retrouver. Va, arpente le monde, retire-toi dans un couvent, peu m'importe. Sois tranquille, je continuerai à élever tes enfants, en cultivant les qualités que tu leur as transmises tout en les protégeant des démons qui te rendent inapte au bonheur.

Enfin, je respire.
Ceci conclut la dernière entrée de ce journal.
Walker n'est pas mort, mais j'ai fait mon deuil.

CHAPITRE 15

Walker

En planque sur Marquette devant le Hilton. Casquette vissée sur la tête, lunettes noires, revolver dans la boîte à gants.

Shepherd est dans sa chambre. J'attends qu'il sorte pour lui faire la peau.

Je n'ai pas chômé depuis Lansing.

Après un arrêt à Louisville, je prends le bus pour Memphis, où j'assiste à un *gun show*, une foire aux flingues où n'importe quel taré peut acheter une arme sans pièce d'identité. Les fusils-mitrailleurs changent de mains comme des tomates sur un marché. Je fais l'acquisition d'un Ruger SR 9 mm, dont le démonstrateur me vante l'ergonomie et la fiabilité d'un air aussi détaché que s'il décrivait un aspirateur. Le silencieux coûte presque aussi cher que le revolver lui-même. Quand il voit que je paie en cash, le caissier m'offre deux boîtes de cartouches. On dira ce qu'on veut, ces gens ont le sens du commerce.

Saut de puce jusqu'à Little Rock, histoire de varier la longueur des étapes.

Cap enfin sur le Texas, Decatur pour être précis, où je me fais déposer devant un concessionnaire de voitures d'occasion. J'explique au vendeur que je cherche une bonne routière ayant moins de cent mille kilomètres. Je prétends avoir perdu mes papiers ; j'espère que ça ne créera pas de problèmes. Le vendeur n'est pas né de la dernière pluie. Il m'entraîne dans l'atelier, où il me propose une Volkswagen Jetta de 2003 ayant cent quarante mille kilomètres au compteur. Je proteste pour la forme. Il me fait habilement comprendre que je ne peux pas me permettre d'être trop difficile. La Jetta, m'explique-t-il, n'apparaît sur aucun registre. Elle a été sauvée de la casse, où un assureur zélé l'avait envoyée par erreur. Les plaques sont valables encore quinze jours. Les vitres sont teintées. Décidément, ce garçon sait trouver les mots. Je demande à l'essayer. La suspension et les freins sont usés jusqu'à la corde. Le vendeur veut six mille dollars pour sa poubelle, qui en vaut au maximum deux mille cinq cents à l'argus. Nous savons tous les deux que je ne suis pas en position de négocier. Je lui compte son argent et repars au volant de la Jetta.

Je m'arrête cent kilomètres plus loin dans un garage, où je fais vérifier les niveaux et changer amortisseurs et plaquettes de freins.

Je conduis pour le plaisir jusqu'à la tombée de la nuit, en profitant de ce que le Texas est l'un des rares États où l'on peut rouler à cent trente. Je m'arrête dans une forêt, tire quelques balles avec le Ruger – les premières de ma vie. Le recul est minime. Le silencieux remplit merveilleusement son office. J'ai de bonnes sensations. Je comprends qu'on s'habitue à ces saloperies.

Je couche à Amarillo.

Je me lève au milieu de la nuit pour conduire jusqu'à Truth or Consequences, une petite station thermale située à la frontière du Texas et du Nouveau-Mexique. Après avoir pris une chambre au Ramada, je repars sans décharger mes affaires.

À 11 heures, je me gare devant le Hilton de Marquette, où j'ai tenu tant de séminaires commerciaux. J'appelle la réception depuis mon téléphone, sur lequel j'ai installé une application qui altère ma voix. Je demande à parler à M. Shepherd.

— Un instant, je vous mets en relation.

À la troisième sonnerie, Shepherd décroche.

— Allô.

— Service d'étage, dis-je. Jason a oublié de vous demander si vous prendrez de la confiture avec vos toasts.

— Il doit y avoir erreur, je n'ai rien commandé.

— Un petit-déjeuner continental ? Chambre 513 ?

— Vous avez appelé la 813.

— Oh ! Pardonnez-moi. Bonne journée, monsieur.

— Vous aussi.

Je raccroche, satisfait. L'animal est dans sa tanière. Il finira bien par en sortir.

Je recule mon siège pour trouver une position confortable. J'ai un café, de quoi grignoter, du temps à revendre.

Mon plan est d'une simplicité biblique : je vais suivre Shepherd et le tuer. Je ne prendrai aucun risque. Il ne manquerait plus que je me fasse pincer.

Je n'agis pas de gaieté de cœur. Shepherd ne m'aura pas laissé le choix. La police soupçonnera un des malfrats qu'il a envoyés en taule. Étant officiellement mort, je ne serai pas suspecté. Seule Sarah pourrait m'incriminer, mais je suis tranquille : si elle avait dû révéler que je suis encore vivant, elle l'aurait déjà fait. Elle se taira pour protéger les enfants. Au pire, elle engagera un nouveau détective qui n'arrivera pas à la cheville de Shepherd.

Les heures passent. Je reste concentré. On a tous vu ces films où le flic, suspendu à la retransmission d'un match de base-ball, tourne la tête au moment précis où sa cible sort de l'immeuble ; ça ne risque pas de m'arriver.

16 h 20 : le voilà. Il porte un short bleu marine impeccablement repassé, un polo rouge boutonné jusqu'en haut, une ceinture de cow-boy. Où va-t-il sapé ainsi un jeudi après-midi ? À un bal masqué ?

Il remet un ticket au concierge qui murmure quelques mots dans son talkie-walkie. Deux minutes plus tard, le valet revient au volant d'une Infiniti Q50 gris anthracite. Shepherd lui tend un billet. Il monte à bord, entre une destination dans le GPS et boucle sa ceinture.

Je le prends en chasse en respectant les règles décrites dans *L'art de la traque*. Le trafic est intense, ce qui complique ma tâche, mais réduit mes risques d'être remarqué. Shepherd n'a de toute façon aucune raison de penser qu'il est suivi. Et quand bien même il surveillerait son rétroviseur, je doute qu'il prête attention à une Jetta défraîchie.

Il respecte le code de la route à la lettre, s'arrête à l'orange, signale ses intentions longtemps à l'avance. Il s'engage sur la 25 Nord, où il reste sur la file de droite pour ne pas manquer sa sortie. J'ignore où il se rend. Pas chez Sarah, ça c'est sûr.

Il met son clignotant un bon huit cents mètres avant la sortie 12. Je laisse deux voitures s'intercaler entre nous. Nous entrons dans une zone commerciale assez vilaine. Shepherd ralentit, signe qu'il approche de sa destination. Je m'interdis d'en faire autant pour ne pas attirer son attention. Je le dépasse au moment où il tourne sur le parking d'un magasin de sport.

Un tour du pâté de maisons plus tard, je pénètre à mon tour sur le parking. Il est presque désert. Je compte à peine quinze véhicules, dont les deux tiers doivent appartenir aux employés. L'Infiniti est stationnée entre deux places vides. Plutôt que de suivre Shepherd à l'intérieur, je choisis un emplacement d'où je peux surveiller à la fois sa voiture et la sortie du magasin.

Le moment est peut-être arrivé. J'échafaude en vitesse un plan d'action. Je vais attendre Shepherd, moteur allumé, le suivre tandis qu'il se dirige vers sa voiture. Quand il tirera la clé de sa poche, je m'approcherai par-derrière, vitres baissées, je lui logerai deux balles dans la tête et je m'enfuirai sur les chapeaux de roue.

Je scrute les alentours. Pas de caméras de surveillance en vue.

Par où m'échapperai-je ? La sortie du parking débouche sur une artère passante jalonnée de feux rouges imbrûlables. En plus, je risque de ne pas pouvoir m'insérer dans le trafic. Tant pis, j'emprunterai l'entrée. Elle donne sur une petite rue d'où je pourrai rejoindre la 25 en moins de deux. Bon, elle est en sens unique, mais, à ce stade, je ne serai plus à une infraction près.

C'est jouable.

J'ai pris ma décision.

Sans quitter des yeux les portes du magasin, je mets le contact, je pose le revolver sur le siège passager et je baisse ma vitre. Je répète mentalement mon plan, en en visualisant les étapes. Mille questions affluent. Y aura-t-il du sang ? Comment laverai-je la Jetta ? Aurais-je dû dévisser les plaques d'immatriculation ?

Un quart d'heure déjà. Bon sang, qu'est-ce qu'il fout ? Il essaie des maillots de bain ? Chaque fois qu'un client apparaît sur le seuil, je serre le volant à m'en faire blanchir les jointures. Je transpire à grosses gouttes. Des auréoles se forment sous mes aisselles. Si Shepherd ne se dépêche pas, je vais me noyer dans ma sueur.

Des bagnoles entrent et sortent du parking. Je m'en moque. Je suis prêt à presser la détente devant témoin s'il le faut. Le temps que la police dresse mon portrait-robot, je serai en Arizona. Je mettrai le feu à la Jetta et je sauterai dans un bus.

Enfin, le voilà ! Avec son polo groseille et son

ceinturon façon Clint Eastwood, on ne risque pas de le louper. Il pousse avec précaution un vélo d'enfant rutilant. Parfait. Il va devoir adosser la bicyclette à la voiture pour ouvrir le coffre. Cela me donnera plus de temps pour agir.

J'attends de disparaître de son champ de vision pour démarrer. Je roule au ralenti, en épiant du coin de l'œil l'entrée du parking et la sortie du magasin. Personne en vue. Décidément, l'affaire se présente bien. Dans dix secondes, j'aurai repris le contrôle de ma vie. Dans trois minutes, je fonce sur l'autoroute. Ce soir, je dors à Flagstaff.

Sheperd ne m'entend pas approcher. Il est penché en avant, les mains sur les poignées du guidon, slalomant entre les mares afin de ne pas salir les roues. Il faut dire qu'il a choisi le modèle luxe : cadre en alu, double plateau, freins à disque… Il ne s'est pas moqué de son neveu.

Je ne suis plus qu'à quelques mètres de l'Infiniti quand une pensée me rattrape : les neveux de Shepherd vivent sur la côte Est. Le vélo n'est pas pour eux.

Alors seulement je remarque, noué autour de la selle, un ruban rouge retenant un ballon à l'hélium sur lequel est écrit « Happy Birthday ». Et là, tout s'éclaire. Joey a dix ans aujourd'hui. Shepherd dîne à la maison et n'a pas voulu arriver les mains vides.

Je suis maintenant à sa hauteur. Il se démène comme prévu avec la béquille du vélo. Je tends la main vers le Ruger. C'est le moment idéal pour tirer. Une balle dans la nuque et à moi la liberté.

Je n'arrive pas à appuyer sur la détente.

L'homme que j'ai au bout de mon revolver n'est plus mon rival : c'est un ami de la famille, qui s'apprête à gâter mon gosse parce que je ne suis plus là pour le faire. Et s'il prend à Sarah l'envie de se consoler dans ses bras, je ne vois pas de quel droit je l'en empêcherais.

Le temps que j'ordonne mes idées, Shepherd a chargé le vélo dans son coffre et s'est installé derrière le volant. Le moment est passé. Je mets les gaz et je disparais.

Bon Dieu Walker, tu as failli tuer un homme !

CHAPITRE 16
Walker

Je m'arrête au bord de l'autoroute, tremblant comme une feuille. Mon cœur bat la chamade. Si un flic me ramasse dans cet état, il appelle directement les Stups.

Adossé à la Jetta, je laisse retomber l'adrénaline. L'image de Shepherd poussant le vélo de Joey me hante. À l'heure qu'il est, il doit être en train de sonner à la porte de la maison. Il va transporter la bicyclette en catimini dans la salle de billard pendant que Sarah occupera les enfants. Entre les lasagnes (une recette de belle-maman) et le fondant au chocolat, Joey ouvrira ses cadeaux. Je me demande ce que ressentira Sarah en le voyant sauter au cou de Shepherd.

En retournant à Truth or Consequences où m'attend ma chambre, je pense aux *Duellistes*, un film de Ridley Scott dans lequel deux officiers de l'armée napoléonienne se battent régulièrement en duel. Chaque fois qu'il en a l'occasion, Féraud (interprété par Harvey Keitel) provoque d'Hubert (Keith Carradine), qui n'a pas envie de croiser le fer mais à qui l'honneur impose de se défendre. Lors du quatrième ou cinquième affrontement, Féraud décharge ses deux pistolets sans toucher d'Hubert. Ce dernier laisse la vie sauve à son adversaire, à une condition : qu'il cesse de l'importuner et se comporte «comme mort» si leurs chemins venaient à se croiser à nouveau.

Hélas, nous ne sommes pas à Hollywood et Shepherd ne va pas déposer les armes sous prétexte que je l'ai eu au bout de mon canon. Comment vais-je réussir à me débarrasser de lui sans lui régler son affaire? Un autre viderait ses comptes bancaires ou farcirait son disque dur d'images pédophiles. Pas moi, je veux le vaincre à la loyale. Mais comment neutralise-t-on un homme qui n'abdique jamais?

J'arrive à l'hôtel en début de soirée. Je suis épuisé. Une riche idée que j'ai eue de garder cette chambre; je ne sais pas où j'aurais trouvé la force de me livrer au manège habituel.

J'insère la carte dans la serrure, arme à la main. Le tour du propriétaire ne révèle pas de surprise : le traditionnel lit avachi, le rideau de douche légèrement moisi que la direction essaie de faire durer encore un peu, les tentures sombres dans lesquelles les occupants précédents se sont essuyé les mains dégoulinantes de ketchup. Bref, mon quotidien.

Un pli est posé sur le bureau. Sans doute la circulaire de bienvenue du directeur de l'hôtel.

Je chancelle en voyant mon nom sur l'enveloppe. «John Walker.» Personne ne m'a appelé ainsi depuis l'accident. Je regarde par réflexe autour de moi. Quelqu'un m'aura reconnu quand je planquais devant le Hilton. Je n'aurais jamais dû revenir à Albuquerque.

L'enveloppe renferme le duplicata d'une facture de Shepherd adressée à Sarah, des pages et des pages de dépenses (déplacements, hébergement, surveillance, etc.), dont le total se monte à deux cent vingt et un mille dollars et des poussières.

Dans une lettre séparée, Shepherd écrit : « Chère madame Walker, je prends acte de votre décision de mettre un terme à la mission que vous m'aviez confiée. Vous trouverez ci-joint le décompte des frais engagés depuis ma dernière facture. Je tiens les reçus à votre disposition. Conformément à nos accords, vous ne me devez pas d'honoraires. »

Je me laisse tomber sur le lit. La première pensée qui me vient à l'esprit, c'est que Sarah me rend ma liberté. Bien qu'ayant la loi, la morale et l'argent de son côté, elle renonce à me faire expier ma faute. J'en conçois pour elle une tendresse indicible.

Et Shepherd ! Ah, il l'a échappé belle, celui-là. Il peut dire merci à son vélo ! S'il était sorti du magasin avec un gant de base-ball, il baignerait à l'heure qu'il est dans une mare de sang.

Curieux de savoir quand et comment il m'a retrouvé, j'épluche la liasse des frais.

Tiens, un premier indice : présence d'une équipe de quatre personnes aujourd'hui même à Albuquerque. Est-ce à dire que Shepherd attendait ma visite ? Se doutait-il, quand il est sorti sur le parking, que j'allais essayer de le descendre ?

Je remonte le temps en tournant frénétiquement les pages. Deux équipes à Amarillo et Decatur le 15 novembre. Une à Little Rock le 14. Une autre à Memphis le 13, à Louisville le 12. À Lansing le 11. Je secoue la tête, incrédule. Les gars de Shepherd me filent le train depuis presque une semaine. Ils m'ont vu acheter un calibre, une voiture, me rapprocher chaque jour un peu plus d'Albuquerque, le tout sans intervenir. Si ça se trouve, ils descendaient dans les mêmes motels, demandaient la chambre voisine de la mienne et prenaient des tours de garde au cas où j'essaierais de filer à l'anglaise.

Comment m'ont-ils retrouvé à Lansing ? Je croyais leur avoir échappé au Target. Mais, si ça se trouve, ils ne m'ont jamais perdu de vue. J'ai pensé que le type du cinéma était là pour me coincer ; peut-être était-il juste chargé de me suivre.

Peu importe à la limite. Je suis libre. J'ai la soirée devant moi, et la journée de demain, et toutes les suivantes. Fini l'auto-stop, les bus surchauffés, les hot-dogs spongieux dans la rue. Je vais pouvoir me poser, louer un appartement, acheter une bagnole. À quarante-trois ans et sept mois, je repars à zéro. Ça se fête !

Je décide de me faire couler un bain. La vue de la baignoire, manifestement conçue pour la clientèle pygmée, me donne une idée. Je téléphone à la réception et demande la chambre la plus luxueuse de l'établissement. Je m'assure que ce que le préposé appelle sans rire la suite présidentielle contient une baignoire digne de ce nom.

« C'est un jacuzzi, monsieur », me répond-il, offusqué.

Dans mon bain moussant, je repense à Shepherd.

Pourquoi ne m'a-t-il pas arrêté ? La peur de perdre Sarah sans doute. À moins qu'il n'ait développé un peu d'estime pour sa proie. Car au fond, chacun de nous aura eu l'autre dans son viseur et aura baissé son canon.

Techniquement, je suppose que cela veut dire qu'il demeure invaincu.

En tout cas, il va me manquer.

ÉPILOGUE

Sarah

Il y a trois ans, j'ai rangé ce journal dans ma penderie sous une pile de vieux pulls.

Quelque chose s'est produit hier qui me force à le rouvrir.

Nick et moi rentrions de Paris, où nous avons rencontré plusieurs associations qui font un travail formidable en Afrique. Nous proposerons au conseil de la fondation de financer les plus méritantes.

J'avais pris un hôtel dans le Quartier latin. Pendant notre temps libre, nous avons visité Versailles, le Louvre, le Sacré-Cœur, dîné chez Maxim's, fait du shopping avenue Montaigne. Pour Nick, qui n'avait jamais mis les pieds en Europe, ç'a été un choc : on aurait dit un sauvage découvrant la civilisation ! Il m'a fait promettre que nous reviendrions visiter Prague, Berlin, Venise…

J'adore nos escapades. Depuis que Nick a fermé son cabinet, nous sommes tellement plus libres de nos mouvements. Nous essayons d'emmener Joey avec nous chaque fois que c'est possible. Cette fois,

Melissa a proposé de le prendre. Elle n'a pas dû insister beaucoup !

C'est fou comme mon style de vie a changé. Je ne dis pas ça seulement parce que Andy et Jess sont à l'université. Grâce au renfort de Nick, la fondation m'occupe moins que je ne le craignais. J'ai renoncé à essayer de réinventer la roue : nous identifions les meilleurs partenaires et nous les soutenons dans la durée.

Après des débuts laborieux, le nouveau patron de Wills a fini par trouver ses marques. Jimenez est parti à la concurrence. Les clients historiques nous ont maintenu leur confiance. Les ventes et les profits sont repartis à la hausse, un peu moins vite que sous Walker, mais qui s'en soucie ? Pour ma part, présider six conseils d'administration par an me suffit amplement.

Mais la plus grande différence tient à Nick. Andy et Jess l'adorent, il s'occupe de Joey comme de son propre fils, et il est aux petits soins pour moi. Je l'aime infiniment. Peut-être pas aussi passionnément que j'ai aimé Walker, on n'aime pas de la même façon à quarante ans qu'à vingt. En tout cas, je remercie le ciel de nous avoir réunis. Nous partageons les mêmes valeurs. Nick a vendu son logement à Detroit, il m'aide avec maman, il s'implique dans la marche de la maisonnée… J'ai beaucoup de chance.

Son métier ne semble pas lui manquer. Il dit qu'il a découvert l'amour fou et que s'il m'avait rencontrée plus tôt, il n'aurait jamais travaillé un jour de sa vie ! J'essaie de lui apporter un peu plus que ça : la vie de famille qu'il n'a pas eue, une ouverture sur le monde, une forme de légèreté.

Bref, nous rentrions de Paris, avec une escale à Atlanta. Même si c'est plus long, nous prenons toujours un vol commercial ; la simple idée de monter dans un avion privé me donne la nausée.

Après les formalités de douane à Hartsfield, il nous restait deux heures à tuer avant notre correspondance.

— Tu veux aller au salon ? m'a demandé Nick.

— J'aimerais d'abord faire un tour à la boutique.

— Je vais vérifier que notre vol est toujours programmé.

Il m'a embrassée dans le cou et s'est dirigé, insouciant, vers le tableau des départs. Il ne regarde plus les chaussures des passants, ne mémorise plus les plaques d'immatriculation sur les parkings. Un homme neuf, je vous dis !

J'ai acheté un magazine, une bouteille d'eau et une barre de chocolat pour Nick. Il m'a rejointe à la caisse.

— Nous partons du terminal D. Tu veux prendre la navette ?

— On peut marcher, non ?

Il a acquiescé. Pour être honnête, il me contredit rarement.

Nous avons remonté le terminal sur toute sa longueur, en slalomant entre les poussettes et les stands de donuts. Le bruit, l'odeur, c'était une véritable cour des miracles.

— Tu ne regrettes pas la navette ? m'a taquinée Nick.

— Tu plaisantes ? Après dix heures d'avion, ça fait du bien de se dégourdir les jambes.

— Tant mieux parce que voilà un Cinnabon. Rien ne vaut l'odeur de la cannelle tiède pour vous soulever l'estomac.

Après huit jours de ripaille à Paris, un beignet au caramel et noix de pécan m'aurait porté le coup fatal. Pour me soustraire à la tentation, je suis montée sur un tapis roulant, derrière une congrégation de juifs orthodoxes. Prenant mon mal en patience, j'ai commencé à observer les passagers qui venaient à notre rencontre en essayant d'imaginer leur histoire. Nick dit que j'ai manqué ma vocation, que j'aurais dû être détective. De fait, j'ai le chic pour repérer les familles recomposées ou les couples au bord de la rupture. Au fond, le seul sur qui je me serai trompée dans les grandes largeurs, c'est Walker. Avouez que c'est pas de chance.

Sur le tapis à contresens du nôtre, personne ne marchait : les personnes âgées admiraient le paysage ; les obèses reprenaient leur souffle ; les jeunes pianotaient sur leur téléphone. Ah si, au fond, un homme se faufilait d'un pas vif entre les voyageurs, n'hésitant pas à bousculer ceux qui gênaient sa progression. On aurait presque dit Walker.

À mesure que l'inconnu se rapprochait, l'impression s'est muée en certitude. Cette démarche pressée, cette irritation à peine dissimulée quand un fâcheux tardait à lui céder le passage, je les aurais reconnues entre mille.

L'homme que je pensais ne jamais revoir se tenait devant moi.

Il était seul, vêtu d'un pantalon beige et d'un polo bleu. Le sac de voyage qu'il portait en bandoulière constituait sûrement son seul bagage. Il n'avait pas d'alliance.

Physiquement, il était en pleine forme, à la fois plus mince et plus musclé qu'avant. Un léger bronzage m'a fait me demander s'il revenait des Caraïbes ou s'il habitait en Floride. Il n'a pas beaucoup changé. Oh, bien sûr, il avait teint ses cheveux, mais ses traits, son regard exprimaient la même intensité. Surtout, il courait. Vers où ? Vers quoi ? Mystère. Pensait-il que son avion partirait plus tôt s'il arrivait en avance à la porte d'embarquement ?

Ce n'est qu'après m'être imprégnée de la scène que j'ai touché le bras de Nick et pointé le menton en direction de Walker. Au même instant, celui-ci nous a aperçus. Il s'est raidi, dans un réflexe animal. Il a arrêté de marcher. Dix mètres à peine nous séparaient. Il m'a regardée dans les yeux en se mordillant la lèvre inférieure comme un écolier pris en faute.

On ne peut jamais prédire ses réactions. Moi qui avais si souvent répété le discours que j'assénerais à Walker si je venais à recroiser sa route, je me suis surprise à lui sourire. Son visage s'est éclairé. Il m'a souri à son tour, heureux et soulagé que je ne le déteste pas.

Nous nous sommes croisés sans nous retourner.

Je tiens à remercier Bérangère, qui m'a grandement aidé à trouver la voix de Sarah, Loïc pour ses conseils aéronautiques, ainsi que mes lecteurs habituels, Nicolas, Catherine, Stéphane, Julien, sans oublier mon éditeur, Jean-Marie Laclavetine.

DU MÊME AUTEUR

Aux Éditions Gallimard

LES FUNAMBULES, 1996, prix littéraire de la vocation Marcel Bleustein-Blanchet 1996 (Folio n° 4980, dont GO, GANYMÈDE ! repris en Folio 2 € n° 5165)

Voir aussi COLLECTIF, Reclus in *La Nouvelle Revue Française*, n° 518, mars 1996

ÉLOGE DE LA PIÈCE MANQUANTE, 1998, coll. « La Noire » (Folio n° 4769)

LES FALSIFICATEURS, 2007 (Folio n° 4727, et en coffret avec *Les éclaireurs*, édition limitée)

LES ÉCLAIREURS, 2009, prix France Culture-*Télérama* 2009 (Folio n° 5106, et en coffret avec *Les falsificateurs*, édition limitée)

ENQUÊTE SUR LA DISPARITION D'ÉMILIE BRUNET, 2010 (Folio n° 5402)

MATEO, 2013 (Folio n° 5744)

ROMAN AMÉRICAIN, 2014 (Folio n° 6026)

LES PRODUCTEURS, 2015 (Folio n° 6167)

ADA, 2016 (Folio n° 6461)

L'HOMME QUI S'ENVOLA, 2017 (Folio n° 6592)

SCHERBIUS (ET MOI), 2018

Chez d'autres éditeurs

MANIKIN 100, *Éditions Le Monde/La Découverte*, 1993

EN FUITE, *Nouvelles Nuits*, n° 7, 1994

ONZE, « L'ACTUALITÉ », nouvelle, *Grasset*, 1999

LES PORTE-PAROLE, nouvelle, *Charles* (n° 12), janvier 2015

Composition Dominique Guillaumin
Impression Grafica Veneta
à Trebaseleghe, le 15 janvier 2019
Dépôt légal : janvier 2019

ISBN : 978-2-07-282357-2./Imprimé en Italie

342590